柿本人《かきのもとのひと》麻呂《まろ》

古くから「歌聖」として尊崇されてきた柿本人麻呂の肖像。和歌の上達を願う人々は人麻呂を神格化し、こうした肖像に和歌を献じる儀式を行なっていた。

(『柿本人麿像』京都国立博物館蔵)

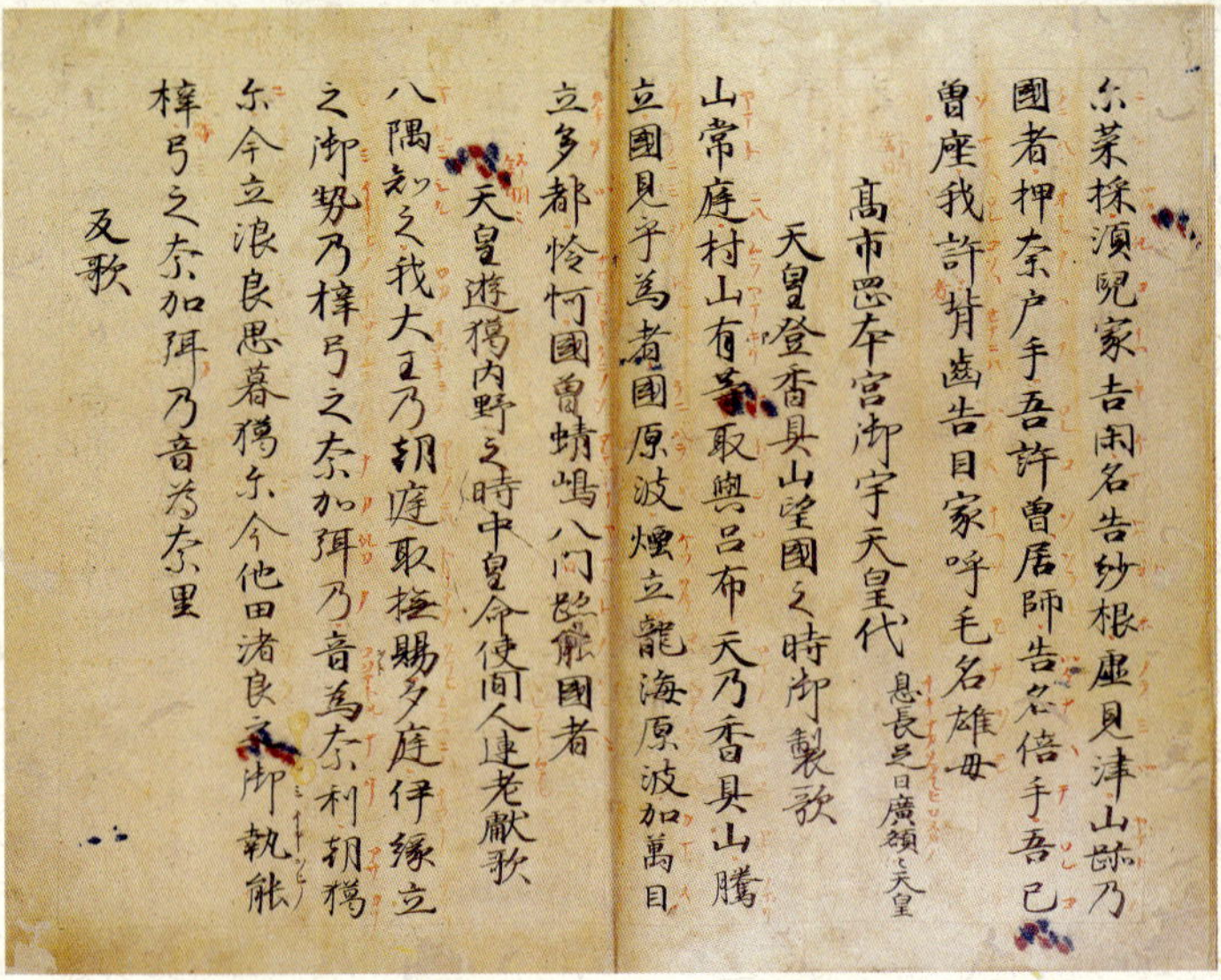
尓菜採須兒家吉閑名告紗根虚見津山跡乃
國者押奈戸手吾許曽居師告名倍手吾己
曽座我許背齒告目家呼毛名雄母
高市岡本宮御宇天皇代　息長足日廣額天皇
天皇登香具山望國之時御製歌
山常庭村山有等取與呂布天乃香具山騰
立國見乎為者國原波煙立龍海原波加萬目
立多都怜何國曽蜻嶋八間跡能國者
天皇遊獵内野之時中皇命使間人連老獻歌
八隅知之我大王乃朝庭取撫賜夕庭伊縁立
之御執乃梓弓之奈加弭乃音為奈利朝獵
尓今立須良思暮獵尓今他田渚良之御執能
梓弓之奈加弭乃音為奈里
反歌

『万葉集《まんようしゅう》』元暦校本《げんりゃくこうほん》

桂本、藍紙本、金沢本、天治本とともに「五大万葉集」のひとつに数えられる写本。1184（元暦元）年に既刊本との照合が行なわれたものであることからこう呼ばれる。（東京国立博物館蔵）

雨晴海岸《あまはらしかいがん》

大伴家持が越中国守時代に訪れ、絶賛した場所。浜辺には奇岩と白砂青松が続き、海を隔てて雄大な立山連峰を見ることができる。

有間皇子《ありまのみこ》の歌碑《かひ》（左）と墓碑《ぼひ》（右）

有間皇子は政争に巻き込まれて処刑された悲劇の皇子。処刑場となった藤白神社近くには、皇子の墓碑とともに彼が詠んだ歌を刻む歌碑が立っている。

三輪山《みわやま》

大神神社のご神体である三輪山は大和を象徴する山。朝日が昇る光景などは絶景で、多くの歌人がこの山を歌に詠んできた。

大宰府政庁跡《だざいふせいちょうあと》

大宰府は外国との交渉窓口となる役所。大伴旅人や山上憶良、大伴坂上郎女などがここに集まり（筑紫歌壇）、数多くの歌を詠んだ。

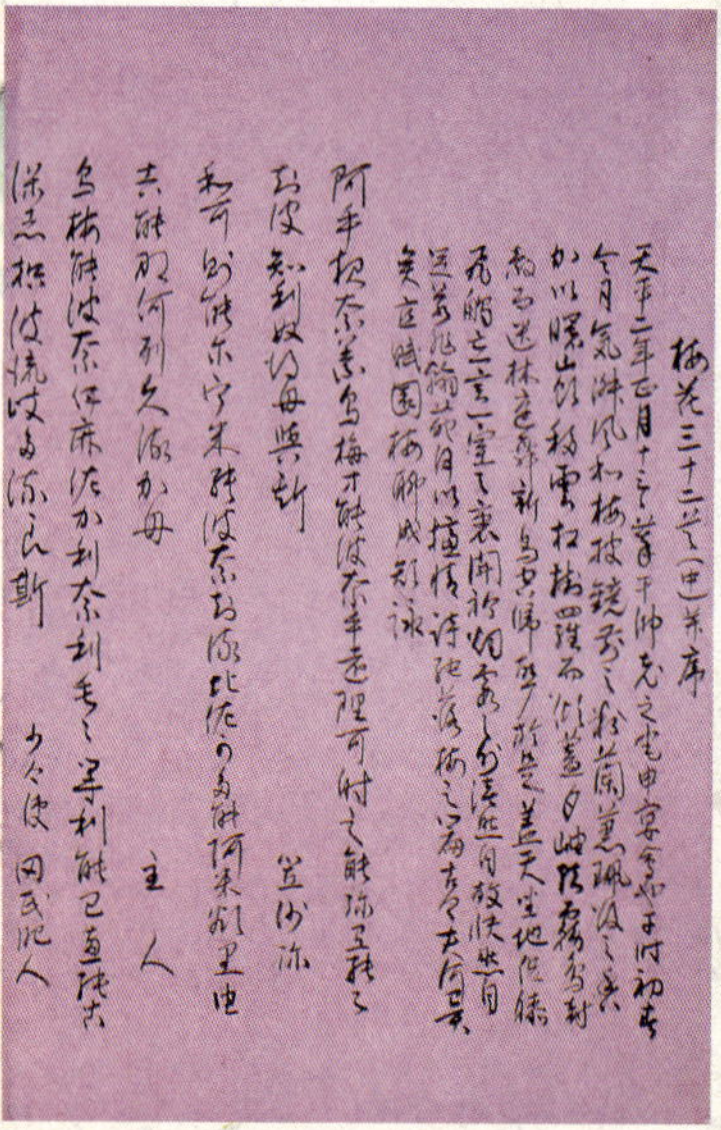

梅花三十二首（中）并序

天平二年正月十三日、萃于帥老之宅、申宴會也。于時、初春令月、氣淑風和、梅披鏡前之粉、蘭薫珮後之香。加以、曙嶺移雲、松掛羅而傾蓋、夕岫結霧、鳥封縠而迷林。庭舞新蝶、空歸故鴈。於是盖天坐地、促膝飛觴。忘言一室之裏、開衿煙霞之外。淡然自放、快然自足。若非翰苑、何以濾情。詩紀落梅之篇。古今夫何異矣。宜賦園梅聊成短詠。

新元号「令和《れいわ》」の由来となった梅花《ばいか》の宴《うたげ》

この宴は大宰府の長官・大伴旅人の邸宅で開かれ、山上憶良など三〇人あまりの役人が参加。彼らが詠んだ歌のなかから三二首が『万葉集』に収録された。旅人も、「わが園に　梅の花散る　ひさかたの　天より雪の　流れ来るかも」という歌を詠んでいる。この「梅花の歌三二首」の「序」にあるのが「初春の令月にして、気淑く風和ぎ」という文。これが「令和」の由来となった。（大亦観風《おおまたかんぷう》作『万葉集画撰』より第二九図・奈良県立万葉文化館蔵）

図説

地図とあらすじでわかる！

万葉集〈新版〉

坂本勝［監修］

青春新書
INTELLIGENCE

はじめに——『万葉集』の恋物語

【出逢い】　紫は　灰さすものそ　椿市《つばきいち》の　八十《やそ》の衢《ちまた》に　逢《あ》へる児《こ》や誰《たれ》（巻十二・三一〇一）

人々が行き交う市場の雑踏の中で、若い男女が出逢った。男は女に、「着物を紫色に美しく染めるには椿の木を焼いてその灰汁《あく》を加えるのですよ。その椿の木が生えているこの市場で私と出逢ったあなたはどこのお嬢さん？」と尋ねた。初めて逢ったその女性は紫草《むらさき》のように美しい。何とか名前を聞きたい。男は勇気を出して女に歌いかけた。

女の方も満更《まんざら》ではなかったらしい。男の歌もどこかエロティックで女の心を揺さぶった（紫染めは紫草の根から採った染料に布を浸すが、椿の灰汁を触媒として加えるときれいに発色する。上三句はそれを踏まえて、女も異物と交わってこそ美しく輝くと、共寝に誘っている）。ただ、見知らぬ男に名を聞かれてすぐに返事をしたのでは女が下がる。

たらちねの　母が呼ぶ名を　申さめど　道行く人を　誰と知りてか（巻十二・三一〇二）

「名前を教えてあげたいけれど、あなたがどこのお方なのかわかりませんから……」女は即答を避けて、相手の出方を待った……。この後二人がどうなったのか、『万葉集《まんようしゅう》』には資料がない。

【再会】　吾妹子《わぎもこ》は　常世《とこよ》の国に　住みけらし　昔見しより　変若《をち》ましにけり（巻四・六五〇）

男は旧知の女と久しぶりに再会した。何年会わなかったのか、女も年を重ねて、身も心もそれなりの円熟をみせている。「私と会わずにいた間、あなたは常世の国（永遠の生命に満ちた理想郷）に住んでいたのですね。その証拠に昔見た時より、すっかり若返っていますよ」

お世辞と言えばお世辞である。ただしこうした大げさな誇張が通じるのは、二人の間に時を超えた信頼があったからだろう。

【永遠の別れ】　黄葉《もみちば》の　過ぎにし子等《こら》と　たづさはり　遊びし磯を　みれば悲しも（巻九・一七九六）

紅葉がはかなく散りすぎるように、妻は逝《い》ってしまった。残された夫は、かつて二人で遊んだ海辺に立って妻を偲《しの》んだ。しかしそこには、空しく波が打ち寄せるばかり。抑えようのない悲しみがこみ上げる。ただ、妻の手の温もりは今でも確かに残っている。

『万葉集』の中から無作為に取り出した三組の男女の物語。『万葉集』約四五〇〇首。一首一首に物語がある。

もちろん恋の歌だけではない。美しい自然への賛歌、旅中にあって感じる寂寥《せきりょう》、死に行く者へ捧げる祈りなど、様々な思いが約四五〇〇首あまりの歌々に込められている。

新元号「令和《れいわ》」は、『万葉集』巻五の「梅花《ばいか》の歌三二首」の「序」を出典とする。梅は渡来《とらい》の花、大和《やまと》古来の桜とともに、今も私たちの大切な心の花である。

ここ日本で今から一三〇〇年以上前に暮らした人々が、いったい何を見、何に心動かされ、それをどう歌に昇華《しょうか》させていったか。本書によって、万葉の世界の一端を垣間《かいま》見てほしい。

坂本　勝

図説　地図とあらすじでわかる！万葉集〈新版〉◆目次

三章　万葉集の歌の数々　157

序章

万葉集を読む前に

万葉集を読む前に――日本人のこころに咲く万葉の花

日本文化の原点というべき『万葉集』

古来、人々は和歌を通して恋の感情や自然への憧憬《しょうけい》、人生の哀歓を詠いあげてきた。『万葉集《まんようしゅう》』は、そんな和歌の数々を集めて七世紀から八世紀にかけて編纂された、わが国に現存する最古の歌集である。

同書には天皇をはじめとして皇族、貴族、農民、芸能者、遊行女婦《うかれめ》などの幅広い層の歌が収められ、総数およそ四五〇〇首、全二〇巻におよぶ。

『万葉集』の名前の由来については、大きく分けて二つの説がある。一つは「万《よろず》の言《こと》の葉《は》」の意に解して、数多くの歌を集めたものとする説。もう一つは「万葉」を「万代《よろずよ》（世）」の意味にとり、「万世にまで末永く伝えられるべき歌集」とする説である。

『万葉集』には五世紀の大王・仁徳《にんとく》天皇の時代から、八世紀中頃までの歌が収められている。ただ、本格的な万葉時代の幕開けは舒明《じょめい》天皇（在位六二九～六四一）の時代からだ。

『桂本万葉集』

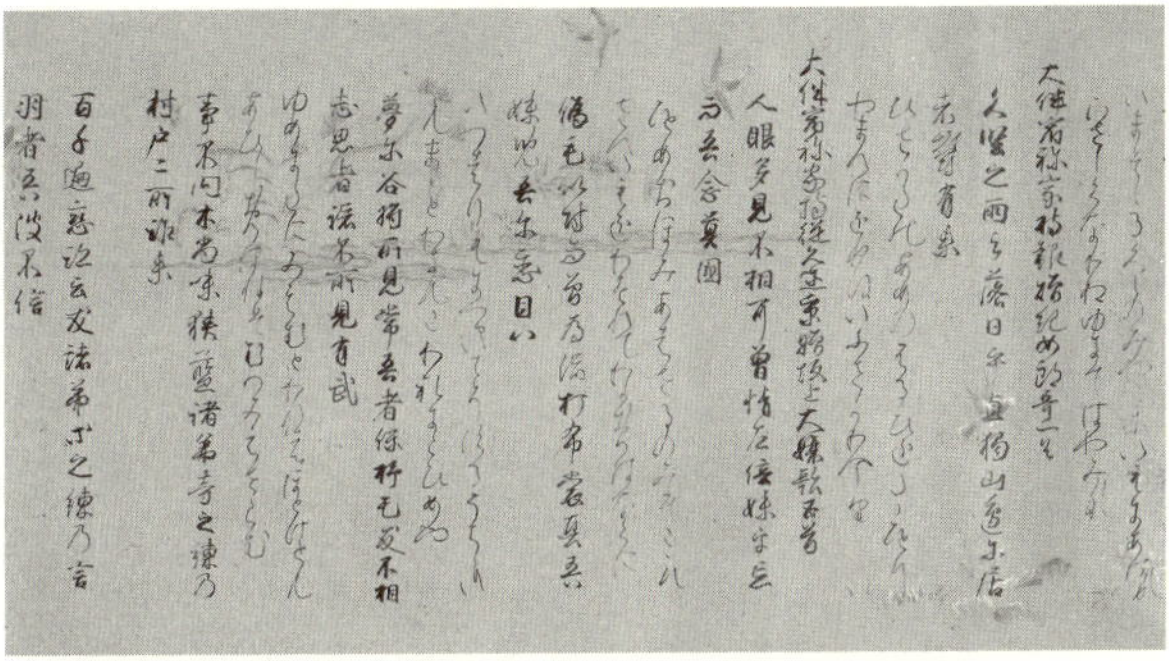

『万葉集』の原本は発見されていない。平安時代中期に源兼行《みなもとのかねゆき》によって書かれた『桂本《かつらぼん》万葉集』が、現存する最古の写本である。桂宮《かつらのみや》家に伝来したことからこの呼び名がつき、元暦校本、藍紙本、金沢本、天治本とともに「五大万葉集」のひとつに数えられている（宮内庁蔵）

作歌年次がわかっている歌のなかで最も新しいのは七五九（天平宝字《てんぴょうほうじ》三）年の作品で、この間約一三〇年が万葉の時代である。

編者は勅撰《ちょくせん》説、橘諸兄《たちばなのもろえ》説、大伴家持《おおとものやかもち》説などがあるが、巻によって編者は異なり、最終的に家持によって全二〇巻にまとめられたとする説が有力である。また、巻ごとに編纂形式や表記が異なるため、数次にわたって段階的にまとめられたと考えられている。

全二〇巻の構成は部立て（雑歌《ぞうか》、相聞歌《そうもんか》、挽歌《ばんか》の内容分類）や資料の引用の仕方などから、大きく巻一から巻一六までと、巻一七から巻二〇までの二部に分かれるとされている。

まず巻一、二が成立し、次に巻三、四が編まれ、巻一六まで拡大して一度完成した。巻一七から巻二〇は大伴家持とその周辺の人々の歌がほとんどで、作歌年も新しいものが多いことから、最後に成立したと考えられている。

時代によって変わりゆく歌風

あらゆる芸術がその時代の空気を敏感に反映するように、『万葉集』の歌風も時代とともに変化している。歌風の変遷過程は、四期に分けて考えるのが一般的である。

第一期は初期万葉の時代。まず仁徳天皇や雄略《ゆうりゃく》天皇などの伝承の時代には、『古事記《こじき》』や『日本書紀《にほんしょき》』にみられるような歌謡的な歌が多い。舒明天皇の即位（六二九年）をもって万葉の時代は本格的に幕を開け、大化《たいか》の改新《かいしん》、近江《おうみ》遷都、壬申《じんしん》の乱（六七二年）に至る激動期が続く。古代歌謡の集団性から徐々に個的な抒情《じょじょう》性が芽生えてくる時期であり、この頃の代表的歌人には舒明、天智《てんぢ》天皇、額田王《ぬかたのおおきみ》、有間皇子《ありまのみこ》などがいる。

第二期は壬申の乱から平城京《へいじょうきょう》遷都（七一〇年）までの時代。天武《てんむ》、持統《じとう》天皇が治めた壬申の乱後の安定期にあたる。代表歌人は柿本人麻呂《かきのもとのひとまろ》。この頃、宮廷を中心に和歌の価値と権威が急激に高まった。

第三期は平城京遷都から山上憶良《やまのうえのおくら》が没したと思われる七三三（天平五）年まで。憶良

『万葉集』の時代区分

時期	歌風	代表的な歌人
第一期〈舒明天皇即位(629年)から壬申の乱(672年)まで〉	古代歌謡の集団性を受け継ぎつつも、徐々に個性を帯びてくる。素朴でおおらかな歌が多い	額田王・天智天皇・天武天皇・有間皇子・中臣鎌足など
第二期〈壬申の乱後、平城遷都(710年)まで〉	柿本人麻呂を中心に歌風が確立。みずみずしく力強い歌が詠まれる	柿本人麻呂・持統天皇・大津皇子・大伯皇女・高市黒人など
第三期〈平城遷都後、山上憶良没年(733年)まで〉	個性的な歌人が多く現れ、多彩な歌風が展開される	山上憶良・山部赤人・大伴旅人・高橋虫麻呂・笠金村など
第四期〈憶良没後、最終歌が詠まれる(759年)まで〉	政情不安の世を反映し、繊細で観念的な歌が多い	大伴家持・大伴坂上郎女・中臣宅守・狭野茅上娘子など

をはじめ山部赤人《やまべのあかひと》・大伴旅人《おおとものたびと》など、さまざまな個性が花開いた時代である。憶良は人生の苦悩と下層階級への思いを、赤人は自然の風景を情趣豊かに描いた。旅人は個性溢《あふ》れる詩情を詠んだ。

第四期は大伴家持を中心とする時代で、最後の年代判明歌が詠まれた七五九（天平宝字三）年まで。政争の多い不穏な時代のなかで、人々は和歌の世界に新たな可能性を求めた。

この四期を通して文化の中心は大和《やまと》（奈良県）にあって、それを担っていたのは都の貴族たちだった。しかし『万葉集』は東歌《あずまうた》、防人歌《さきもりうた》などの東国《とうごく》の民衆たちの歌、畿内周辺の庶民の歌など、広範な作者層と地域的な広がりをもっている。都を遠く離れた九州の大宰府《だざいふ》も和歌文化の一翼を担った。

部立て、表現様式、そして歌体

『万葉集』は歌の内容、表現形式、歌体もさまざまである。

まず内容上の分類では、「雑歌《ぞうか》」「相聞歌《そうもんか》」「挽歌《ばんか》」の三部立てが代表的である。

雑歌は集団的な宮廷生活や行事を背景に詠まれた歌をさす。自然や風景を愛《め》でた歌、行幸《ぎょうこう》や遷都など宮廷関係の歌が多くを占め、公的な性質をもつ。そのため、三部立てのなかでは必ず雑歌が先に掲載されている。

相聞歌は主に男女間の恋を詠みあう歌である。「相聞」とは、互いに消息を通わせるという意の漢語で、なかには肉親や友人間の親愛の情を伝えるものもある。

挽歌は死者を悼《いた》み、哀悼《あいとう》する歌である。本来、挽歌とは棺《ひつぎ》を乗せた車を挽《ひ》くときに詠う歌を意味するが、万葉の挽歌は死を悲しみ嘆く歌を広く収める。

また表現様式には、相聞歌の分類の一つで、恋の感情を外界の自然に重ねて表現する「寄物陳思《きぶつちんし》」や、物にたとえたり、比喩《ひゆ》を用いたりせずに感情を直接的に表現した「正述心緒《せいじゅつしんしょ》」、思いを事物に重ねるという点では寄物陳思と似ているが、比喩が前面に歌われ、本意は裏に隠されている「比喩歌」といった技法がある。

歌体は「短歌《たんか》」「長歌《ちょうか》」「旋頭歌《せどうか》」の三つが主になる。

なかでも最も一般的なのが短歌だ。短歌は「五・七・五・七・七」の五句から成り、『万葉集』の九割以上を占める。

長歌は「五・七」を二度以上繰り返し、最後を「五・七・七」で収める形式が基本となる。十数句から二十数句のものが多く、長歌の後に別に添える短歌のことを「反歌《はんか》」と呼ぶ。

旋頭歌は「五・七・七・五・七・七」の六句からなる。内容的に「五・七・七」の三句で切れ、三句ずつの掛け合い形式から発展したものと考えられている。

『万葉集』で展開されるさまざまな技法

『万葉集』は、全文が漢字で書かれている。編纂された頃には、まだ仮名《かな》文字がつくられていなかったので、中国伝来の漢字を用いて独特の表記をした。「万葉仮名《まんようがな》」と呼ばれるものである。

万葉仮名には漢字本来の意味とは無関係に、その音訓だけを借りて表したものと、漢字の意味どおりに用いたものがある。これが平安時代に創られる仮名文字のもとになった。ただし、なかには動詞の「あり」に「蟻」、助詞の「かも」に「鴨」の字をあてるといった言葉遊び的な使い方もある。

この万葉仮名の書き分けによって、古代日本語には、母音が八つ、イ音、エ音、オ音が二つずつあったことが明らかになった。キ・ヒ・ミ・ケ・ヘ・メ・コ・ソ・ト・ノ・モ・ヨ・ロの一三種は、発音が現代と異なり、それぞれ二種類に区別されていた（上代仮名遣い）。

『万葉集』の修辞《しゅうじ》技法には、次のようなものがある。

「枕詞《まくらことば》」は五音で一つの単語や熟語に掛かって修飾する語。たとえば「ひさかたの」「ぬ

和歌の分類

三部立て

雑《ぞう》歌《か》	集団的な宮廷生活や儀式を背景に詠まれた歌で、季節の行事など公的な生活をもつ
相《そう》聞《もん》歌《か》	男女の恋を詠んだものが多い。公的な雑歌に対して私的性格が強い
挽《ばん》歌《か》	人の死にまつわるもの。死を悼む歌や臨終の歌、死者を追慕する歌などがある

表現様式

寄物陳思《きぶつちんし》	恋情を自然の事物を通して表現する方法
正述心緒《せいじゅつしんしょ》	寄物陳思に対するもので、直接思いを表現する方法
比《ひ》喩《ゆ》歌《か》	思いを事物にたとえて表現する方法

歌体

長《ちょう》歌《か》	五･七を二度以上繰り返し、最後を五･七･七で結ぶ。長歌の後には反歌をともなうことが多い
短《たん》歌《か》	五･七･五･七･七の五句形式。『万葉集』約4500首のうち、約4200首を短歌が占める
旋《せ》頭《どう》歌《か》	五･七･七･五･七･七の形式。本来は前後半が問答になる。歌謡調の強い形式

ばたまの」などの語句がそれにあたり、以下に続く「天・月」「黒」など特定の言葉を修飾する。

「序詞《じょことば》」は主想部《しゅそうぶ》に連なる語句を導きだす修辞法の一つ。枕詞と似ているが、枕詞が五音なのに対し、これは七音または二句以上からなる。

ほかに同音意義の二つの言葉を一語で表す「懸詞《かけことば》」、ある言葉と意味の上で関係がある語を意識的に他の箇所で用いる「縁語《えんご》」なども、わずかだが認められる。

飛鳥・大和 万葉地図

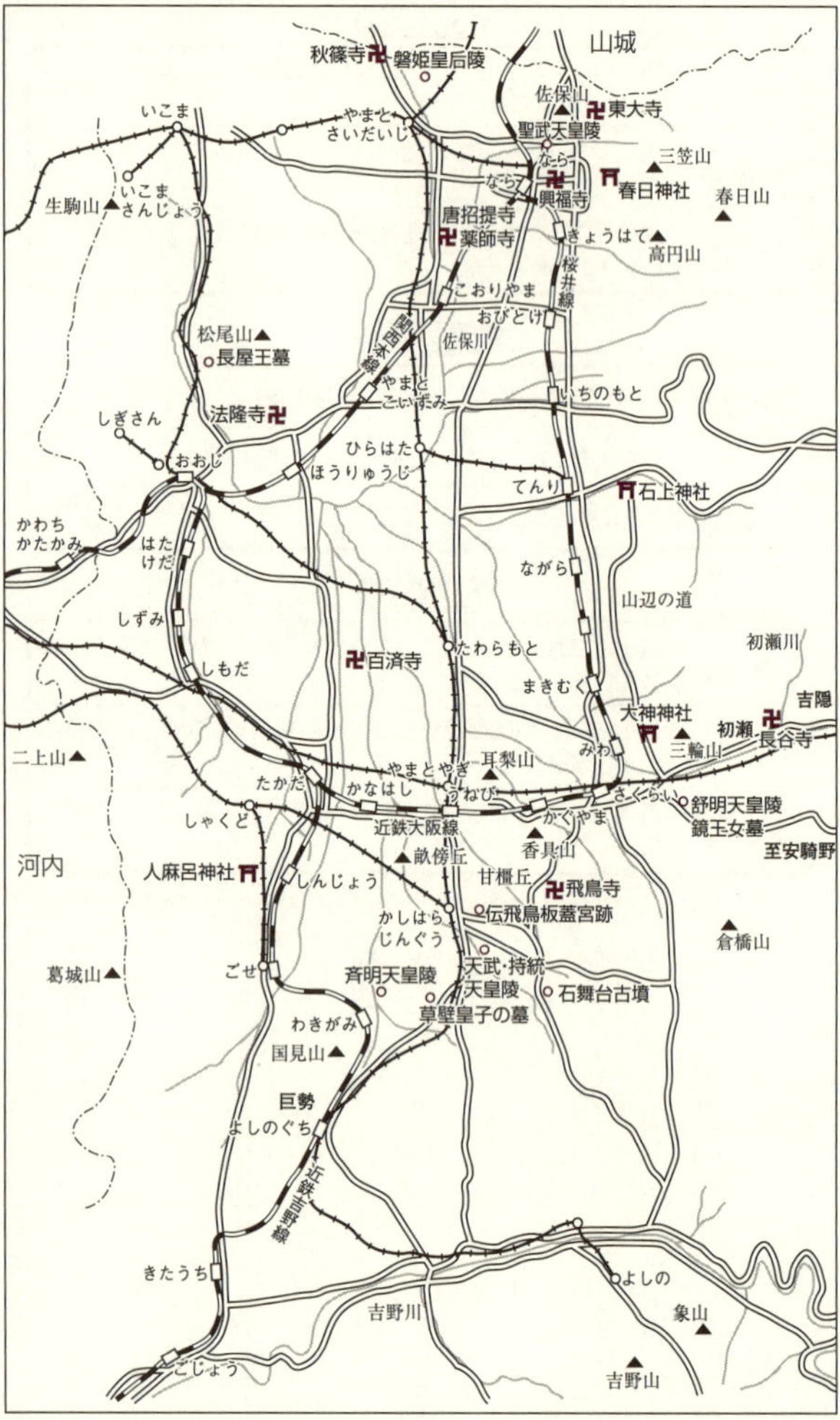

山城
秋篠寺
磐姫皇后陵
佐保山
東大寺
聖武天皇陵
いこま
やまと
さいだいじ
三笠山
なら
なら
春日神社
春日山
いこま
さんじょう
生駒山
興福寺
唐招提寺
薬師寺
きょうはて
高円山
桜井線
こおりやま
おびとけ
関西本線
佐保川
松尾山
長屋王墓
やまと
こいずみ
いちのもと
法隆寺
しぎさん
おおじ
ひらはた
ほうりゅうじ
てんり
石上神社
かわち
かたかみ
はた
けだ
ながら
山辺の道
しずみ
たわらもと
初瀬川
百済寺
しもだ
まきむく
吉隠
大神神社
初瀬
長谷寺
三輪山
みわ
二上山
耳梨山
やまとやぎ
たかだ
かなはし
うねび
さくらい
舒明天皇陵
しゃくど
近鉄大阪線
かぐやま
鏡王女墓
至安騎野
香具山
畝傍丘
河内
人麻呂神社
しんじょう
甘橿丘
飛鳥寺
伝飛鳥板蓋宮跡
かしはら
じんぐう
倉橋山
天武・持統
天皇陵
葛城山
ごせ
斉明天皇陵
石舞台古墳
草壁皇子の墓
わきがみ
国見山
巨勢
よしのぐち
近鉄吉野線
きたうち
よしの
吉野川
象山
吉野山
ごじょう

一章

万葉集とその時代

大化の改新――蘇我氏の専制を廃し、王政復古をめざした政変劇

舒明天皇の即位で幕が開ける万葉時代

七世紀初めの推古《すいこ》天皇の時代に摂政《せっしょう》として女帝を助けた聖徳太子《しょうとくたいし》は、仏教の興隆に力を注ぎ憲法十七条を制定するなど、天皇を中心とした法治国家体制を築いた。しかし一方では、有力豪族の蘇我《そが》氏が大臣《おおおみ》として王権に近づき権勢を振るっていた。

六二二（推古三〇）年、聖徳太子が死去すると、蘇我蝦夷《えみし》と入鹿《いるか》の専横《せんおう》はいっそう甚だしくなり、その勢力は天皇をしのぐまでになった。そして六二六（推古三四）年に蘇我馬子《うまこ》が、二年後に推古天皇が崩御《ほうぎょ》すると、後継者をめぐって意見が分かれる。

有力な皇位継承者としては田村皇子《たむらのみこ》と山背大兄王《やましろのおおえのみこ》（聖徳太子の子）がいたが、太子の家系が勢力を持つことを恐れた蝦夷は田村皇子を皇位に推し、山背大兄王を推す叔父の境部摩理勢《さかいべのまりせ》を自害に追い込んだ。すると蝦夷の思惑通りに田村皇子が即位し、舒明《じょめい》天皇が誕生。万葉の時代はこの頃から本格的な幕開けを迎える。

大化の改新 関連年表

天皇	年　月	事　項
皇極	642.1（皇極元）	蘇我入鹿、国政を掌握する
	643.11（皇極2）	入鹿、山背大兄王を襲い、王家を滅ぼす
	644（皇極3）	中臣鎌足、中大兄皇子に近づき策謀を練る
		蘇我蝦夷、甘檮丘に邸宅を建て、防備を固める
	645.6	中大兄皇子、入鹿を討つ。蝦夷は翌日に自殺
孝徳		皇極天皇退位し、孝徳天皇が即位→新政権樹立
	（大化元）	「大化」と年号を制定
	8	東国の国司任命、男女の法制定、戸籍作成
	9	古人大兄皇子《ふるひとのおおえのみこ》を討つ
	12	難波長柄豊碕宮《なにわながらのとよさきのみや》へ遷都
	646.1（大化2）	改新の詔を出す
	3	薄葬令《はくそうれい》制定
	649.2（大化5）	冠位十九階制定
	3	蘇我石川麻呂、謀反の嫌疑を受け、山田寺で自殺

新政府の人事

天　皇	孝徳天皇
皇太子	中大兄皇子
左大臣	阿部倉梯麻呂《あべのくらはしのまろ》
右大臣	蘇我石川麻呂
内　臣	中臣鎌足
国博士	僧旻《みん》・高向玄理《たかむこのくろまろ》

改新の詔

公地公民性の原則

- 屯倉《みやけ》・子代《こしろ》・田荘《たどころ》・部曲《かきべ》といった土地、人民の私有制度を廃止
- 豪族に食封《じきふ》・布帛《ふはく》を支給

中央集権的な行政区画

- 畿内・国・郡・里の制定
- 軍事施設・交通制度の整備

班田収授法

- 戸籍・計帳の作成
- 班田収授法の制定

新税法の実施

- 調（田の調と戸別の調）・調副物・兵士・仕丁・庸・采女《うねめ》

大和《やまと》には　群山《むらやま》あれど　とりよろふ　天《あま》の香具山《かぐやま》　登り立ち　国見《くにみ》をすれば　国原は
煙《けぶり》立ち立つ　海原は　鷗《かまめ》立ち立つ　うまし国ぞ　蜻蛉島《あきづしま》　大和の国は　（巻一・二）
《大和には多くの山があるが、とりわけ立派な天の香具山よ。この山の上に立って国見をすると、国原には炊煙《すいえん》が盛んに立ちのぼっている。海原にはかもめが盛んに飛び立っている。本当に立派な国だ、この大和の国は》

これは、古くから神聖視されている香具山に登った舒明天皇が、国土の繁栄を祈って詠んだ望国の歌である。国見とは、山や丘の上から大地を見て豊穣を祈願する行事のこと。炊煙が立ちのぼるさまは民の生活の豊かさを、かもめが飛び立つさまは大地の生命の豊さを表している。ただ、この歌は実景を詠んだものではなく、そうあってほしいという理想の世界を言葉の力で実現しようとする言霊《ことだま》信仰にもとづくものだろうとの解釈もある。

蘇我氏の没落と中大兄皇子・中臣鎌足政権の誕生

舒明天皇は王者の風格漂う国見歌を詠んだが、当時、政治権力を実質的に握っていたの

大化の改新 関連地図

入鹿の首塚

飛鳥寺にある五輪塔。飛鳥板蓋宮で中臣鎌足に討たれた蘇我入鹿の首が飛来した場所と伝えられている

は蝦夷、入鹿の蘇我一族だったといわれている。

『日本書紀《にほんしょき》』には蝦夷が葛城《かつらぎ》の高台に祖廟《そびょう》を建てて、天子《てんし》にだけ許される八佾《やつら》の舞を行なった、聖徳太子の部民を勝手に使役して蝦夷と入鹿の墓を築き、大陵《おおみささぎ》・小陵《こみささぎ》とした、勝手に紫冠を入鹿に授けて大臣になぞらえた、などさまざまな専横が記されている。

こうした蘇我氏の独裁は他の豪族の不満を生み、やがて蘇我氏打倒の動きが起こる。首謀者は中臣鎌足《なかとみのかまたり》だ。

鎌足は天皇家に権力を取り戻そうと中大兄皇子《なかのおおえのみこ》に接近し、入鹿暗殺を説いた。そして蘇我石川麻呂《いしかわまろ》や佐伯《さえき》氏などを味方につけ、来るべきときに備えた。

六四五（皇極《こうぎょく》四）年、いよいよクーデターが実行される。飛鳥板蓋宮《あすかいたぶきのみや》で、百済《くだら》、新羅《しらぎ》、高句麗《こうくり》三国による進調の儀式が執り行なわれた際に、中大兄と鎌足らが入鹿を暗殺したのだ。翌日には蝦夷が自害し、蘇我政権は倒された（乙巳《いっし》の変）。

その後、孝徳《こうとく》天皇が即位すると元号を大化《たいか》と定め、難波宮《なにわのみや》に遷都。翌六四六（大化二）年には、改新《かいしん》の詔《みことのり》が出される。

この詔によって、公地公民の原則や税制度が定められ、中央集権国家を目指す大規模な改革が実現したのである。

有間皇子の変——運命に翻弄され、はかなく散った悲劇の皇子

皇位継承の望みを断たれた有間皇子

大化の改新後に即位した孝徳天皇の新政府は、皇太子・中大兄皇子、内臣《うちつおみ》・中臣鎌足を中心として船出した。政治の実権を握ったのは中大兄である。当時まだ二〇歳の英雄は、自ら政治の前面に出ることはなかったが、新たな政策を次々と打ち出し、天皇を中心とした強力な中央集権化を推し進めた。

六五三（白雉《はくち》四）年、都を難波から大和に遷《うつ》すという進言を孝徳天皇に拒まれると、中大兄は突如皇極上皇、間人皇后《はしひとこうごう》、大海人皇子《おおあまのみこ》を引き連れて飛鳥河辺行宮《かわべのかりみや》に遷ってしまう。難波宮にひとり残された孝徳は、これを恨みながら六五四（白雉五）年に五九歳で没した。

有間皇子《ありまのみこ》は、この孝徳と左大臣の阿倍倉梯麻呂《あべのくらはしのまろ》の娘・小足媛《おたらしひめ》との間に生まれた唯一の皇子だった。血統からいえば、皇位継承の最有力候補となる人物である。

孝徳亡き後、通常であれば皇太子である中大兄、あるいは孝徳の息子である有間が皇位

を継ぐのが自然な流れであるが、中大兄は即位せず、母の皇極が再び皇位についた（斉明《さいめい》天皇）。

当時、女帝は六二歳。同じ人物が二度も皇位につくということは前例がない。このように天皇がいったん譲位《じょうい》したのち、再び皇位につくことを重祚《ちょうそ》という。重祚したのは歴史上二人だけで、もう一人は道鏡《どうきょう》を寵愛《ちょうあい》した孝謙《こうけん》天皇である。孝謙は一度皇位を下りたが、その後、称徳《しょうとく》天皇として返り咲いた。

父を憤死させ、思惑通り専制を続ける中大兄に対して、有間がどのような感情を抱いていたのかは想像に難くない。

有力な後ろ盾もなく、現状では政治の中心へ躍り出ることなど到底不可能な有間であったが、まだ皇位継承権を持っていた。しかし、それが悲劇を生んだ。中大兄から命を狙われる危険が出てきたのである。『日本書紀』には、身の危険を感じた有間が、保身のために狂人を装ったとも記されている。

有間皇子を陥れた中大兄皇子の陰謀

失意の日々を過ごしていた有間は六五七年、療養と称して紀伊《きい》（和歌山県）にある牟婁《むろ》

有間皇子周辺の人物相関図

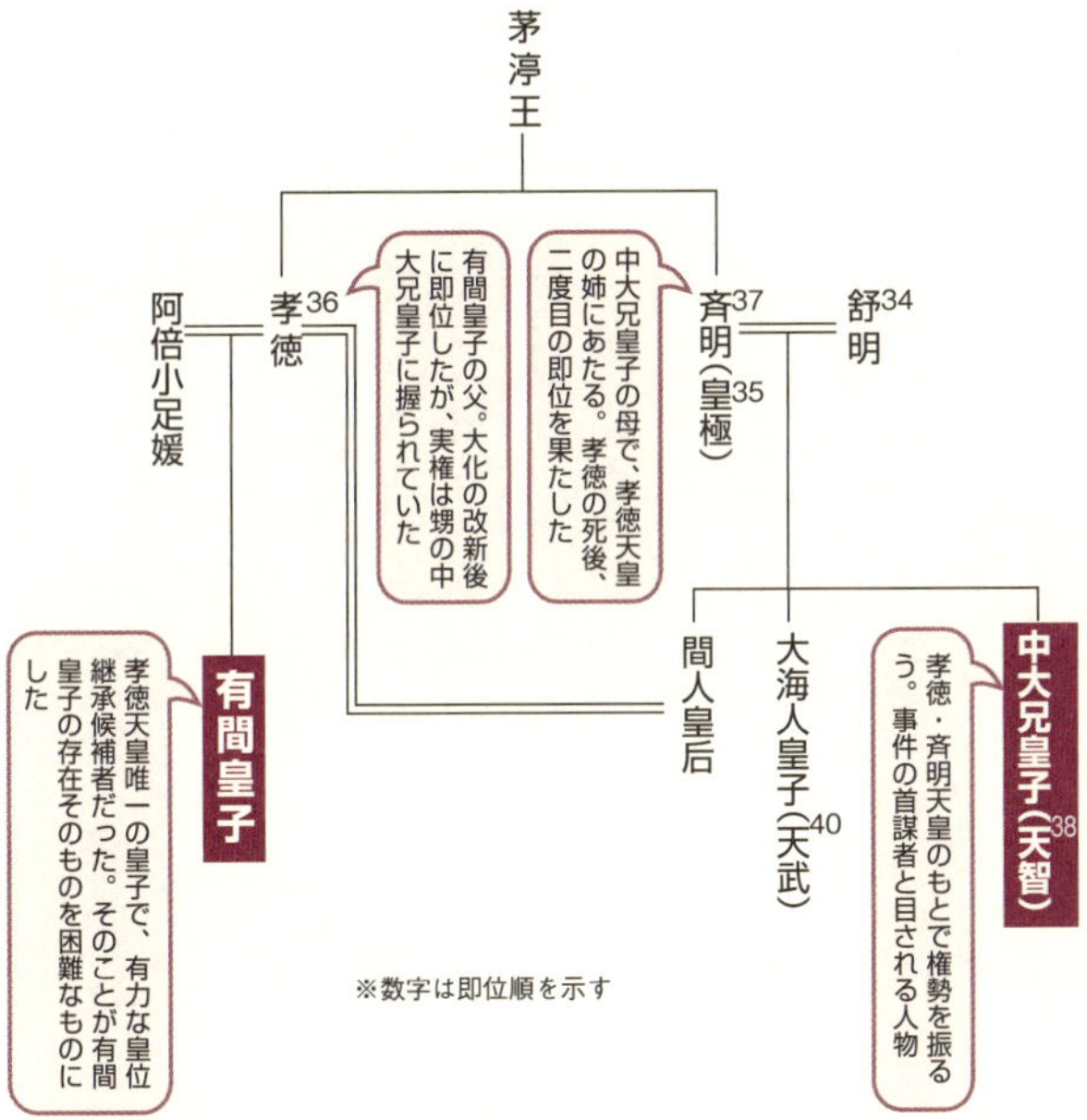

の湯（白浜温泉）を訪れた。その後まもなく都に戻り、同地の素晴らしさと病が完治したことを斉明に伝えると、斉明は大変に喜んだという。

　有間が牟婁の湯に遊んだ翌年の六五八年一〇月、斉明と中大兄の一行は紀伊に行幸し、有間は留守官だった蘇我赤兄《あかえ》らとともに都に留まることになった。

　十一月三日、赤兄は有間のもとを訪れ、斉明に三つの失政があると非難する。赤兄の言葉を信じたのは若さと実直さゆえだろうか、「吾が年はじめて兵を用ゐるべき時なり」と有間は歓喜したという。

五日になると有間は赤兄の家に行き、謀議をめぐらす。このときは有間の脇息《きょうそく》の足が折れたことを不吉な前兆とみなし、挙兵計画をいったん中止した。そして二人は、機が熟すのを待とうと誓い合って別れた。

ところがその夜、赤兄は宮造りの人夫を動員して有間の家をとり囲み、有間の身柄を拘束してしまう。続いて斉明のもとに有間の謀反計画を報じる早馬を送る。すべては有間を陥れるための罠だったのである。

その結果、有間は牟婁の湯へ連行されることとなった。

九日、中大兄の尋問を受けた皇子は一言、「天と赤兄と知らむ。吾全《もは》ら解《し》らず」と答えた。これは「天と赤兄だけが知っている。私は何も知らない」という意味だ。この言葉には赤兄に対する無念の思いと、「中大兄よ、お前がいちばんわかっているだろう」という抑え難い恨みの念が込められている。

十一日、有間は都に護送される途中、藤白《ふじしろ》の坂（和歌山県海南《かいなん》市藤白）において絞殺された。まだ一九歳という若さであった。皇子に付き従った側近二人も斬首され、二人が流罪に処された。

有間皇子の変の経過

年	月	事項
六五三（白雉四）		中大兄皇子が皇極上皇や間人皇后、大海人皇子などを連れ飛鳥河辺行宮へ遷る
六五四（白雉五）	一〇月一〇日	孝徳天皇が崩御する
六五五（斉明元）		皇極上皇が重祚し、斉明天皇となる
六五六（斉明二）		飛鳥岡本宮へ遷宮
六五七（斉明三）	九月	有間皇子が牟婁の湯へ赴き、療養にあたる
六五八（斉明四）	一〇月一五日	斉明天皇も牟婁の湯へ行幸。中大兄皇子もこれに随行する
	一一月三日	蘇我赤兄が天皇の治政における失政三か条を訴えると、有間皇子は謀反の決意を固める
	五日	有間皇子が赤兄の邸宅へ出向き謀議するも、帰宅したところを赤兄たちに囲まれる。このとき赤兄は、斉明天皇に有間皇子の謀反を告げる
	九日	捕えられた有間皇子は牟婁の湯に送られ、中大兄皇子の尋問を受ける
	一一日	有間皇子が藤白の坂で絞首刑に処せられる

牟婁の湯

『日本書紀』に「牟婁の温湯」「紀の温湯」の名で記されている白浜温泉。保養地として都人に愛されていた

その一方で、赤兄は何の処分も受けず、後の天智朝では左大臣にまで取り立てられている。このことは、事件が中大兄によって仕組まれたものであることを暗に示しているといえよう。

囚われの有間皇子が最期に詠んだ悲痛な叫び

有間は囚《とら》われの身となって牟婁の湯に護送される際、岩代《いわしろ》（和歌山県日高郡みなべ町）の地で自らの悲運を嘆き、次の歌を詠んでいる。

岩代の　浜松が枝《え》を　引き結び　ま幸《さき》くあらば　また帰り見む　（巻二・一四一）
《今、私は岩代の松の枝を結んで行く。万一願いがかなって無事でいられたら、もう一度ここに戻ってこの松を見ることができるだろう》
家にあれば　笥《け》に盛る飯を　草枕　旅にしあれば　椎《しい》の葉に盛る　（巻二・一四二）
《家にいたなら立派な器に盛ってお供えする飯なのに、旅の身である私は椎の葉に盛る》

中大兄によって厳罰を下されるだろう。しかし、自分は赤兄にそそのかされて謀反を計画したわけで、実行まではしていない。流罪は覚悟しなければならないかもしれないが、極刑はまぬがれるのではないか――。そうしたわずかな生への望みが、一首目の「ま幸くあらば」という言葉から伝わってくる。

二首目は、護送される旅の苦しさを詠んだとするのが通説だが、椎の葉に飯を盛って神を祀《まつ》るさまを詠んだ神事の歌だったとする説もある。

いずれにしても、今は神に祈るしか救いを見出すことができない、そういう有間の悲嘆が読む者の心に迫ってくる。

悲劇の皇子に対する哀悼の挽歌

有間の悲劇は後の万葉歌人にも同情と哀感をもって伝えられた。人々は悲運の皇子を偲《しの》んで、さまざまな歌を残している。

岩代の　崖《きし》の松が枝　結びけむ　人は帰りて　また見けむかも
（長意吉麻呂《ながのおきまろ》　巻二・一四三）

《岩代の　崖の松の枝を結んだというお方は、ここに再び帰り、この松を見ることができたの

だろうか》
岩代の　野中に立てる　結び松　心も解けず　古思《いにしへ》ほゆ（長意吉麻呂　巻二・一四四）
《岩代の野中に立っている結び松よ、お前の結び目のように私の心はふさぎ結ばれて昔のことがしきりに偲ばれる》
後見むと　君が結べる　岩代の　小松が末《うれ》を　また見けむかも
（柿本人麻呂《かきのもとのひとまろ》歌集　巻二・一四六）
《帰りに見ようと結んでおかれたこの松の梢《こずえ》を、皇子はまた見ただろうか》

一四三、一四四番歌の作者である長意吉麻呂は、持統《じとう》・文武《もんむ》朝の下級官僚で、宮廷歌人として戯笑《ぎしょうか》歌や旅の歌を詠んだ。

最後の歌は、「人麻呂歌集の中より出づ」と注釈にあり、作者は確定できないが、柿本人麻呂の作で、七〇一（大宝《たいほう》元）年、文武朝のときに作られたと考えられる。

どの作品にも、深い同情と死者への鎮魂《ちんこん》の思いが溢《あふ》れている。これらの歌が詠まれたとき、事件の首謀者と目される中大兄はすでに亡く、皇子の死からすでに半世紀近いときが流れていた。

有間皇子の最期の足どり

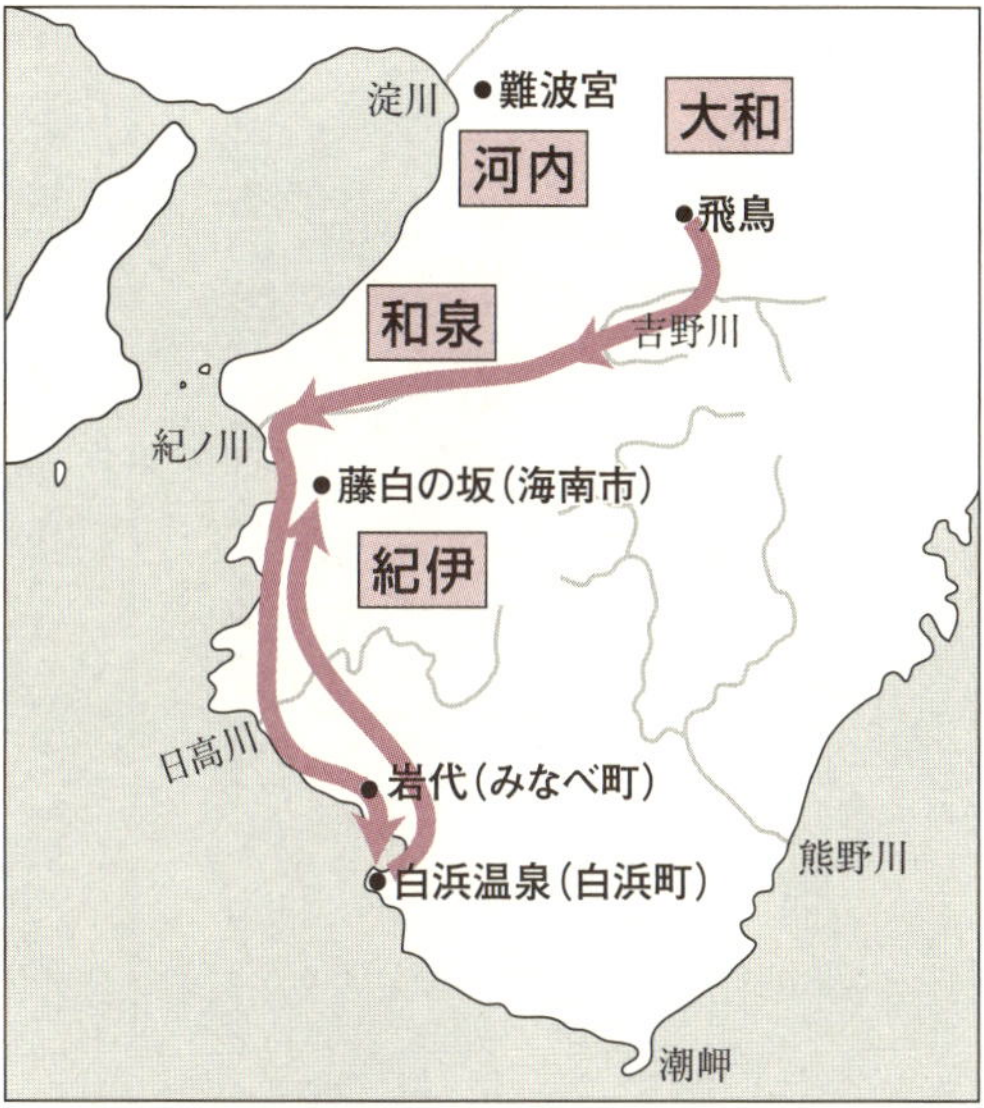

有間皇子の歌碑と墓碑

熊野古道には、有間皇子の歌碑（左）と墓碑（右）が残っている

白村江の戦いと近江遷都

——内憂外患の天智天皇の治世

朝鮮半島への出兵と百済の滅亡

国内で皇位継承をめぐる争いが行なわれていた六世紀から七世紀にかけて、大陸でも激しい勢力争いが繰り広げられていた。朝鮮半島では百済《くだら》、新羅《しらぎ》、高句麗《こうくり》の三国が対立、中国では隋《ずい》が高句麗の侵略に失敗し、続いて唐《とう》が成立、朝鮮半島へ勢力を拡大した。

六六〇（斉明六）年、百済が唐と新羅の連合軍によって攻め滅ぼされた。すると鬼室福《きしつふく》信《しん》を中心とした遺臣たちは、日本に人質として送っていた皇子の豊璋《ほうしょう》を擁立して百済を復興しようと考え、日本に救援を求めてきた。

当時の実質的な執政者であった中大兄皇子は、この要請を受けて、ただちに救援を送ることにした。

六六一（斉明七）年正月六日、斉明天皇一行は百済救援のために難波津《なにわづ》を出港、九州へ向かった。一四日には伊予《いよ》（愛媛県）の熟田津《にきたつ》の石湯（道後《どうご》温泉）に到着、三月二五日に

白村江の戦い

熟田津の推定地

「熟田津」の所在地については、愛媛県松山市付近とする説が一般的だが、それらしき地名の痕跡がないため、具体的な位置までは確定していない

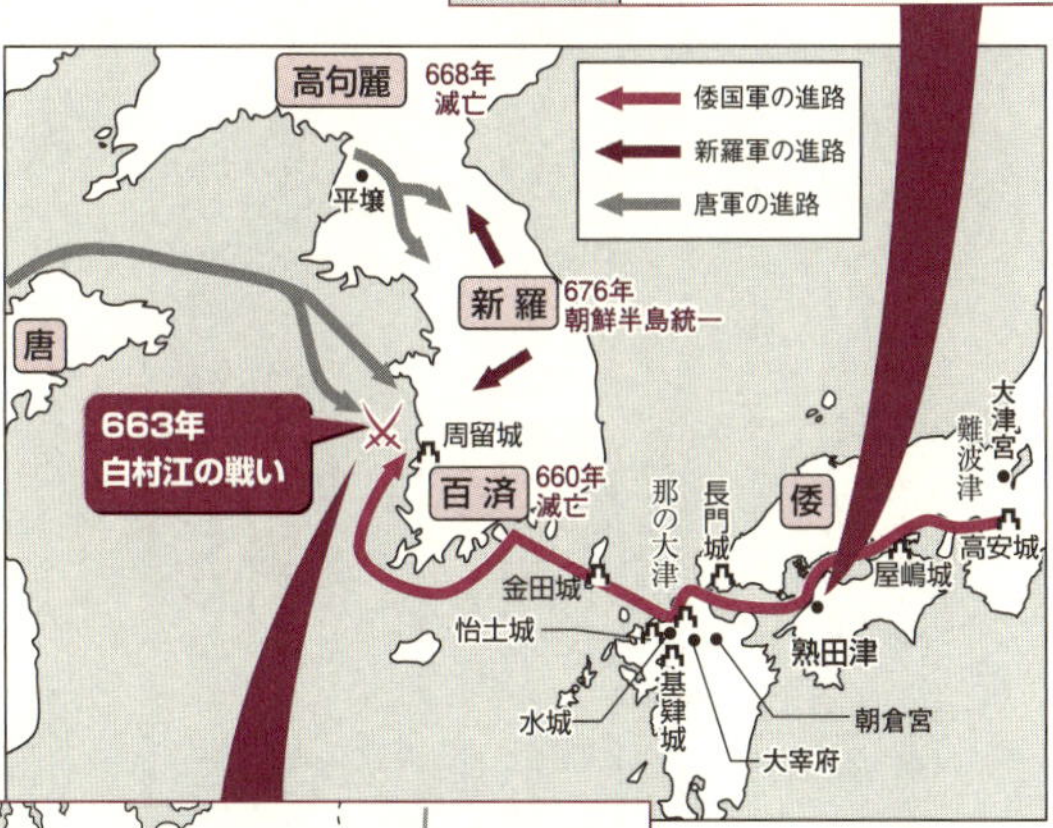

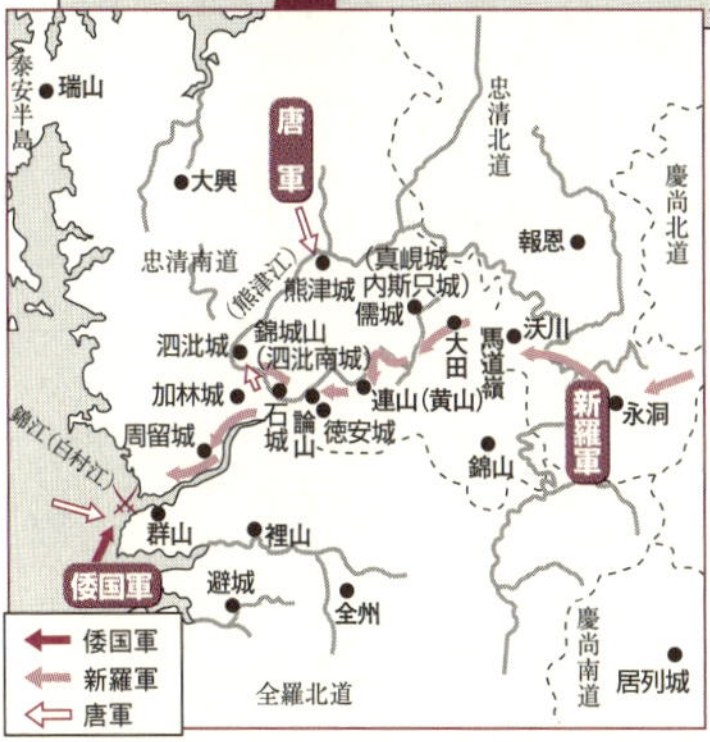

唐軍と日本・百済連合軍が激突した白村江。唐の水軍に挟み撃ちにあった日本・百済連合軍は大敗してしまう

出典:『戦乱の日本史[合戦と人物]』鈴木英夫(第一法規出版)

那《な》の大津（博多湾）に着いた。
熟田津出港の際、額田王《ぬかたのおおきみ》が詠んだと伝えられるのが次の歌である。

熟田津に　船乗りせむと　月待てば　潮もかなひぬ　今は漕《こ》ぎ出《い》でな　（巻一・八）
《熟田津で、船を出そうと月の出を待っていると、月も出、いよいよ潮の具合もよくなってきた。さあ、今こそ船出しよう》

これは出港の時期をはかっていたときの歌で、全軍を鼓舞し勇気づける、躍動感溢れる歌である。額田王の代表作であるとともに、初期万葉の傑作とされている。ただし『旧唐書』によれば、「斉明天皇の御製」とある。おそらくは、額田王が全軍の指揮者である女帝になり代わって作歌したものであろう。

一行が博多湾に到着してから四か月後、斉明天皇が崩御する。中大兄は称制《しょうせい》して百済に出兵した。皇太子でありながら皇位に就かなかったのは、孝徳天皇が崩御したときに続いて二度目のことである。

六六三（天智二）年六月になると、百済に内紛が起こり、鬼室福信が殺害された。そして八月、ようやく白村江《はくそんこう》に到着した日本・百済連合軍は、唐・新羅連合軍と激突した。ところが、鬼室福信を失って軍議が整わなかった日本の船団は、唐の船団に左右から包囲されて身動きがとれず、開戦からわずか一〇日あまりで大敗を喫してしまう。この戦いで日本が負った痛手は大きく、軍船四〇〇隻が炎上、敗走する日本軍は各地で転戦中の兵士および亡命を希望する百済の遺民を結集して帰国した。

中大兄皇子による近江への遷都

白村江で大敗した中大兄は唐・新羅による報復と侵攻に備えるため、百済の人々の技術を用いて九州北部の対馬《つしま》に防人《さきもり》を配備し、筑紫《つくし》（福岡県）には水城《みずき》や朝鮮式山城などを築いた。

さらに六六七（天智六）年三月、都を難波から近江《おうみ》（滋賀県）の大津宮《おおつのみや》に遷し、翌六六八（天智七）年正月には、ついに即位して天智天皇となった。

だが、この近江への遷都に対しては、大和の人々の不満があまりに大きかった。『日本書紀』には、「民衆の不満が甚だしく、日夜、不審火が絶えなかった」との記事がみえる。

近江に都が置かれたのは、わずか五年半ほどの短い期間であった。遷都の理由にはさまざまな説があるが、大津は東国や北陸、西方への交通の便がよく、外国軍が瀬戸内海を東上して畿内へ上陸してきた場合に対処しやすかったからだとされる。

天智はこの地で近江令《りょう》を制定したり、日本で最初の戸籍といわれる『庚午年籍《こうごねんじゃく》』を作成するなど、政治、文化の革新に力を注いだ。その結果、大陸的な政策が整えられたほか、唐の文化を吸収し、高度な技術や学問を学ぶことによって、漢詩や和歌をはじめとする文学が花開いた。こうした時代にあって活躍した歌人が、額田王だった。

奈良への別れを惜しむ額田王の歌

額田王は鏡王《かがみのおおきみ》の娘とされており、天武《てんむ》天皇の妃となって十市皇女《とおちのひめみこ》を産んだ。斉明・持統朝では、天皇や宮廷人に代わって歌をつくる宮廷歌人であったといわれている。

『万葉集』には、近江遷都に際しての長短二首の歌が伝わる。

中大兄の一行が大和から近江へ遷るとき、行列は奈良山の坂を越えて山背国《やましろ》（京都府）に下っていった。

その際、大和の神・大物主神《おおものぬしのかみ》が宿る三輪山《みわやま》に別れを告げる儀式が行なわれ、額田王が一行を代表して次の二首を捧げたという。

大津宮

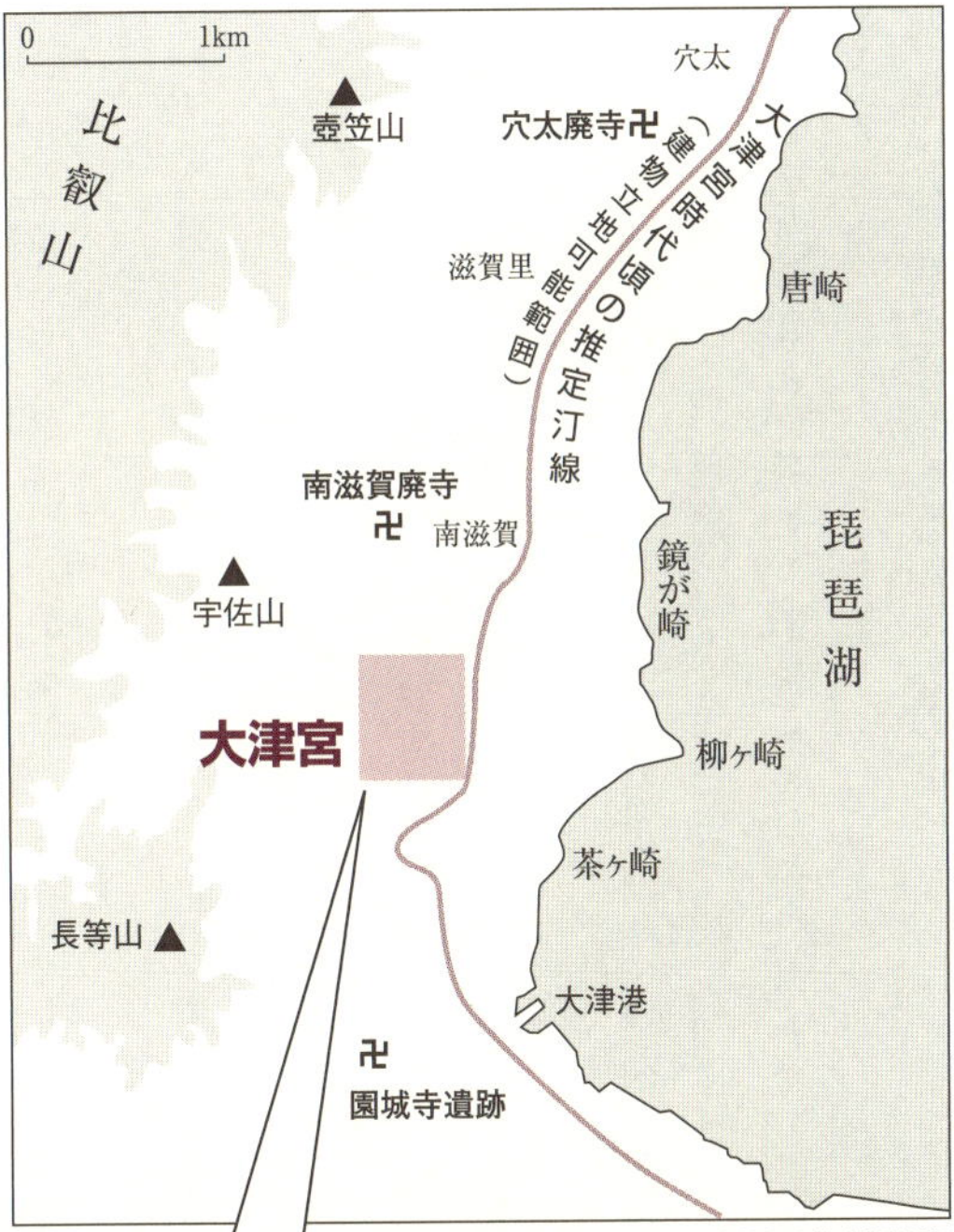

参考:『近江の古代寺院』　林博通他（真陽社）

近江大津宮錦織遺跡

近江遷都には、多くの宮廷人が不満と不安を抱いた。遷都の背景には、琵琶湖に面した大津が軍事・交通の要地となることや、国政改革を飛鳥の旧勢力から離れた場所で行なおうという天智天皇の意図があったといわれる

味酒《うまさけ》　三輪の山　あをによし　奈良の山の　山の際《ま》に　い隠るまで　道の隅《くま》　い積もるまでに　つばらにも　見つつ行かむを　しばしばも　見放《みさ》けむ山を　心なく　雲の　隠さふべしや
《三輪山が奈良の山の端に隠れるまで、いくつもの道の角を過ぎるまで、ずっと見続けていたい。それなのに無情にも雲が隠すなんて、そんなことがあってもよいものかしら》　（巻一・一七）
三輪山を　しかも隠すか　雲だにも　心あらなも　隠さふべしや　（巻一・一八）
《三輪山を、どうしてそんなふうに隠すのか。せめて雲だけでも情けがあってほしい。隠すなんてことがあってよいものか》

額田王は、三輪山との別れを繰り返し惜しんでいる。奈良山の坂を越えれば、すぐに大和の山は見えなくなる。飛鳥の里で昨日まで朝晩仰ぎ見ていた三輪山ともしばしの別れ。額田王は中大兄皇子らが抱いた寂寥感《せきりょうかん》を、歌に託して三輪山に捧げたのである。

荒廃した大津宮を悲傷する人麻呂の歌

時代は下り、六七二（天武元）年に壬申《じんしん》の乱が起こると、大津宮は戦場となってしまう。

三輪山

奈良盆地の東南部にある標高467メートルの山。額田王は近江への遷都に際して、この山との別れを歌に詠んだ

大神神社

三輪山そのものを神体とし、大物主神を祀るという最古の信仰形態を現在にとどめている

楽浪《ささなみ》の　志賀の唐崎《からさき》　幸《さき》くあれど　大宮人《おほみやひと》の　舟待ちかねつ　（巻一・三〇）
《近江の志賀の唐崎は昔のままにあるが、ここでいくら待っても、もう大宮人の舟には出逢えなくなってしまった》
楽浪の　志賀の大わだ　淀むとも　昔の人に　またも逢はめやも　（巻一・三一）
《近江の志賀の大わだ、この大わだが昔のままにいくら淀んでも、ここで昔の大宮人に再びめぐり逢えようか。逢えはしない》

六八九（持統三）年頃、柿本人麻呂は持統天皇とともに近江にやってきた。大津宮は、すでに春草の茂る廃都となっていた。遷都からわずか五年あまり。かつての面影がすっかり消え失せた大津宮を目の前にして、人麻呂は鎮魂の心を込めてこれらの歌を詠んだのだ。

近江京全盛の頃、この地に華やいでいた大宮人の姿は、もう二度と見ることができない――。人麻呂は、滅び去った過去と向かい合って深い喪失感を詠んだ。それはまた、荒れ果てた土地と死者への鎮魂でもあった。

壬申の乱——兄弟の愛憎が引き起こした古代最大の内乱

天智天皇と大海人皇子の複雑な関係

大海人皇子は舒明天皇と皇極天皇の子で、天智天皇の同母弟にあたる。武徳に優れ、知略の才にも恵まれていたといわれる。その人柄からか人望も篤《あつ》く、皇位継承者として有力視され、「皇太弟《こうたいてい》」と呼ばれていた。経験豊富な大海人に対する周囲の期待は、ほかの誰よりも大きかったのだ。

しかし、兄の天智が皇位継承者にしようとしたのは、大海人ではなく、実子である大友《おおとも》皇子《みこ》であった。

大友は天智と伊賀采女宅子娘《いがのうねめやかこのいらつめ》の間に生まれた子で、大海人に匹敵するほど才能に溢れていた。漢詩集『懐風藻《かいふうそう》』には「博学多通、文武の材幹あり」と記されている。

天皇に有力な弟がいる場合、その弟もまた有力な皇位継承の有資格者だった。しかし、天智は大友を後継者に選んだ。実の子を皇位につかせたいという天智の願望は当然あっただろうが、それ以上にこの兄弟の間には昔からさまざまな確執があったとされている。その原因の一つが、額田王という女性にある。

秘めたる思いを歌に託した蒲生野の遊猟歌

額田王ははじめ大海人皇子の妻として十市皇女をもうけたが、後に天智の後宮《こうきゅう》に入った。

六六八（天智七）年、天智は大海人や群臣、女官たちを連れて、琵琶湖の南に位置する蒲生野《がもうの》（滋賀県東近江市八日市《ようかいち》付近）へ薬猟《くすりがり》に出かけた。薬猟とは山野にでて、男たちが薬効のある鹿の角を獲り、女たちは薬草を採るという中国伝来の習俗である。

そのときの歌が『万葉集』に残っている。

あかねさす　紫野《むらさきの》行き　標野《しめの》行き　野守《のもり》は見ずや　君が袖《そで》振る（額田王　巻一・二〇）

《天皇以外は立入り禁止の紫野に入り込んで、大胆にも天皇の妻である私に求愛するなんて。野の番人がみとがめるではありませんか》

紫の　にほへる妹《いも》を　憎くあらば　人妻ゆゑに　われ恋ひめやも

（大海人皇子　巻一・二一）

壬申の乱人物関係図

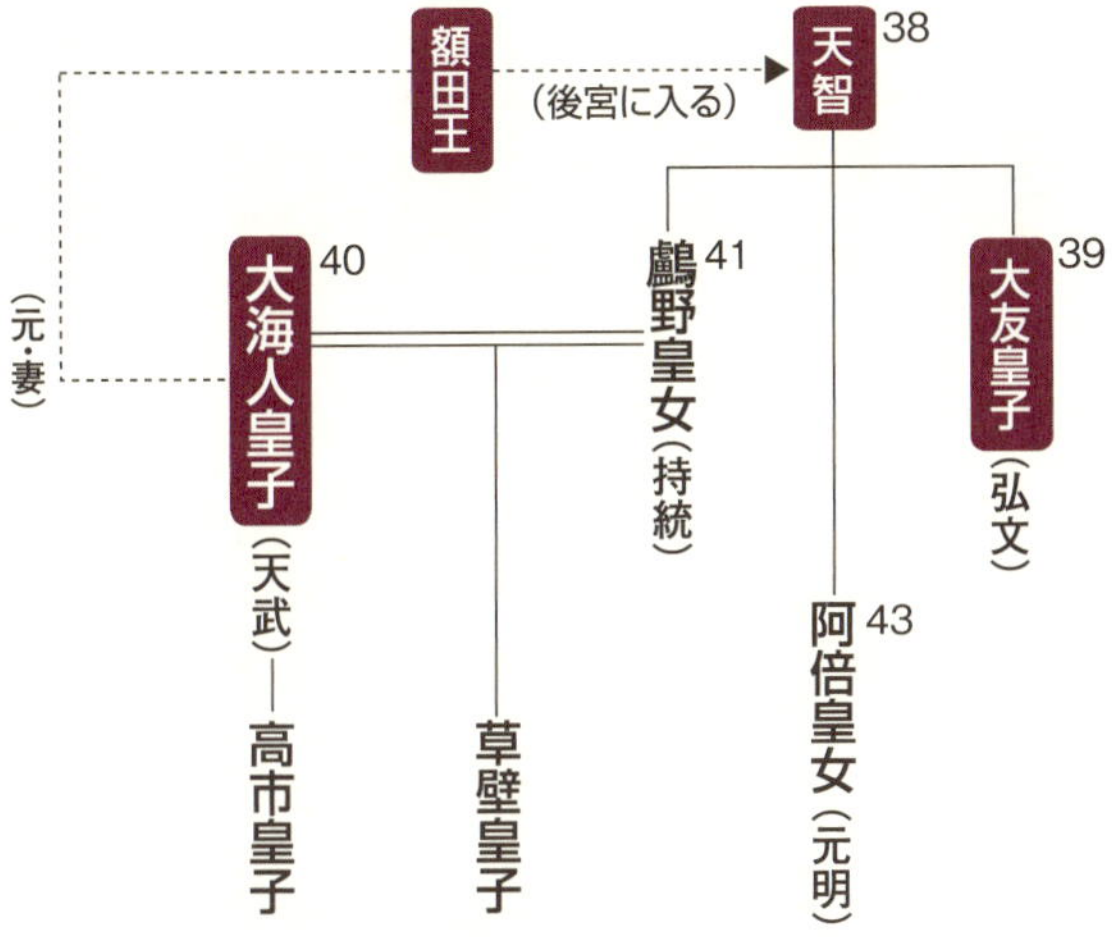

※数字は即位順を示す

蒲生野の風景

蒲生野では、朝廷の薬猟が行なわれた。額田王と大海人皇子がこの地で交わした恋歌は『万葉集』を代表する名歌として広く知られている

《紫草のようにあでやかなあなたが憎かったならば、人妻だというのに恋をするでしょうか。もう私の恋は秘めていられません》

額田王の歌には非常にスリリングな愛の場面が描かれている。聴衆は息をのんで事の展開を見守ったことだろう。そこに、かつて額田王の夫だった大海人が、「あなたはもう人の妻。でも変わらぬその美しさは、今でも私を捉えてやむことがありません」と、危うい恋のトライアングルの当事者を引き受けて応じた。

この応酬を天智、大海人、額田王の現実の三角関係を詠んだと解し、さらにその関係のもつれを壬申の乱の原因とつなげる見解が古くからある。しかし、大海人の歌の現実的な目的は、このときすでに三〇歳を超えていたであろう額田王の「変わらぬ若さと美しさ」を賛美することにあったと思われる。「秘めた恋」を赤裸々《せきらら》に詠うことで、宴の雰囲気はいっそう高揚したに違いない。

天下分け目の壬申の乱

六七一（天智一〇）年に天智が発表した新政権の陣容は、太政《だじょう》大臣・大友皇子、左大臣・

蘇我赤兄、右大臣・中臣金《なかとみのかね》、御史大夫《ぎょしたいふ》・蘇我果安《そがのはたやす》となっており、天智の大友への期待がうかがえる。これに気を病んだのが、皇太弟である大海人だ。

大海人は病床に臥《ふ》していた天智に呼ばれて後事を託されたが、天智の本心が実子・大友の即位にあることは明白だった。「跡を任せたい」という天智の言葉は、権力への意志を試すものに思われた。

身の危険を察知した大海人は、大友を皇太子に推挙して、自らは出家《しゅっけ》を願い、妻（後の持統天皇）子とともにすぐさま吉野《よしの》に下った。機を見て再起をはかろうというのである。このとき彼を見送った従者は、「虎に翼をつけて野に放つようなもの」といったとされる。

そして六七一年一二月、天智が亡くなると、大海人は挙兵を決意する。大友皇子を戴《いただ》く近江朝が、天智の陵墓《りょうぼ》造りに見せかけて攻撃の準備をしているとの知らせが届いたからである。

六七二（天武元）年六月二四日、大海人は妻子を連れて吉野を出発、伊賀《いが》、伊勢《いせ》を経由して美濃《みの》に向かう。すると、この報を伝え聞いた大海人の子の高市皇子《たけちのみこ》や大津皇子《おおつのみこ》も近江から合流してきた。大海人は美濃の兵力を徴集し、美濃と近江の要地・不破道《ふわのみち》を押さえることに成功する。

その後、関《せき》が原《はら》付近で高市らと合流すると、高市に軍事の全権を委ねた。
このときの高市の活躍は目覚しいものだったようで、柿本人麻呂は、高市皇子挽歌のなかで彼の雄姿を次のように詠っている。

……やすみしし　我が大君の　きこしめす　背面《そとも》の国の　真木立つ　不破山《ふはやま》越えて　高《こ》麗剣《まつるぎ》　わざみが原の　行宮《かりみや》に　天降《あも》り座《いま》して　天《あめ》の下　治め給ひ　食《を》す国を　定めたまふと　鶏《とり》が鳴く　吾妻《あづま》の国の　御軍士《みいくさ》を　召し給ひ　ちはやぶる　人を和《やは》せと　服従《まつろ》はぬ国を治めと　皇子ながら　任《よさ》し給へば　大御身《おほみみ》に　太刀取り帯ばし　大御手に　弓取り持たし　御軍士を　あどもひたまひ　整ふる　鼓《つづみ》の音《おと》は　雷《いかづち》の　声と聞くまで　吹き響《な》せる　小角《くだ》の音も　敵《あた》見たる　虎か吼ゆると　諸人《もろひと》の　おびゆるまでに…（以下略）

（巻二・一九九）

《美濃の国の杉や檜が繁る不破山を越えて、わざみが原の行宮におでましになり、天下を平定なさろうと東国の軍勢を召し集めて、荒々しい人々をなごませ従わぬ国を治めようと、皇子の身でみずから任にあたられたので、皇子は身に太刀をつけ、御手に弓を取り軍勢を統率なさる。その軍勢を整える鼓の音は雷鳴かと思われるほど、吹き鳴らす小角の音も敵を見た虎が吼えるのか

壬申の乱の経過

瀬田の唐橋は瀬田川（勢多川ともいう）を渡るための交通の要衝にある。そのため恵美押勝の乱や承久の乱など、いくつもの戦乱の舞台となった。壬申の乱では、大友皇子がここで最後の決戦を挑んだ

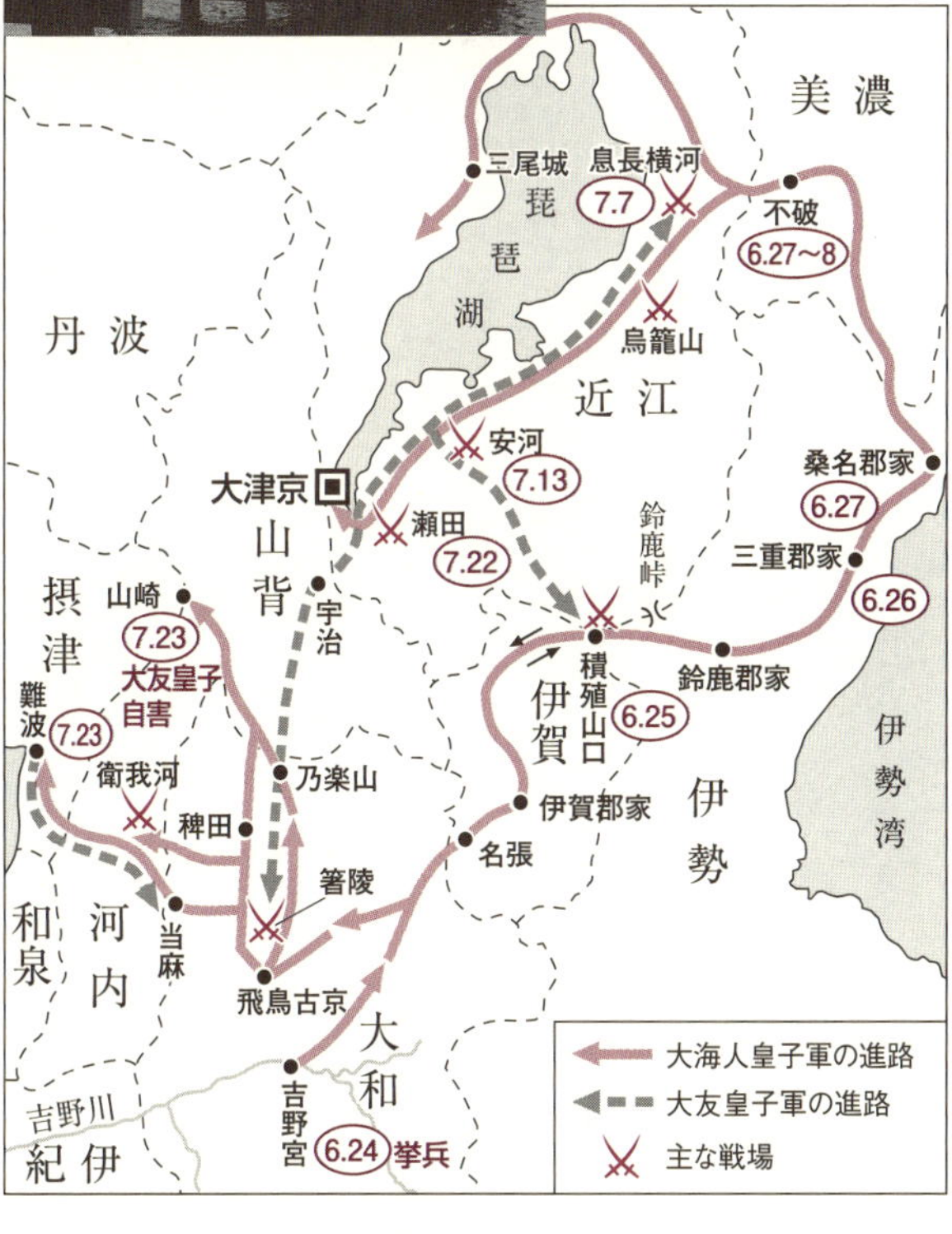

一方の近江朝側は東国、吉備《きび》、筑紫《つくし》に兵を求めたが、期待したほどの戦力は集まらなかった。これを形勢有利とみた大海人は、七月二日に東国を中心とする数万の兵を二隊に分けて進軍させ、主導権を握るやいなや一気に攻めあがる。

七月二二日には瀬田橋《せたばし》の戦いで大勝。大和においても、大海人皇子に与した大伴吹負《おおとものふけい》が近江朝軍を打ち破った。

七月二三日、大友皇子がついに自害し、一か月におよんだ壬申の乱は終結をみる。『日本書紀』巻二十八は「壬申紀」とも呼ばれ、内乱のドラマを詳細に書き記している。

勝利によって神格化される大海人皇子

壬申の乱は、皇族から一般庶民までを巻き込んで行なわれた古代史上最大の乱であった。

多くの人々が兵士として動員され、被害は甚大であったが、当初わずか数十名で吉野をたった大海人が近江朝を打倒したという事実に人々は驚嘆を覚えた。大海人の権威はこれによって絶大なものとなり、人々は彼を英雄として神格化し始めた。

天武天皇の政治

- 神社を整備 → 伊勢神宮
- 国史編纂を開始 → 『日本書紀』
- 遷都を企画 → 藤原京
- 官吏の登用 → 位階四十八階
- 身分制定 → 八色の姓
- 律令編纂 → 飛鳥浄御原令

→ **律令政治の確立**

大王《おほきみ》は　神にしませば　赤駒の
腹這《ば》ふ田居《たゐ》を都と成しつ
（大伴御行《みゆき》　巻一九・四二六〇）
《わが大王は神であらせられるので、
赤駒でも、腹までつかる泥深い田んぼも、
たちまち立派な都に造りあげられた》

作者の大伴御行は、大海人側の将として乱を戦った大伴氏の一員。彼は壬申の乱後、飛鳥浄御原宮《あすかきよみはらのみや》で即位した天武を「神」として賛えている。天武は壬申の乱の勝利によって、神的、英雄的な王として古代史に名を残したのである。

大津皇子の変——誇り高き皇子の淡い恋と悲劇的な結末

天武に一致団結を盟う皇子たち

天武天皇は六七三（天武二）年、飛鳥浄御原宮を造営して即位し、鸕野皇女《うののひめみこ》を皇后として迎えた。彼女が後の持統天皇である。天武朝では、それまで勢力を持っていた豪族を排除し、天皇中心の中央集権国家を築いていく。八色《やくさ》の姓《かばね》の制定、飛鳥浄御原令の編纂、官吏の登用・昇進の制、位階四十八階の制定など、次々に新しい政策を実施し、律令国家の体制づくりを急速に進めたのである。天武の政治は皇后や皇子などの皇族を中心に行なわれたため、皇親《こうしん》政治ともいわれる。

天武崩御七年前の六七九（天武八）年五月に、吉野で会盟の儀式が行なわれた。このとき天武と鸕野皇女は、草壁《くさかべ》、大津、高市、忍壁《おさかべ》の天武の皇子四人と、川島《かわしま》、志貴《しき》の天智の皇子二人を連れて吉野離宮を訪れた。

そして六人の皇子たちは、天武の前で盟約を交わす。草壁がはじめに「私たち兄弟、長

天武天皇とその妻子

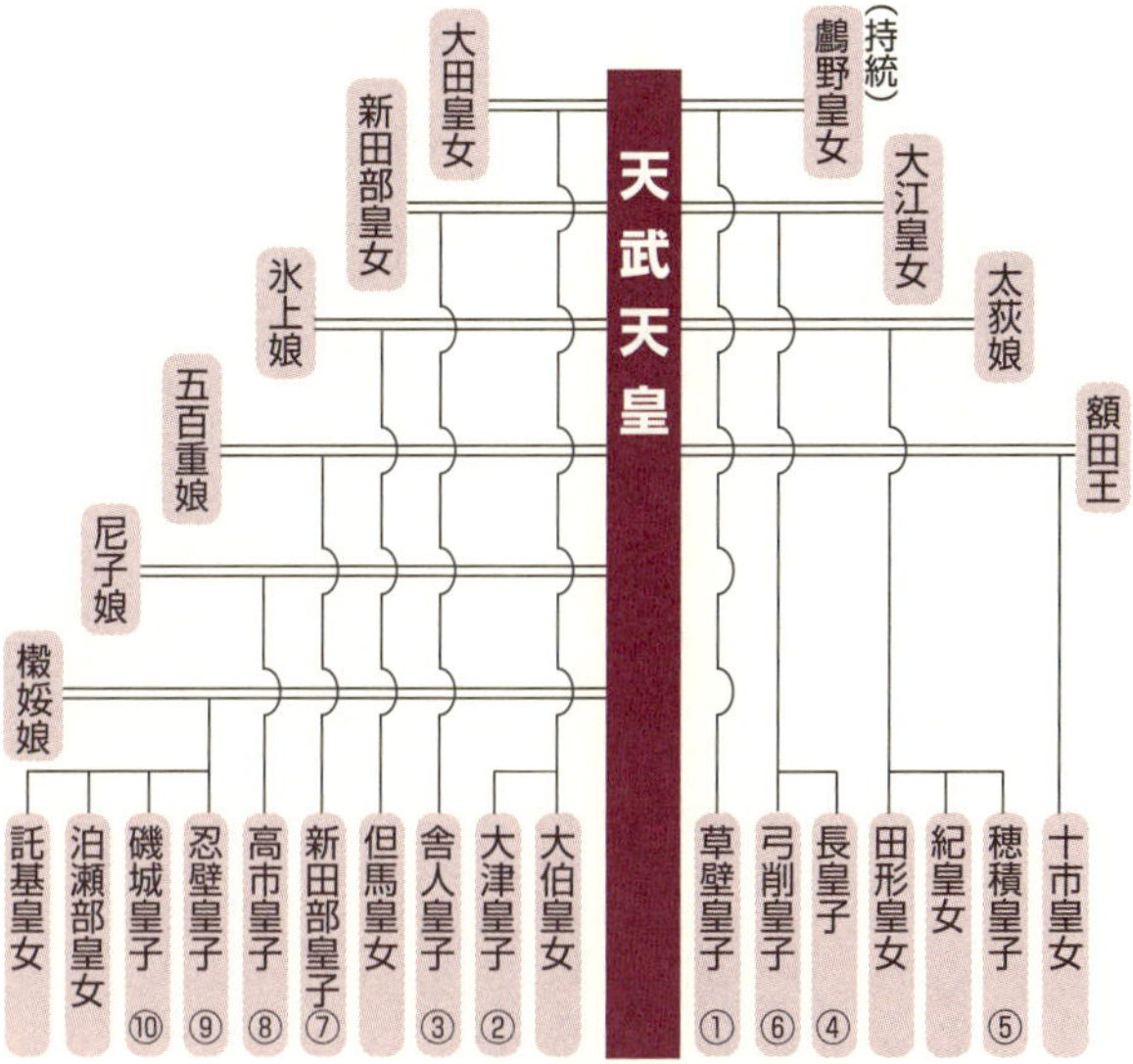

数字は皇位継承の序列を示す

大津皇子座像

（薬師寺所蔵・写真提供:奈良国立博物館）

幼合わせて十余人はそれぞれ母親が違いますが、互いに助け合っていきます。反目したりすることはありません」と述べると、ほかの皇子たちもこれに倣《なら》って盟《ちか》いを立てたという。

しかし、この盟いはわずか数年後に破られることとなる。

謀反の罪で死刑に処された大津皇子

天武の後継者として本命視されていたのは、草壁皇子と大津皇子である。草壁は天武の第二皇子で、母は皇后の鸕野だった。第一皇子には壬申の乱で活躍した高市皇子がいたが、母の身分が低いということで皇位継承者からはずされていた。

一方の大津は天武と大田皇女《おおたのひめみこ》の間に生まれた第三皇子。鸕野と大田は同母姉妹という関係にあったため、血統としては両皇子とも同等ということになる。

どちらが皇位を継ぐのか注目をあつめるなか、六八一（天武一〇）年に立太子されたのは当時二十歳の草壁だった。

とはいえ、草壁は影の薄い平凡な人物だったとされる。文武に優れ容姿端麗、その上、人望もあったという大津とは対照的な人物だ。したがって、草壁立太子の裏には、母である鸕野の意向と影響力が強く働いていたと考えられる。

大津皇子の変 関連地図

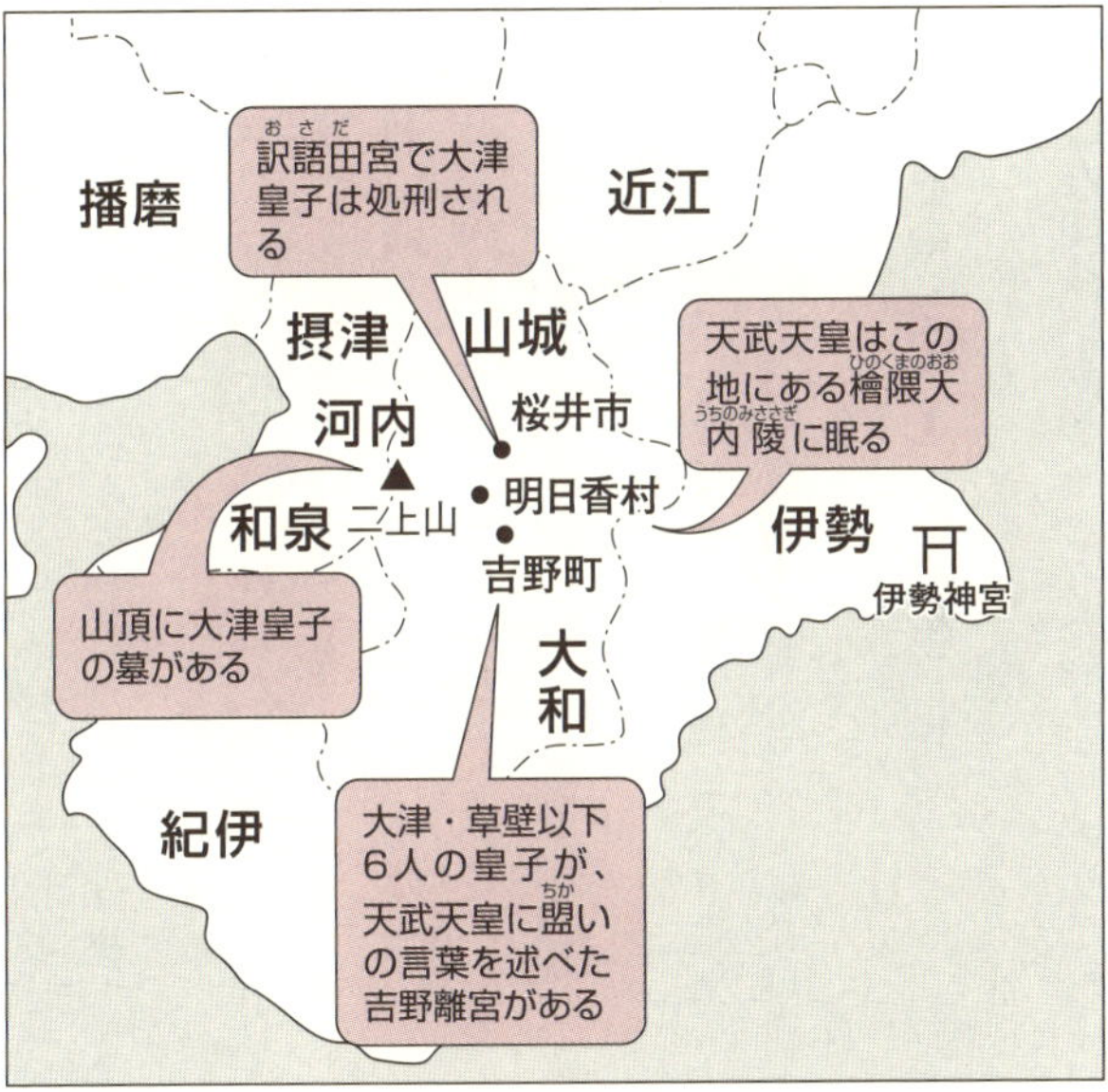

大津皇子の墓

無念の死を遂げた大津皇子がひっそりと眠っている

二上山

北側の雄岳（515メートル）と南側の雌岳（474メートル）からなる。山頂には大津皇子の墓がある

草壁の立太子後、大津も太政大臣として国政の一端を担っていたが、六八六（朱鳥《しゅちょう》元）年九月九日、ついに天武が崩御した。その直後、天武の殯宮《もがりのみや》儀礼（葬儀）のさなか、不可解な事件が起こる。

九月二四日、大津に謀反の嫌疑がかけられ、十月二日には逮捕、翌日三日になると自害に追い込まれてしまったのである。

謀反計画に関わったとして捕えられたのは三〇余人を数えるが、そのほとんどは許され、処分を受けたのはわずかに二人しかいない。そのうち一人は大津に謀反をそそのかしたという新羅の僧・行心《ぎょうしん》で、彼にしても飛騨《ひだ》の寺院に流されただけである。大津が死罪に処されたのに比べると極めて軽い。

このあまりに迅速な事後処理と大津に不利な処分の内容から、謀反は草壁の即位を願う鸕野の周辺勢力によって仕組まれたものではないかという説が有力視されている。

石川郎女をめぐる二人の好敵手

後継者争いのライバルだった草壁と大津は、恋愛に関しても石川郎女《いしかわのいらつめ》という女性をめぐって複雑な関係にあったようだ。石川郎女は宮中に仕える女官で、蘇我氏を祖先とする石川氏の娘といわれるが、詳しいことはわかっていない。『万葉集』には、これら三人の歌が伝えられている。

あしひきの　山のしづくに　妹《いも》待つと　我《わ》れ立ち濡《ぬ》れぬ　山のしづくに
（大津皇子　巻二・一〇七）
《愛するあなたを約束したとおりに待っていて、山の雫《しずく》にこんなにも濡れてしまったよ》
我を待つと　君が濡れけむ　あしひきの　山のしづくに　ならましものを
（石川郎女　巻二・一〇八）
《私を待っていてあなたが濡れてしまったという、その山の雫になれたらよかったのに》

当時の男女の出会いは、男が女のもとを訪ねるのが通例である。しかしこのとき大津は、人目に立ちにくい山で郎女を待っていた。郎女はなにか事情があったのであろう、約束の場所には行けなかった。郎女は冷たい雫に濡れながら待ち続けた大津をいたわるように、二首目の歌を贈った。二人は人目を避けて密会しなければならなかったのだ。それは郎女に恋する草壁の存在をはばかってのことだろう。

この歌の直後には、密会が露見したときに大津が詠んだとされる歌が載っている。

大船《おほぶね》の　津守が占《うら》に　告《の》らむとは　まさしに知りて　我がふたり寝し　（巻二・一〇九）
《津守めの占いに出るだろうと知ったうえで、我らは二人で寝たのだ》

この歌によれば、二人は世間に知れることを承知の上で、愛の思いを遂げたことになる。
一方、草壁が石川郎女に贈った歌はこうである。

大名児《おほなご》を　彼方野辺《をちかたのへ》に　刈る草《かや》の　束《つか》の間《あひだ》も　我れ忘れめや　（巻二・一一〇）
《石川郎女よ、はるか向こうの野辺で草を一つかみして刈り取るそのほんのつかの間さえも私はお前を忘れるものか》

「大名児」とは郎女のことをさす。「束の間さえもお前のことを思っている」という素朴な歌だが、郎女が応えた歌は残っていない。草壁の片思いに終始したようにみえる。

大伯皇女の挽歌

うつそみの　人にある我れや
明日よりは　二上山を
弟背《いろせ》と我《あ》れ見む　（巻二・一六五）

《現世にいるこの私、明日からは二上山を弟だと思ってみ続けよう》

磯の上に　生ふる馬酔木《あしび》を
手折《たを》らめど　見すべき君が
在りと言はなくに　（巻二・一六六）

《岩のほとりの生えているあしびを手折ってみせたいのに、みせたい弟がこの世にいるとはもう誰もいってくれない》

後世に語り継がれる大津皇子臨終の歌

謀反の罪で死に追いやられた大津は、その悲運の身を詩歌に託した。

彼の歌は『懐風藻』と『万葉集』に残されている。

百伝《ももづた》ふ　磐余《いはれ》の池に　鳴く鴨を　今日《けふ》のみ
見てや　雲隠《くもがく》りなむ　（巻三・四一六）

《磐余の池で鳴く鴨をみるのも今日を限りとして、私はあの世へ旅立っていくのだろうか》

詞書《ことばがき》には、池のつつみで涙を流して詠んだとあり、大津の無念さが迫ってくる歌である。

大津の妻・山辺皇女《やまべのひめみこ》は、夫の死に際して悲しみのあまり裸足で外へ飛び出し、後を追ったという。大津の血統はここに途絶えた。

また、大津は死の直前に身の危険を察知したのであろう、最後の別れを告げるため斎宮《さいぐう》として伊勢にいた同母姉の大伯皇女《おおくのひめみこ》を訪ねている。斎宮とは天皇の代わりに伊勢神宮《いせじんぐう》に仕える巫女《みこ》のことで、天皇の娘のなかから占いによって選ばれた。最初の斎宮となったのが大伯皇女だった。

その晩、ふたりは夜明けまで語り明かしたという。大津を大和へ送り出す際の大伯皇女の歌からは、愛する弟の身を案じる姉の心情が痛いほど伝わってくる。

大津亡き後も草壁は即位せず、そのまま皇太子の座に留まり、二八歳という若さで急死した。持統天皇は、草壁の死の翌年、六九〇（持統四）年に即位したが、わが子の夭折《ようせつ》に大津の祟《たた》りを思ったに違いない。大津の亡骸《なきがら》が二上山《にじょうざん》に移葬されたのは祟りを怖れたことが原因とも考えられる。

大伯皇女は大津の死後、斎宮の任を解かれて飛鳥に帰る。そして亡き弟が眠る二上山をみて歌を詠んだ。

歴史に翻弄《ほんろう》された皇子の悲劇は、弟の死を哀惜《あいせき》する姉の挽歌《ばんか》によって、悲しみをいっそう深くしている。

長屋王の変——藤原四兄弟の陰謀と皇親宰相

皇親政界の巨頭・長屋王の出自

長屋王《ながやおう》は、天武天皇の諸皇子のなかでも皇太子級の扱いを受けていた高市皇子の子である。母も天智天皇の皇女との伝承があり、皇位継承の可能性さえもつ、嫡流《ちゃくりゅう》に近い血統の皇子であった。

妃は草壁皇子の娘・吉備内親王《きびないしんのう》。二人の間には三人の皇子がいたほか、藤原不比等《ふじわらのふひと》の娘・長娥子《ながこ》との間にも三人の皇子をもうけている。

そんな長屋王は七一六（霊亀《れいき》二）年に正三位、七一八（養老《ようろう》二）年に大納言《だいなごん》に叙せられ、平城遷都前後から政権の中枢に君臨していた藤原不比等が没すると、政界の重鎮にのし上がる。そして七二四（神亀《じんき》元）年、聖武《しょうむ》天皇即位の際には左大臣にまで昇りつめ、皇親として実質上の首班となった。

佐保の別荘・作宝楼で優雅に遊ぶ

一九八八年、その長屋王の邸宅跡が奈良市二条大路南の旧そごうデパートの敷地から発見された。敷地からは木簡が出土し、長屋王家の豪奢《ごうしゃ》な生活ぶりが明らかになった。

長屋王は私有地として三七か国におよぶ領地を持ち、飛鳥近辺の田畑からは毎日新鮮な野菜や米などが運び込まれた。ほかにも山林、炭焼き処、銅造所、鋳物所、氷室《ひむろ》などを所有しており、建築用の木材や加工用の木炭を生産していた。邸内には穀類、食膳、酒、染色、水、薬、医師、庭園、馬、犬などを管理する部署があり、鶴まで飼っていたようだ。天皇に匹敵するほど豪華で優雅な暮らしをしていたわけである。

さらに、佐保《さほ》(奈良県奈良市法蓮《ほうれん》町付近)には作宝楼《さほろう》と呼ばれる別荘を持っていた。中国庭園に似せて山を借景とし、池、州浜を作り、松、桜、柳などの木々を繁らせた。ここに皇族や貴族をはじめ新羅の遣いなど文人たちを呼び寄せて酒宴や詩宴を催していたという。

長屋王が詠んだ詩は『懐風藻』に収められ、『万葉集』にも次の歌が伝えられている。

> 岩が根の　こごしき山を　越えかねて　音《ね》には泣くとも　色に出でめやも

長屋王と藤原氏の関係

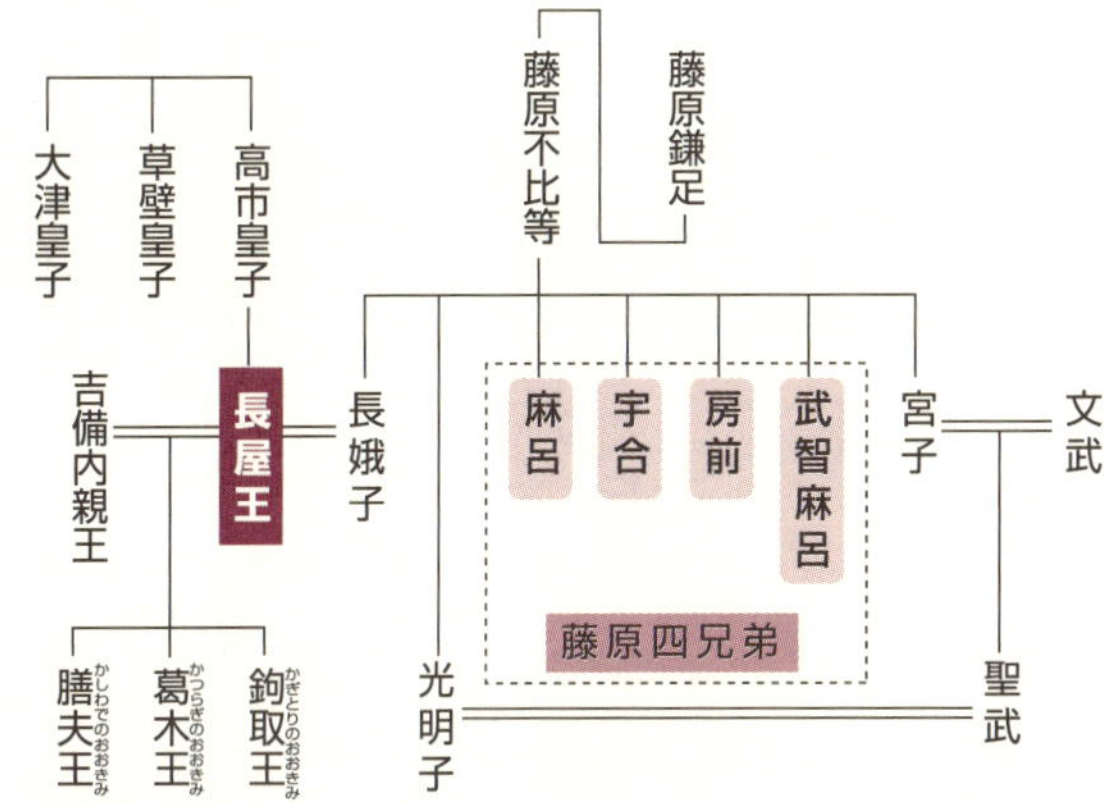

貴族の収入

給与／位階	位田《いでん》(町)	位封《いふ》(戸)	位禄《いろく》				季禄《きろく》				位分
			絁《あしぎぬ》(匹)	綿(屯)	布(端)	庸布《ようふ》(常)	絁《あしぎぬ》(匹)	綿(屯)	布(端)	鍬《くわ》(口)	資人《じじん》(人)
正一位	80	300					30	30	100	140	100
従一位	74	260					30	30	100	140	100
正二位	60	200					20	20	60	100	80
従二位	54	170					20	20	60	100	80
正三位	40	130					14	14	42	80	60
従三位	34	100					12	12	36	60	60
正四位	24		10	10	50	360	8	8	22	30	40
従四位	20		8	8	43	300	7	7	18	30	35
正五位	12		6	6	36	240	5	5	12	20	25
従五位	8		4	4	29	180	4	4	10	20	20

官　職	職　田	職　封	職分資人
太政大臣	40(町)	3,000(戸)	300(人)
左･右大臣	30	2,000	200
大納言	20	800	100

長屋王は正二位で左大臣でもあったため、通常の給付に官職手当がつく

1町＝約119アール、1匹＝約15.5メートル、1屯＝1200グラム、
1端＝約15.8メートル、1常＝約3.9メートル、1口＝1本

出典:『早わかり古代史』松尾光編著(日本実業出版社)

《岩がごつごつと根をはっている山を越える辛さに、つい声を出して泣くことはあっても、妻への思いを人前で出したりするものか》（巻三・三〇一）

佐保過ぎて　奈良の手向《たむ》けに　置く幣《ぬさ》は　妹を目離《めか》れず　相見しめとそ（巻三・三〇〇）

《佐保を行きすぎて、奈良山の神に捧げ物をするのは、愛しい妻にたえず逢わせてほしいと祈る気持ちからなのだ》

どちらの歌も、佐保の邸宅を遠く離れたところで妻を思って詠んだものである。素朴な表現だが、心情を率直に歌っている。

長屋王の邸では七夕の宴も催された。

ひさかたの　天の川瀬に　舟浮けて　今夜《こよひ》か君が　我《わ》がり来まさむ（山上憶良　巻八・一五一九）

《天の川の渡りに船を浮かべて、今夜はあの方が私のもとにいらっしゃることだろうか》

平城京と長屋王邸

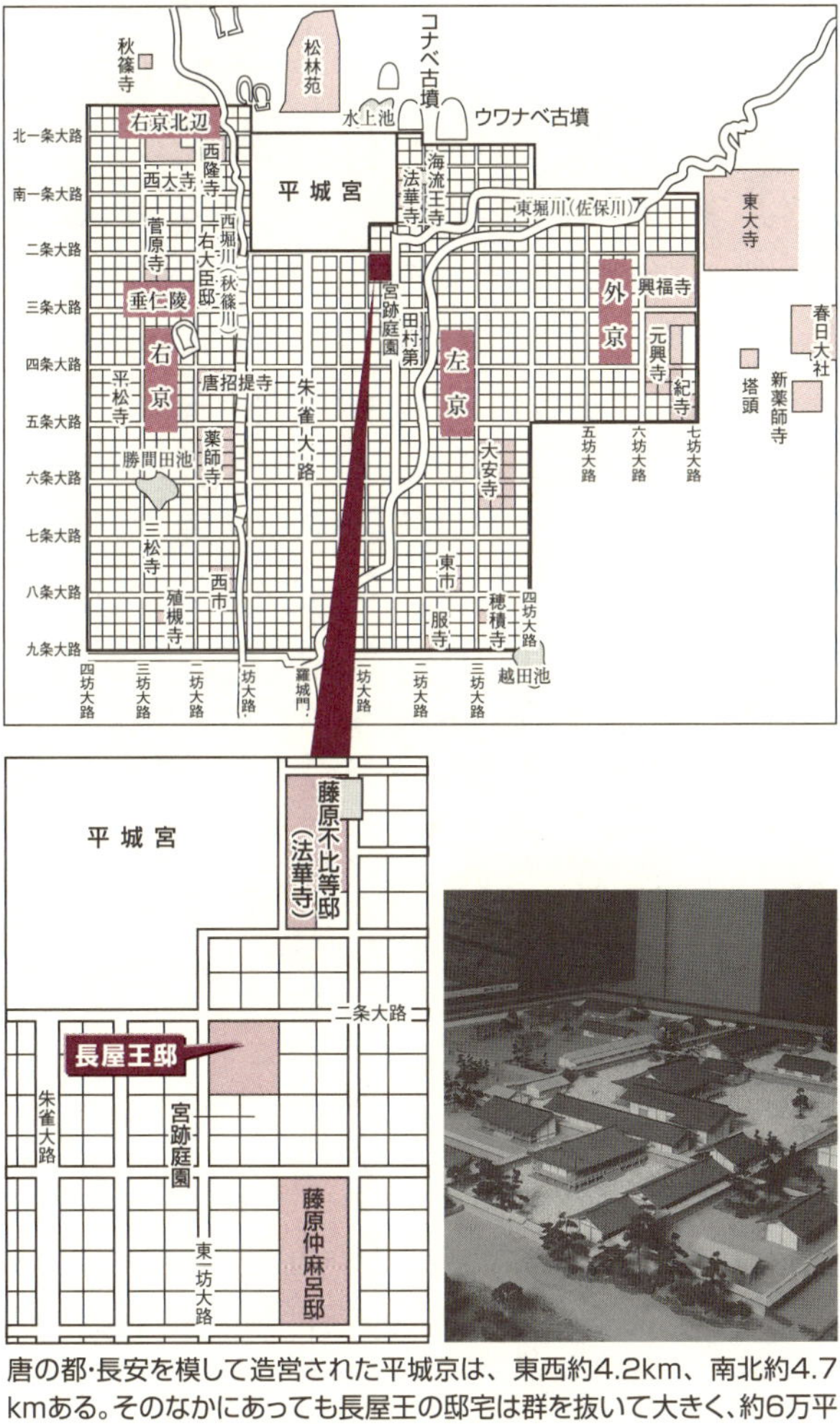

唐の都・長安を模して造営された平城京は、東西約4.2km、南北約4.7kmある。そのなかにあっても長屋王の邸宅は群を抜いて大きく、約6万平方メートルにもおよんだ　（写真提供：奈良文化財研究所）

佐保には憶良のほかにも、聖武天皇や元正《げんしょう》天皇など多くの人物が集い、さながら文化サロンのような様相を呈していたという。

藤原四兄弟による長屋王抹殺計画

長屋王の繁栄は、藤原不比等の子である武智麻呂《むちまろ》、房前《ふささき》、宇合《うまかい》、麻呂《まろ》の藤原四兄弟にとって面白いものではなかった。父の不比等が死去してからは、四兄弟も政界に進出し始め、天皇家と婚姻関係を築いて権力を手に入れようとした。そのため、四兄弟と長屋王の間に対立が起こる。

当時は聖武天皇の時代だったが、聖武の母宮子《みやこ》と妻の光明子《こうみょうし》はともに不比等の娘であり、藤原氏からの影響が強かった。しかし、長屋王は怯《ひる》む様子を見せない。聖武が即位する際、宮子を「大夫人《だいぶにん》」と尊称せよとの勅《ちょく》が出ると、彼は「皇太夫人《こうたいぶにん》」と称するのが慣例だとして異を唱え、これを撤回させたのだ。この一件から、長屋王と四兄弟の対立はさらに深まっていった。

七二九（神亀六）年二月一〇日、両者の間でついに事件が起こる。中臣宮処連東人《なかとみのみやこのむらじあずまひと》ら下級官吏から、「長屋王が密《ひそ》かに要人を呪詛《じゅそ》して国を倒そうと謀《はか》っている」という密告があり、藤原宇合の率いる六衛府《りくえふ》の大軍が長屋王の邸宅を包囲したのである。

翌一一日に舎人親王《とねりしんのう》が長屋王の邸宅に赴き、罪を糾問すると、一二日、長屋王は一言の弁明も許されぬまま、膳夫王《かしわでのおおきみ》はじめ四人の子とともに自害させられてしまう。妃の吉備内親王も、後を追って果てた。ただし、藤原氏の妃が生んだ皇子たちは死を免れた。一家が自害した翌一三日には、早くも長屋王と吉備内親王の葬送が行なわれた。

長屋王と藤原四兄弟の対立は、皇族政治と貴族政治の対立でもあった。長屋王が没した後は、太政官に皇族が就くという伝統も絶えた。

この事件は、長屋王を権力の座から引きずりおろそうとする藤原氏が画策したもので、長屋王は冤罪《えんざい》であったとする説が強い。

聖武と光明子の間には基皇子《もといのみこ》がおり、生まれるとすぐに立太子したが、一年もたたずに死去してしまった。その翌年に聖武と藤原氏の血統ではない別の夫人の間に安積皇子《あさかのみこ》が生まれたため、通常では安積皇子が次の皇太子となり、藤原氏と天皇家の外戚《がいせき》関係は途切れることになる。

また聖武と安積皇子に何かしら異変があった場合、天皇の叔母にあたる吉備内親王と長屋王の皇子・膳夫王ら三皇子が皇位継承の最有力候補になる。しかも長屋王には光明子の立后を企図した藤原氏に対し、反対の立場を取ったという過去があったため、藤原氏が自らの立場を守るには、何らかの措置を講ずる必要がでてきた。そこで最も効果的なのが長屋王を排除することだったのである。

聖武は長屋王と吉備内親王の葬送を、罪人の扱いではなく、通例に倣って行なうように指示し、長屋王のほかの夫人たち、兄弟姉妹、子孫たちにも一切罪を問わないことを勅として出している。事件から一〇年経った頃には、長屋王の無実は政府内では公然のことであったという。

事件後、藤原氏は一族の光明子を皇后にし、武智麻呂は大納言になった。ここに藤原四兄弟の野望は成し遂げられたのである。

『続日本紀《しょくにほんぎ》』によると、長屋王と吉備内親王は生駒山《いこま》(奈良県生駒郡平群町)に葬られたと記されている。

長屋王の死を詠んだ追悼の挽歌

『万葉集』には謀反の罪を着せられ、一家もろとも滅ぼされた長屋王家の死を悼んだ挽歌が残されている。

長屋王夫妻の墓

奈良県平群町にある長屋王（左）と吉備内親王（右）の円墳。二つの墓は直線距離で約100mほどしか離れていない　（写真提供:平群町）

大君《おおきみ》の　命《みこと》畏《かしこ》み　大殯《おほあらき》の　時にはあらねど
雲隠《がく》ります　（倉橋部女王　巻三・四四一）
《天皇のご命令を尊んで、お亡くなりになるときではないのに、雲にお隠れになった》

世の中は　空《むな》しきものと　あらむとぞ　この照る月は　満ちかけしける
（作者不詳　巻三・四四二）
《世の中はかくも空しいものであることを示そうと、この輝く月は満ち欠けするのだな》

倉橋部女王《くらはしべのおおきみ》は長屋王の妻、もしくは娘といわれているが、詳細は明らかでない。

二首目には、長屋王の息子・膳夫王に対する悲しみの歌という題詞がついている。長屋王家の悲劇を後世に伝える哀悼の歌である。

聖武天皇の彷徨——天平の時代をさまよい歩いた賢帝

藤原四兄弟が失脚し橘諸兄が台頭

朝廷内の覇権争いの一方で、大和朝廷は東北地方へたびたび遠征軍を派遣し、土着の蝦《えみ》夷《し》と衝突を繰り返していた。

七三七（天平九）年には、藤原麻呂を将軍とした一団が陸奥《むつ》国（岩手県）に派遣された。陸奥の多賀柵《たがのさく》から出羽柵《でわのさく》へ至る最短ルートを開く必要が生じ、鎮守《ちんじゅ》将軍・大野東人《おおののあずまひと》が蝦夷征討を要請したからである。

藤原麻呂と大野東人は作戦を練り、兵を集めて各所に配置した。東人は多賀柵から奥羽山脈を越えて出羽に向かい、出羽でも兵を合流させ、本拠地である雄勝《おがち》村へ進軍した。ここで城柵を建て耕作を始めるはずであったが、豪雪のために食料調達の見通しが立たなくなった。そこで東人は雄勝村の平定を中止し、多賀柵に戻った。東北平定は困難を極めたが、朝廷は徐々にその勢力範囲を広げ、平安末期頃までには大部分を支配下に置いた。

そんななか、朝廷内で事件が起こる。七三七年、都で天然痘《てんねんとう》が大流行し、藤原四兄弟をはじめとする重鎮たちが次々と亡くなっていったのだ。すると橘諸兄《たちばなのもろえ》が大納言に就き、以後、藤原仲麻呂《ふじわらのなかまろ》が台頭するまで政治の実権を握ることになる。

敏達《びだつ》天皇の五世もしくは六世孫である諸兄は、もとの名を葛城王《かずらきのおおきみ》といい、光明皇后の異父兄にあたる。自ら願い出て、母の姓氏である橘宿禰《すくね》を名乗り臣籍に下ったといわれている。

朝廷に反旗を翻す血気盛んな藤原広嗣

一方、藤原宇合の長男・広嗣《ひろつぐ》は七三八（天平一〇）年、大養徳《やまと》（大和）守、および式部《しきぶ》少輔《しょうゆう》となったが、親族間でたびたび問題を起こすという理由で、大宰府の少弐《しょうに》に左遷された。これを不服とした広嗣は七四〇（天平一二）年、「天災が続くのは政治が悪いからで、その元凶は反藤原勢力の吉備真備《きびのまきび》と玄昉《げんぼう》にある」との上奏文を聖武《しょうむ》天皇に送りつけた。

橘諸兄はこれを自分への批判であり、謀反と受け取った。玄昉と真備を起用したのは諸兄であり、上奏文の内容は諸兄の政策を批判するものであったからだ。『万葉集』には、広嗣の次のような歌が残っている。

この花の　一節《ひとよ》のうちに　百種《ももくさ》の　言《こと》ぞ隠《こも》れる　おほろかにすな　（巻八・一四五六）
《この花の一枝のなかに、数えきれないほどの言葉がこもっている。どうか見すごさないでくださいよ》

詞書《ことばがき》には「ある娘に桜の花を贈ったときに詠んだ歌」と記されているが、朝廷への不満を表しているという解釈もある。自分の声にも耳を傾けろというのだ。

これに対して聖武は、広嗣召喚の勅を発したが、広嗣は弟の綱手《つなて》とともに大宰府で兵を挙げた。聖武はただちに大野東人を大将軍として一万七〇〇〇の兵を派遣し、豊前国《ぶぜんのくに》（福岡県）の板櫃川《いたびつ》で会戦した。

このとき政府軍は、反乱軍の兵士たちに広嗣の悪行を暴いた勅符《ちょくふ》（宣伝ビラ）数千枚を撒《ま》いたり、勅使に広嗣と対話を求めるといった工作を施したという。反乱軍の兵たちは、これに怯《ひる》んだ広嗣の姿を目の当たりにして士気を失ってしまう。その結果、戦は政府軍の完勝に終わったと伝えられている。

広嗣と弟は西へ逃走したものの結局は捕えられ、十一月一日に処刑された。この乱によ

対立の構図

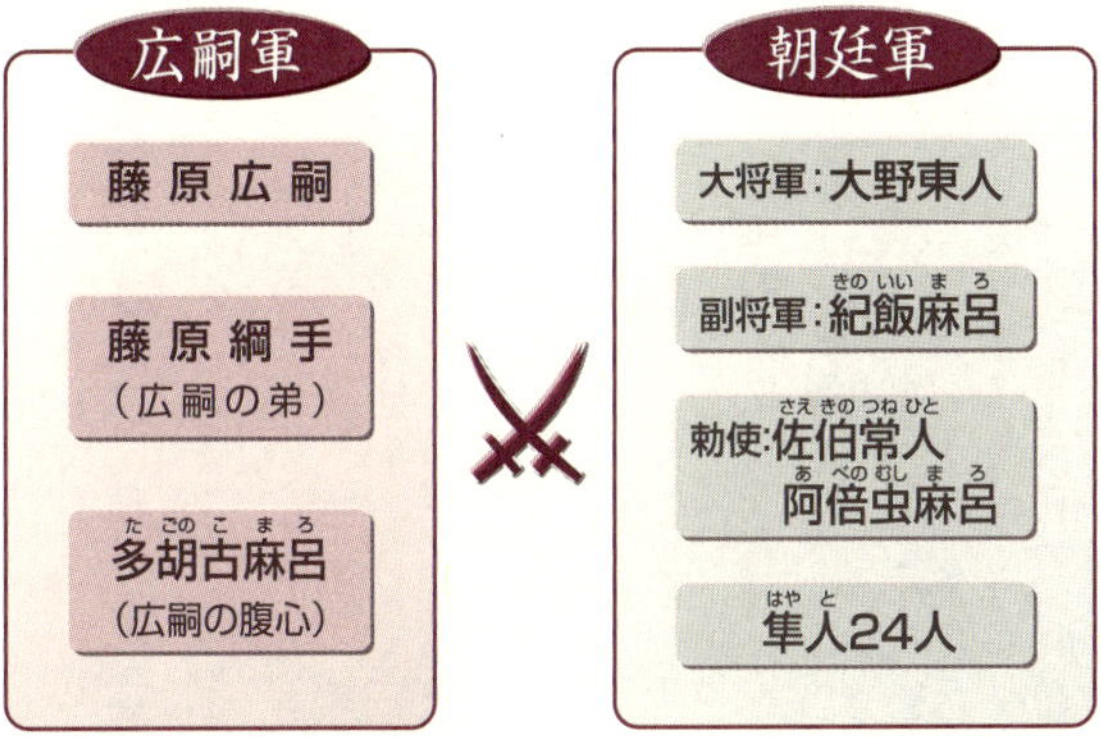

藤原広嗣の乱の経過

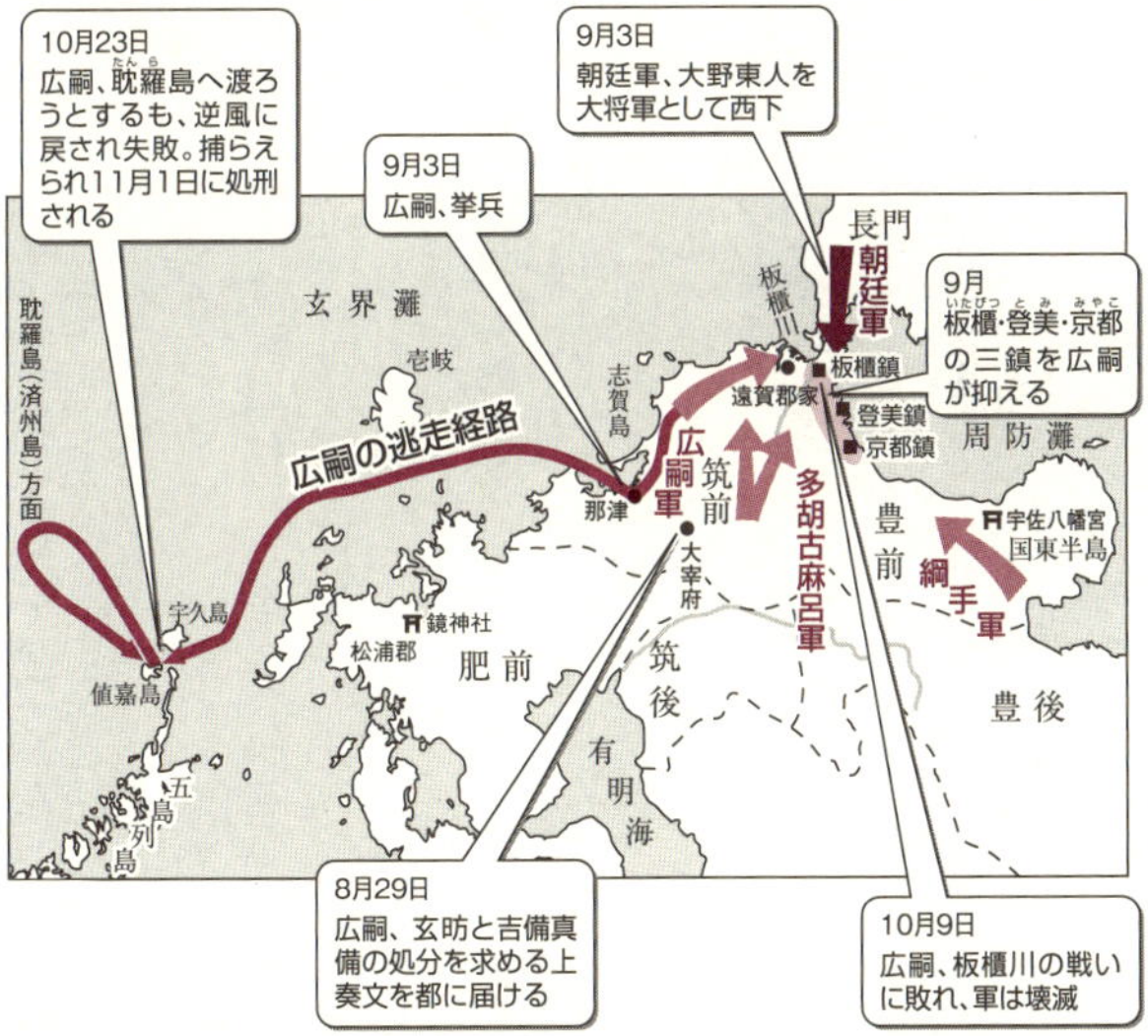

って藤原氏関係者の多くが処分を受け、以後、藤原氏の不振を招くことになった。

混乱のなかでさまよい続ける聖武天皇

藤原広嗣の乱が終結をみる前の七四〇年一〇月末、聖武天皇は不可解な行動を起こす。突然東国へ向かうといいだし、伊賀、伊勢、美濃、近江、山背、そして恭仁《くに》京へと、行幸と遷都を繰り返したのである。

乱が起きている最中に、天皇が都を離れるというのは異例のこと。人々は驚愕し、呆気にとられたに違いない。『万葉集』には、この行幸に同行した大伴家持が作った歌が残されている。

> 大王《おほきみ》の　行幸《みゆき》のまにま　我妹子《わぎもこ》が　手枕《たまくら》まかず　月ぞ経《へ》にける　（巻六・一〇三二）
> 《天皇の行幸につき従って、いとしい妻の手枕をすることもなく月日がたってしまった》
> 今造る　久邇《くに》の都は　山川の　さやけき見れば　うべ知らすらし　（巻六・一〇三七）
> 《今造っている久邇の都は、その山や川の清らかな有様を見ると、ここに都を造るのはもっともなことだと思われる》

鏡神社

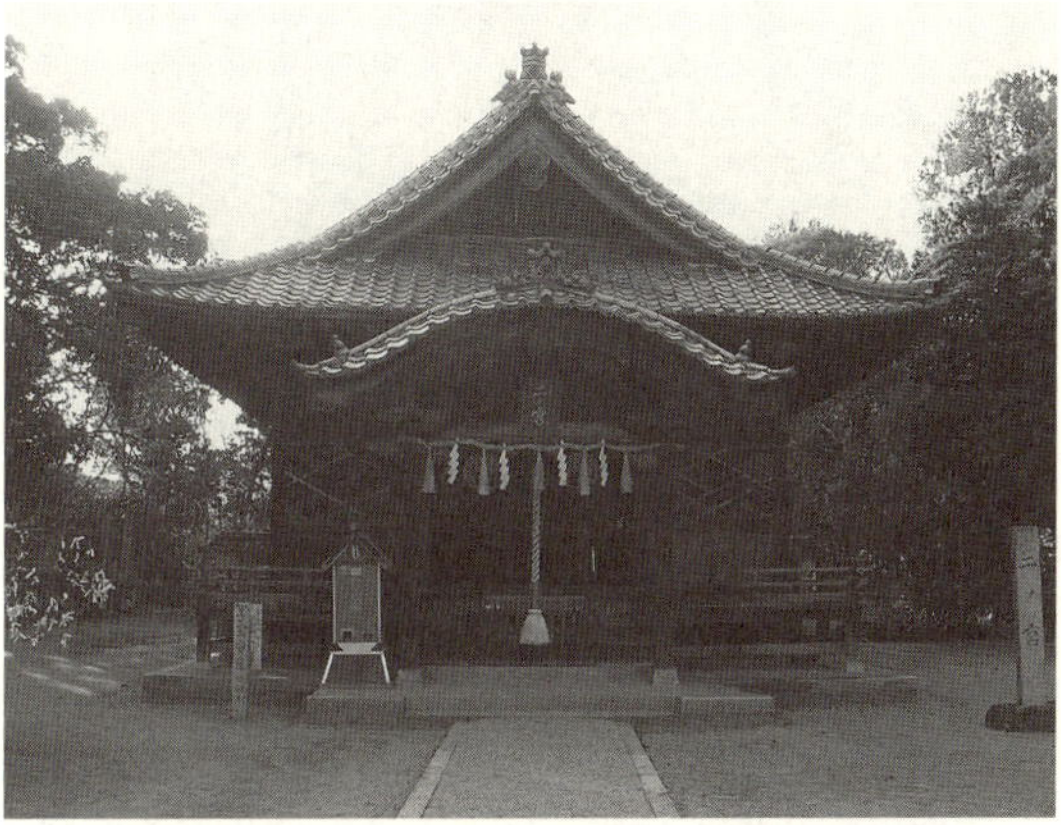

逃亡中に捕らえられ、処刑された広嗣が祀られている

　一首目は狭残《さざ》の行宮（三重県多気郡明和《めいわ》町大淀《おおよど》）で詠んだ歌。二首目に詠まれている恭仁京があった場所は、現在の京都府相楽《そうらく》郡加《か》茂《も》町で、七四〇年十一月に都として造営が始まった。恭仁には諸兄の別荘があり、遷都したのは諸兄の進言によるものだったといわれる。

　聖武はここに落ち着くかと思われたが、七四三（天平一五）年になると、紫香楽宮《しがらきのみや》（滋賀県甲賀《こうが》市信楽《しがらき》町）が造営され、しばしば行幸が行なわれた。七四四（天平一六）年には難波に遷都したがここにもいつかず、翌年、再び紫香楽、恭仁へと舞い戻り、ついには平城京に帰り着いた。

平城京へ遷都されたことにより、かつて栄えた恭仁京も次第に荒れ果てていった。恭仁京の荒廃を嘆く田辺福麻呂《たなべのさきまろ》は、次の歌を詠んでいる。

三香《みか》の原　久邇《くに》の都は　山高み　川の瀬清み　住みよしと　人は言へども　ありよしと　我は思へど　古《ふ》りにし　里にしあれば　国見れど　人も通《かよ》はず　里見れば　家も荒れたり　はしけやし　かくありけるか　みもろつく　鹿背山《かせやま》の際に　咲く花の　色めづらしく　百鳥の　声なつかしく　ありが欲し　住みよき里の　荒るらく惜しも

（巻六・一〇五九）

《三香の原の久邇の都は、山が高く、川の瀬が清らかなので、住みよいところだと人はいうけれど、居心地がよいと私は思うけれど、今では旧都になってしまったので、見渡すかぎり、人の往き来もなく、里を見れば家も荒れている。ああ切ない。この都はこんなものであったのか。お社のある鹿背山のあたりに咲く花は色美しく、多くの鳥の声が心にしみて、ずっと居たいと思う住みよい里が、こんなに荒れているのが惜しまれてならない》

聖武天皇が各地を彷徨《ほうこう》し、遷都を続けた天平期後半は、災害や疫病が頻発する不安と動

宮都変遷のながれ

- 六三〇年　飛鳥岡本宮（舒明）
- 六四三年　飛鳥板蓋宮（皇極）
- 六四五年　難波長柄豊碕宮（孝徳）
- 六五五年　飛鳥板蓋宮（斉明）
- 六五五年　飛鳥川原宮（斉明）
- 六五六年　飛鳥岡本宮（斉明）
- 六六七年　大津宮（天智）
- 六七二年　飛鳥浄御原宮（天武）
- 六九四年　藤原京（持統）
- 七一〇年　平城京（元明）
- 七四〇年　恭仁京（聖武）
- 七四四年　難波宮（聖武）
- 七四四年　紫香楽宮（聖武）
- 七四五年　平城京（聖武）
- 七八四年　長岡京（桓武）
- 七九四年　平安京（桓武）
- 一一八〇年　福原京（安徳）

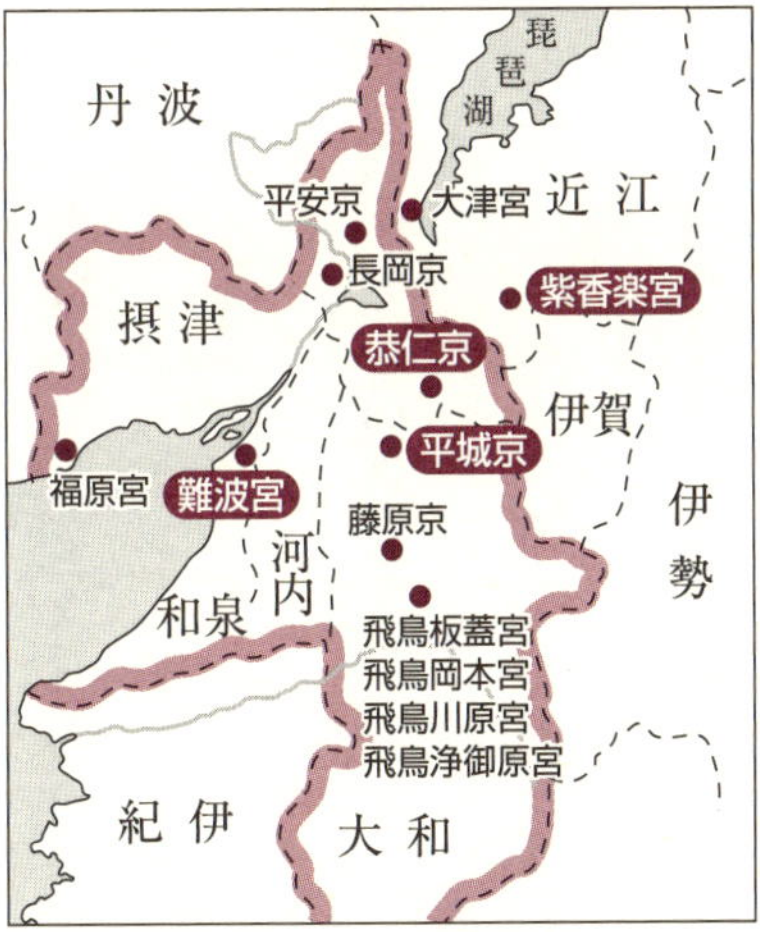

聖武天皇は在位中に4度も都を遷している

揺の時代であった。

賢帝ぶりを示す聖武天皇の業績

奇行ともとれる謎の遷都を繰り返した聖武天皇だが、その間にも大きな政策をいくつか打ち出している。まず七四三年、墾田永年私財法《こんでんえいねんしざいほう》を制定した。班田収受の法にもとづいて開墾者の墾田を公にしたところ、荒廃したものがあまりにも多かったため、墾田を永久に私有地として認めたのである。

また、東国の人々の大きな負担となっていた防人の制度を一時的に廃止した。

さらに天平年間は天災や疫病が相次いだため、「鎮護《ちんご》国家」と称して、仏教に深く帰依《きえ》したことでも知られる。七四一年には国分寺《こくぶんじ》建立の詔を出し、全国に国分寺、国分尼寺《こくぶんにじ》を建立したほか、七四三年には、盧遮那仏《るしゃなぶつ》造立の詔を発した。東大寺《とうだいじ》の大仏の造立である。

聖武朝で栄えた文化を「天平文化」という。仏教による鎮護国家の思想に根ざしたものであると同時に、大陸の唐の文化を取り入れた貴族文化でもある。聖武は遣唐使を積極的に派遣して、唐の繁栄と豪華な文化を摂取しようと努めたのだった。こうしてみると、理解し難い遷都を繰り返したとはいえ、聖武はやはり賢帝だったようである。

橘奈良麻呂の変——台頭する藤原氏に対して反乱を企てた伝統氏族

対立を深める藤原仲麻呂と橘奈良麻呂

藤原仲麻呂《なかまろ》は七〇六（慶雲《けいうん》三）年の生まれで、藤原四兄弟の一人、武智麻呂の次男である。藤原一族の中心的存在だった武智麻呂の子だけに、仲麻呂は幼少時より算術に長け、学才に優れていたという。

天然痘の流行で父が死去すると橘諸兄が台頭し、二人は激しく対立したが、叔母である光明皇后の後ろ盾を得ると仲麻呂が優勢になった。七四九（天平勝宝元）年に孝謙《こうけん》天皇が即位してからも、実権は光明皇后にあり、仲麻呂は紫微中台《しびちゅうだい》という光明のための皇后宮職を設け、その長官である紫微内相に就任した。

この仲麻呂の専横に不満を抱いたのが、橘奈良麻呂《ならまろ》だった。奈良麻呂の父は橘諸兄、母は藤原不比等の娘・多比能《たひの》といわれる。従って父の諸兄が政権を握るとともに、奈良麻呂も着々と昇進し、参議、兵部卿《ひょうぶきょう》に列せられた。

ところが七五五（天平勝宝七）年、酒の席で諸兄が朝廷を誹謗《ひぼう》したとの密告があり、諸兄は失脚させられてしまう。そして、その二年後、失意のうちに亡くなった。続いて聖武天皇の死後に立太子した道祖王《ふなどのおおきみ》も孝謙に廃せられ、仲麻呂が推す大炊王《おおいのおおきみ》が立太子した。

こうして、思うがままに政治を動かす仲麻呂と父の横死《おうし》に憤激する奈良麻呂の対立は日に日に激しさを増していったのである。

大伴家持もまた、由緒ある氏族・大伴氏の一員として、藤原氏の専制には大きな不満を持っていた。『万葉集』には、春愁《しゅんしゅう》三首と称される家持の歌が収録されている。

春の野に　霞たなびき　うら悲し　この夕影に　うぐひす鳴くも　（巻一九・四二九〇）

《春の野に霞がたなびいていて、心は悲しみに沈む。この夕暮れの光のなかで鶯が鳴いている》

わが屋戸の　いささ群竹《むらたけ》　吹く風の　音のかそけき　この夕べかも（巻一九・四二九一）

《わが家のわずかな群竹に風が吹いてかすかな音を立てている、この夕べの物悲しさよ》

うらうらに　照れる春日に　ひばり上がり　心悲しも　独りし思へば

（巻一九・四二九二）

《のどかに照り渡る春の光のなかを、ひばりが鳴きながら舞い上がっていく。心悲しく独りで

藤原氏と橘氏の相関図

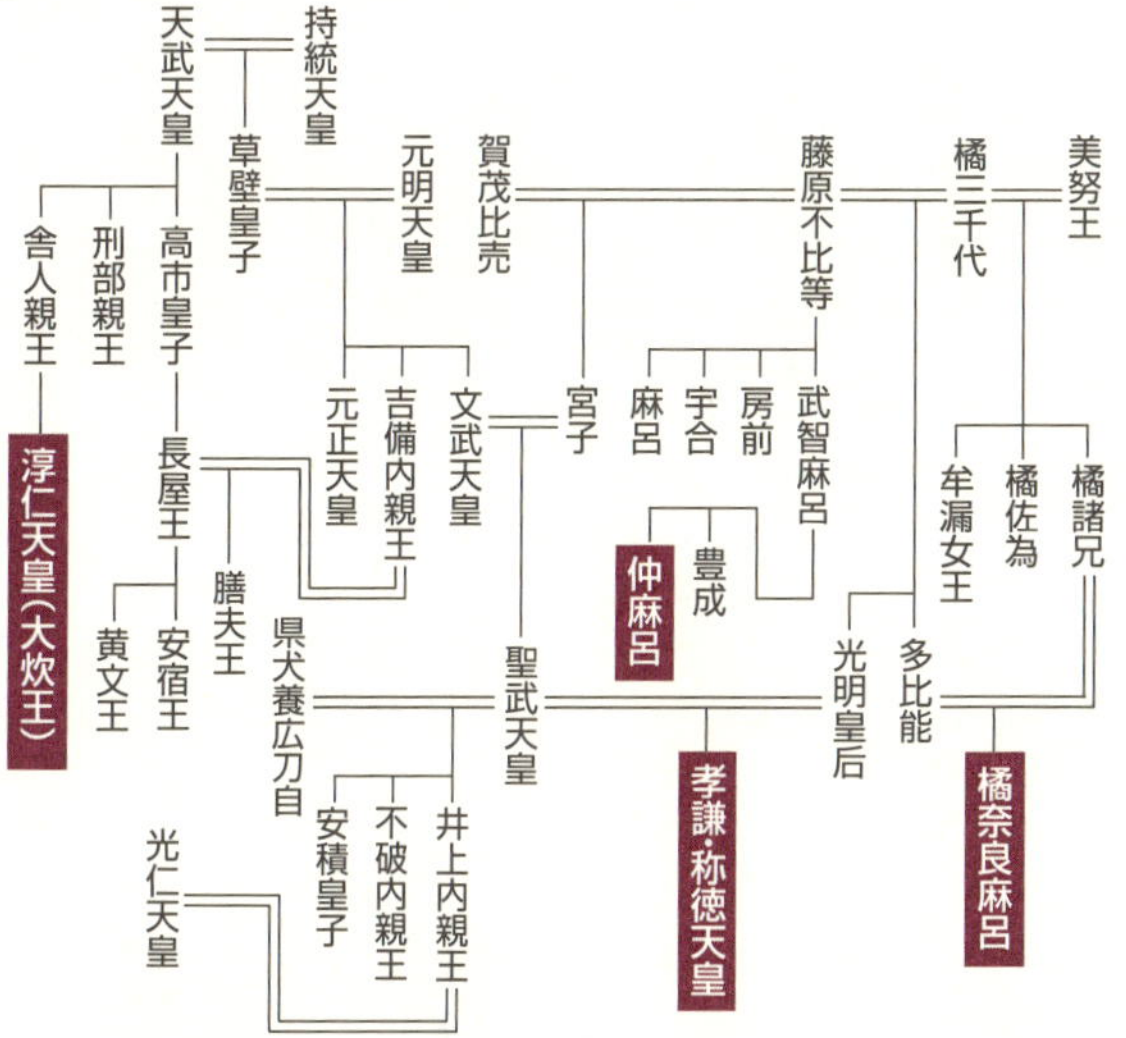

対立の構図

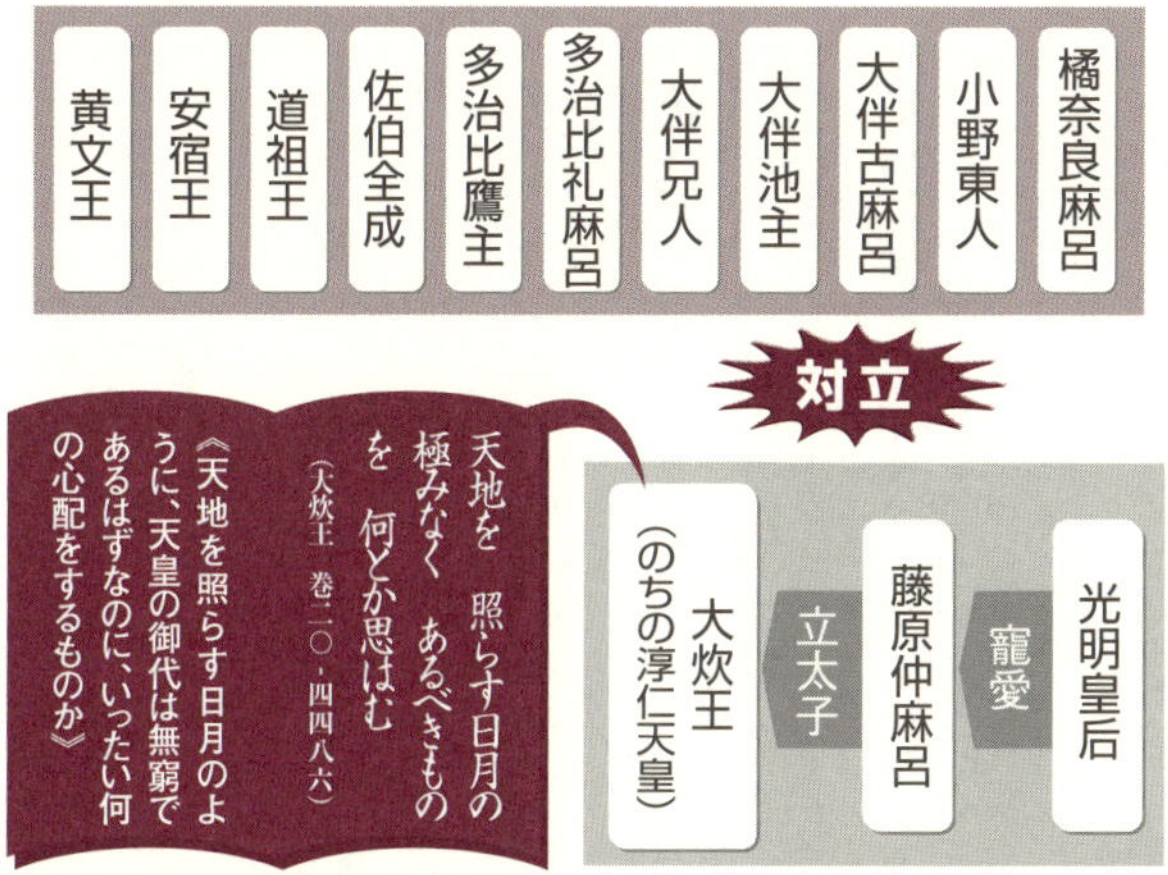

もの思いにひたっていると》

繊細な詩人の表現を通して、背後に流れる時代の重苦しい空気が伝わってくる。

クーデターが計画されるも未遂に終わる

七五七（天平勝宝九）年、奈良麻呂は同志を集めて反乱を画策した。仲麻呂を殺害して、孝謙天皇と皇太子の大炊王《おおいおう》を廃し、塩焼《しおやき》、道祖《ふなど》、黄文《きふみ》、安宿《あすかべ》の四王のなかから天皇を擁立しようというクーデターである。

このとき集まったのは奈良麻呂、小野東人《おののあずまひと》、大伴古麻呂《こまろ》、大伴池主《いけぬし》、大伴兄人《えひと》、多治比《たじひの》礼麻呂《いやまろ》など二〇人余り。六月二九日、彼らは太政官院で会合を開き、塩汁をすすって仲麻呂排除を誓い合ったという。

しかし、この反乱計画が実行されることはなかった。事前に密告が相次ぎ、仲麻呂がすでに対応策を講じていたからだ。まず奈良麻呂が頼みにしていた大伴古麻呂と佐伯全成《さえきのまたなり》が、六月一六日に陸奥国へ左遷され、奈良麻呂も軍事を掌握する兵部卿の任を剥奪された。周到な仲麻呂は常に奈良麻呂の先をいっていた。

橘奈良麻呂の変の経過

749	天平勝宝元	7月	孝謙天皇、即位。仲麻呂は大納言に昇進、皇后官職を紫微中台と改称して自らが長官となる
755	7	11月	橘諸兄、密告され、翌年2月に辞職
756	8	5月	仲麻呂、立太子した道祖王を廃し、大炊王を立太子させる
757	天平宝字元	1月	諸兄、死去
		5月20日	仲麻呂、紫微内相となって軍事権を掌握
		6月16日	大伴古麻呂、佐伯全成とともに陸奥国への左遷が決まる。橘奈良麻呂も兵部卿を剥奪される
		6月28日	山背王の密告によってクーデター計画が露見
		6月29日	奈良麻呂、太政官院に同志を集め、塩汁をすすって決起を確認
		7月 2日	仲麻呂、上道斐太都の密告を受けた小野東人らを逮捕
		7月 3日	取り調べ始まる
		7月 4日	東人、クーデター計画を自白。一党みな逮捕される

そして六月二八日、山背王《やましろのおおきみ》の密告により反乱計画が発覚する。七月二日、孝謙は奈良麻呂に対して、反乱を起こした場合は厳罰に処すとの自制勧告の詔を出したが、小野東人は、上道斐太都《かみつみちのひたつ》に決起の参加を求めにいく。ところが、上道斐太都がこれを仲麻呂に密告してしまったため、小野東人はただちに逮捕された。

七月四日、小野東人が計画の全容を告白すると、奈良麻呂はじめ容疑者はみな捕えられた。厳しい取調べと拷問により、乱の首謀者たちはほとんどが獄死した。流罪に処された者は四四三人におよんだという。

藤原氏の専制に異議を唱えた伝統氏族

計画に参加した者は、みな古くから天皇家に仕えてきた氏族であった。この事件は藤原氏に代表される官僚の台頭に対して、伝統氏族が起こした反乱なのである。
自分たちの氏を守るために乱に加わることを拒否してきた大伴氏、佐伯氏にとっても、政治的立場を失う大打撃となった。大伴家持はこの反乱に参加しなかったが、当時の深い苦悩と失望を歌に詠んでいる。

移りゆく　時見るごとに　心痛く　昔の人し　思ほゆるかも　（巻二〇・四四八三）
《次々と移り行く時勢を見るにつけ、心を痛めながら、昔の人のことが思われるよ》

一方、藤原仲麻呂には、得意絶頂ぶりをうかがわせる歌が残されている。

いざ子ども　狂わざなせそ　天地《あめつち》の　堅めし国ぞ　大和島根《やまとしまね》は　（巻二〇・四四八七）
《これみなの者、たわけたことをするでないぞ。天地の神々が固めた国なのだ。この大和の国は》

藤原仲麻呂の官名改称

変更前	変更後
太政官	乾政官《けんせいかん》
太政大臣	大師
左大臣	大傅《たいふ》
右大臣	大保
大納言	御史大夫
紫微中台	坤官官《こんぐうかん》

変更前	変更後
中務《なかつかさ》省	信部省
式部省	文部省
治部《じぶ》省	礼部省
民部省	仁部省
兵部《ひょうぶ》省	武部省
刑部《ぎょうぶ》省	義部省
大蔵省	節部省
宮内省	智部省

中国文化に造詣の深かった仲麻呂は、それまでの官名をすべて中国風に改めた

「狂わざ」とは、奈良麻呂によるクーデターを指している。「いざ子ども」というやや威圧的な呼びかけ方にも、権力を握った仲麻呂の気持ちが垣間見える。

激動の奈良朝から平安の都へ

こうして奈良麻呂の一党を退けた仲麻呂の専制は、より強固なものになった。七五八（天平宝字二）年、孝謙が譲位すると大炊王が淳仁《じゅんにん》天皇として即位したが、これは傀儡《かいらい》にすぎず、実権は孝謙と仲麻呂にあった。

仲麻呂は大保《たいほ》（右大臣）に任ぜられると、恵美押勝《えみのおしかつ》と名乗る。そして、莫大な報酬に加え、銭の鋳造と推挙の権利を与えられた。し

かも恵美家の私印が官印として認められるという、破格の待遇を受けた。七六〇（天平宝字四）年には、皇族以外ではじめて大師《たいし》（太政大臣）に任ぜられ、ここに押勝の権勢は頂点を極めたのである。

だが同年、光明皇后が死去すると、その勢力にも陰りが見え始める。その頃、朝廷では孝謙上皇の病を看護した僧・道鏡《どうきょう》が上皇の寵愛《ちょうあい》を受けるようになっていた。それを諫《いさ》めた押勝と淳仁は、上皇の怒りを買ってしまう。その後は上皇・道鏡と押勝・淳仁の対立が深まった。

危機感を抱いた押勝は七六四（天平宝字八）年、兵を集めて反乱を企む。だが、密告により事前に発覚。押勝は平城京を脱出せざるを得なくなり、一族を率いて近江を目指した。一方、孝謙上皇は官軍を先回りさせて瀬田橋を焼き、進路をふさいだ。押勝は越前に入り再起を図ろうとしたが、官軍に阻まれて失敗。近江の三尾《みお》の古城にこもって応戦するも捕らえられ、一族ともども殺された。そして淳仁は廃位のうえ、淡路《あわじ》に流されることになった。

淳仁に代わって孝謙上皇が称徳《しょうとく》天皇として重祚すると、道鏡への寵愛はますます深まっていく。

恵美押勝の逃走経路

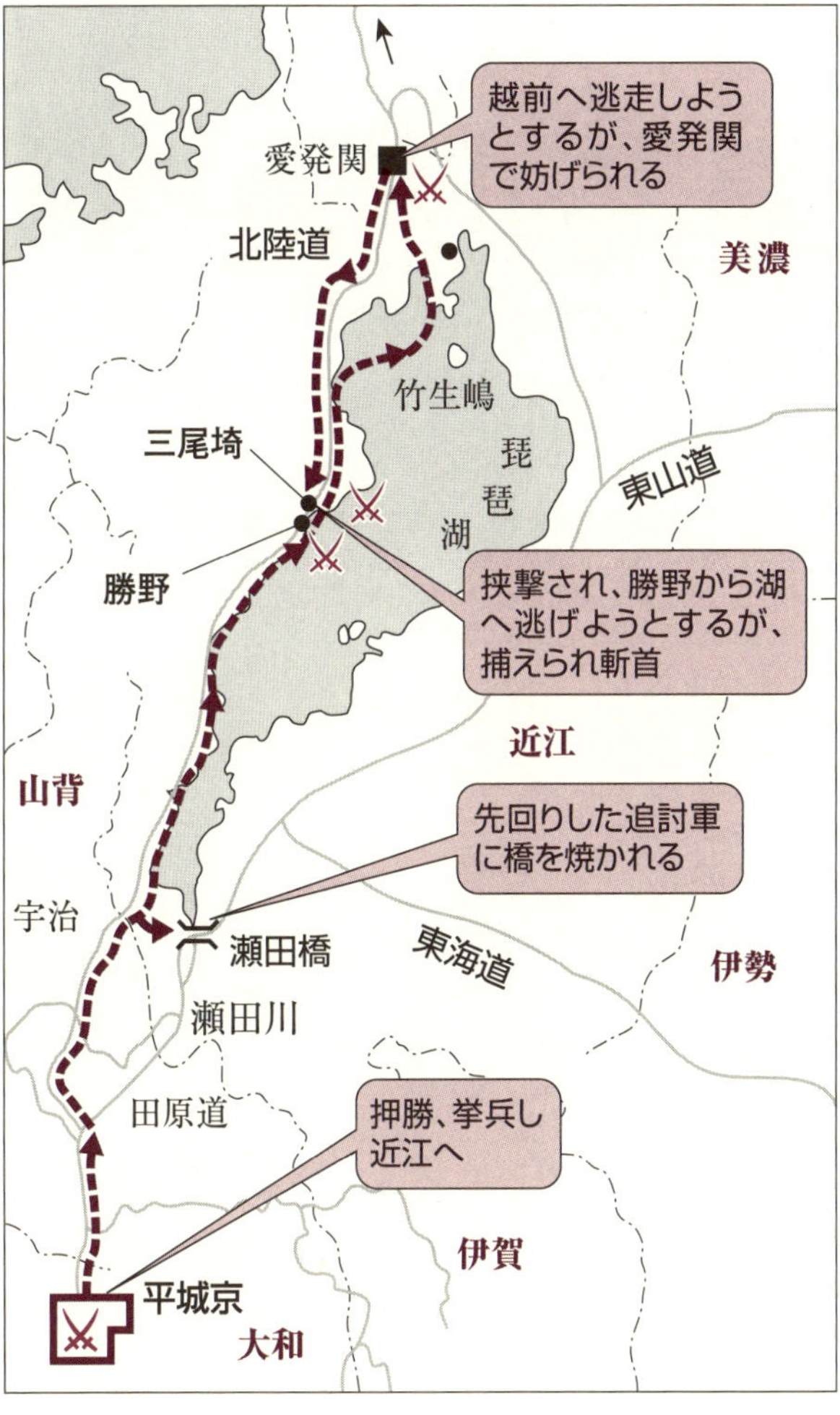

越前へ逃走しようとするが、愛発関で妨げられる
愛発関
北陸道
美濃
竹生嶋
三尾埼
琵琶湖
東山道
勝野
挟撃され、勝野から湖へ逃げようとするが、捕えられ斬首
近江
山背
先回りした追討軍に橋を焼かれる
宇治
瀬田橋
東海道
伊勢
瀬田川
田原道
押勝、挙兵し近江へ
伊賀
平城京
大和

宇佐八幡宮

孝謙上皇の寵愛のもと、僧侶でありながらも太政大臣禅師という最高権力者にのぼりつめた道鏡は、宇佐八幡宮の神託があったと偽り、皇位をもうかがった。しかし和気清麻呂が神託を否定したため、即位計画は破綻する。この事件が道鏡の失脚につながった

道鏡は大臣禅師、法王と昇りつめ、皇位をうかがうまでになった。

ところが、宇佐《うさ》八幡宮《はちまんぐう》の神託《しんたく》をめぐる事件で足元をすくわれると、まもなく称徳も亡くなり、道鏡は頼るすべを失う。その結果、都を追われることとなる。

次に即位した光仁《こうにん》天皇は、山部《やまべ》親王を皇太子に指名し、わずか五年で譲位した。すると山部親王が即位して桓武《かんむ》天皇となった。

桓武は血なまぐさい政権争いや、天災が続いた都を遷そうと、長岡京《ながおかきょう》に都を造営した。それから一〇年後の七九四（延暦《えんりゃく》一三）年には平安京《へいあんきょう》への遷都が行なわれ、陰惨な事件が続いた奈良朝は終焉《しゅうえん》し、新しい時代の幕開けとなったのである。

二章

万葉集を彩る人びと

雄略天皇・聖徳太子——『万葉集』の萌芽を育んだ伝説の歌人

暴君が詠んだ牧歌的な歌

『万葉集《まんようしゅう》』全二〇巻は、雄略《ゆうりゃく》天皇の巻頭歌で始まる。雄略は中国の文献『宋書《そうじょ》』『梁書《りょうじょ》』に記されている「倭王武《わおうぶ》」に比定され、稲荷山《いなりやま》古墳（埼玉県）から出土した鉄剣銘の「ワカタケル」も雄略を指すと考えられている。彼は武力によって大和《やまと》王権を拡大した五世紀後半の大王である。

雄略は気性の激しい残虐な暴君であったらしい。天皇の座に就くために兄や従兄弟を殺害したり、気に入った女性は人妻であっても奪い取るといった所行をはたらいたとの記事が史書にあるのだ。

その一方で、雄略の作とされている巻頭歌は、それとはやや異なる人間像を伝えている。

籠《こ》もよ　み籠持ち　ふくしもよ　みぶくし持ち　この岡に　菜摘ます子　家告《の》らせ　名

倭王武と雄略天皇

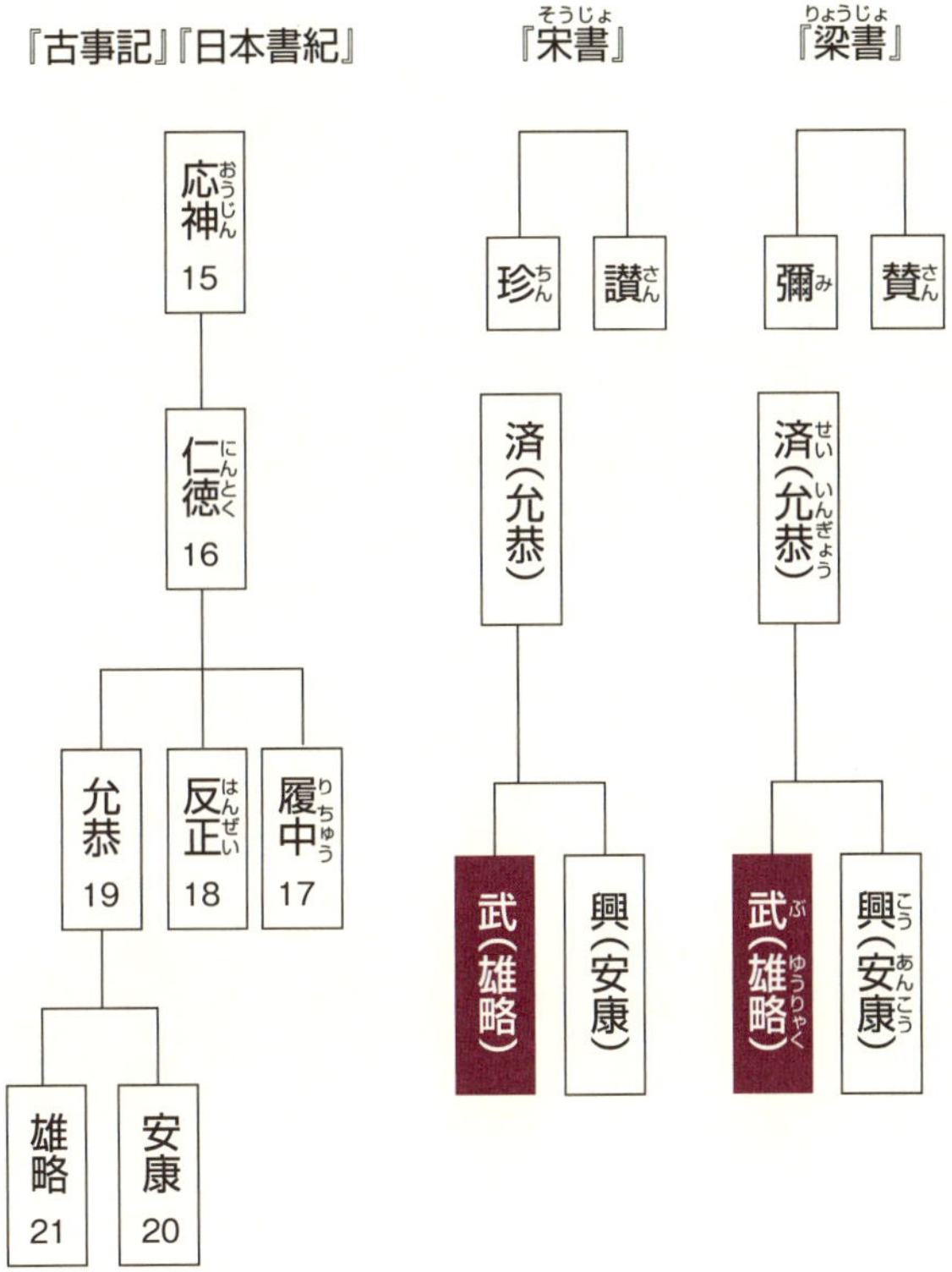

『宋書』『梁書』には倭国の五人の王の名が記されている。五王がどの天皇にあたるかは確定していないものの、「武」に関しては雄略天皇である可能性が高い

告らさね　そらみつ　大和の国は　おしなべて　我こそ居《を》れ　しきなべて　我こそ座《いま》せ
我こそは　告らめ　家をも名をも　（巻一・一）
《ほんとにまあ、美しい籠をもち、美しい掘串（菜摘みに使うへら）を手に、この岡で菜を摘む娘さんよ。家をおっしゃい。名をおっしゃいな。大和の国は私が支配しているのだが、私の方から打ち明けよう、家も名をも》

これは若菜を摘む女性に、雄略が語りかけた歌である。

家と名を尋ねるのは求婚を意味する。問われた女性が名を明かせば、求婚を受け入れたことになる。しかし、女性はなかなか応えない。焦《じ》れた雄略は、「ならば俺様から名乗ろう」とおどけた調子で女に迫る。若菜摘みの和やかな雰囲気のなかで、おおらかな笑いを感じさせる伝承歌である。

旅に倒れた名もなき人を悼む聖徳太子

女帝・推古《すいこ》天皇の摂政《せっしょう》として政治に関与した聖徳太子《しょうとくたいし》には、生後四か月で言葉を話し、同時に一〇人の話す内容を聞き分けたという伝説がある。また、仁慈《じんじ》に厚い人物であった

雄略天皇の暴虐ぶり

①皇位を継承するために、競争相手をことごとく殺害する

②吉野で狩をした際、質問に答えられなかった御者を殺害する

③山へ巻狩に出向いた際、猪に驚いて逃げた侍者を殺害しようとする

④宴会時、木の葉が浮いていることに気づかずに盃をささげた女官を斬ろうとする

君主《きみ》（雄略天皇のこと）は恒《つね》に暴《あら》く強くましま す。儵忽《たちまち》に忿起《いか》りたまふ。則ち朝《あした》に見《まみ》ゆる者は夕《ゆう》べに殺され、夕べに見ゆる者は朝に殺され……大《はなは》だ悪しくまします天皇なり

『日本書紀』

聖徳太子の政治

冠位十二階
徳・仁・礼・信・義・智のそれぞれに大・小をつけた12の冠位を、功績に応じて与える

仏教への帰依
法隆寺・四天王寺を建立し、『三経義疏』を著す

憲法十七条
豪族への訓戒を示した日本初の成文憲法を作成

天皇を中心とする中央集権国家へ

史書の編纂
『天皇記』『国記』を編纂し、天皇の権威を示す

遣隋使の派遣
小野妹子を遣わし、大陸の文化を摂取する

とされ、倒れている旅人を見て馬から下り、衣を掛けてやったという説話が『日本書紀《にほんしょき》』に残されている。

しなてる　片岡山に　飯《いひ》に飢《ゑ》て　臥《こ》やせる　その旅人《たびと》あはれ　親無しに　汝生《なれな》りけめや　さす竹の　君はや無き　飯に飢て　臥やせる　その旅人あはれ　（日本書紀）

《片岡山で餓えて倒れている旅人よ、ああ。お前は親なしで生まれたのか、主君はいないのか。餓えて倒れているこの旅人は、なんと哀れなことよ（「旅人」を「田人（農夫）」と解する説もある）》

この歌謡を短歌体にしたような歌が『万葉集』にあり、巻三の挽歌《ばんか》はその歌で始まる。

家ならば　妹《いも》が手まかむ　草枕《くさまくら》　旅に臥やせる　この旅人あはれ　（巻三・四一五）

《家にいたなら妻の腕を枕としているであろうに、草を枕の旅路に倒れて亡くなったこの旅人が哀れである》

額田王——天智・天武に愛された才色兼備の気高き女性

謎に満ちた麗しき万葉のヒロイン

女流歌人の第一人者として名高い額田王《ぬかたのおおきみ》については、『日本書紀』に「大海人皇子《おおあまのみこ》に嫁いで十市皇女《とおちのひめみこ》を生んだ鏡王《かがみのおおきみ》の娘」とあるだけで、生没年や出生地など明らかになっていないことが多い。

額田王は、謎に満ちた生涯とともにミステリアスな魅力をもつ。彼女は七世紀後半の動乱の世にあって、強く華麗に生き抜いたが、その本性は、宮廷歌人として天皇や皇子、皇女に代わって歌を詠み、言霊《ことだま》の力を駆使して祭祀を行なう巫女《みこ》的な存在だったとされている。

また、大海人皇子と天智《てんぢ》天皇という二つの巨星から愛されたという艶々《つやつや》しいイメージから、今でも彼女の人気は高い。

額田王は万葉屈指のヒロインなのである。

額田王の代表歌としては、一章に引いた「熟田津《にきたつ》の歌」があげられる。

斉明《さいめい》天皇作との説もあるが、百済《くだら》救援に向かう一行を鼓舞《こぶ》するような強く緊張した響きが印象的だ。

額田王が判定した春の花と秋の紅葉の優劣

大津宮《おおつのみや》で即位した天智は、あるとき春の花と秋の紅葉の優劣を競わせた。臣下を二手に分けて漢詩を詠ませたのである。

その席で、額田王は歌を用いて判定を下した。

冬こもり　春さり来れば　鳴かざりし　鳥も来鳴《き》きぬ　咲かざりし　花も咲けれど　山を茂《し》み　入りても取らず　草深み　取りても見ず　秋山の　木《こ》の葉を見ては　黄葉《もみち》をば　取りてぞ偲《しの》ふ　青きをば　置きてぞ嘆く　そこし恨めし　秋山ぞ我れは　（巻一・一六）

《春になると、今まで鳴かずにいた鳥がきて鳴き、咲かずにいた花も咲くけれど、山の木が生い茂っているのでわけ入って取ることもできないし、草が深いので手に取ってみることもできない。秋の木の葉をみるときは、色づいた黄葉を手にとって素晴らしいと思い、まだ青い葉はそのままにしておいて、長いため息をつく。そこに惹かれる。私は秋山だ》

額田王

（『飛鳥の春の額田王』安田靫彦作・滋賀県立近代美術館蔵）

額田王をめぐる人物相関図

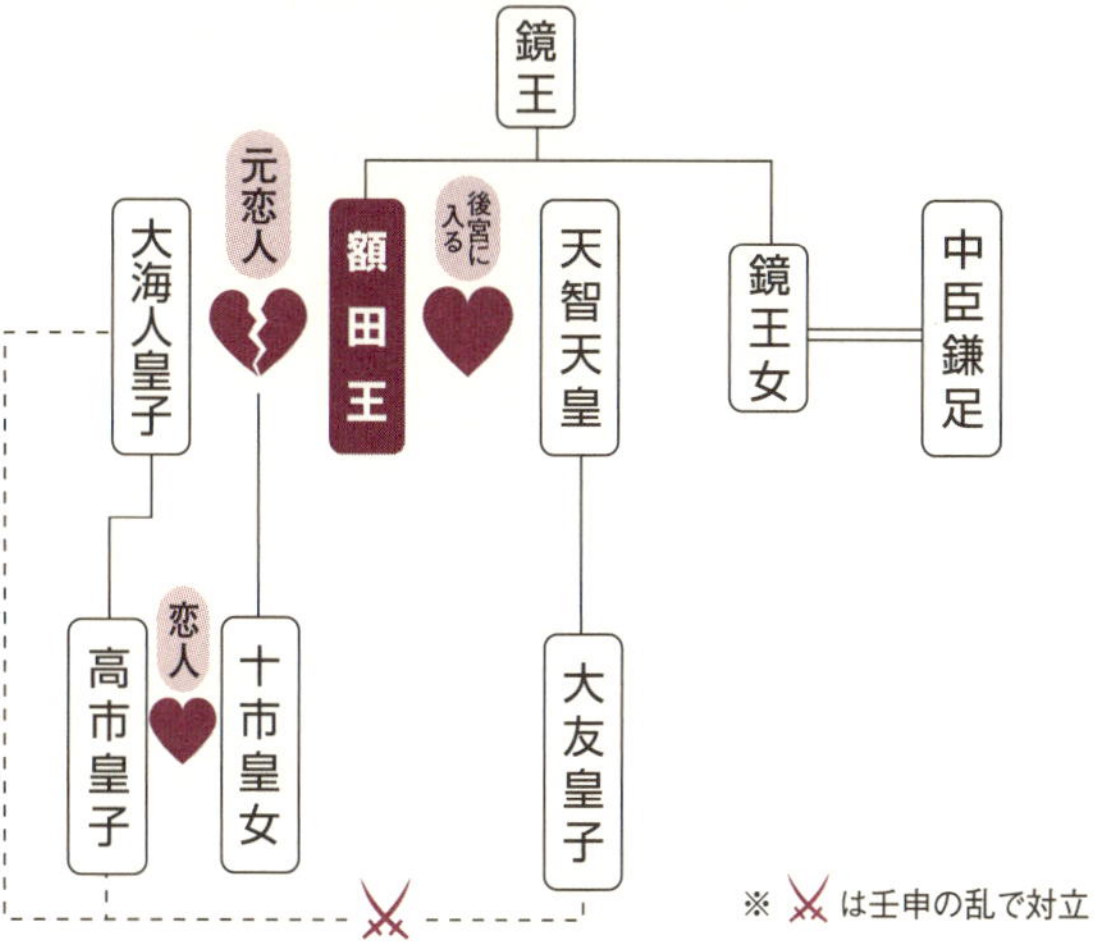

優劣を決めるのに、実際に花や紅葉を手に取ってみるというところが素朴で可憐《かれん》だ。額田王の才媛《さいえん》ぶりを示す歌である。

大海人ではなく天智を選んだ額田王は、後に天智の後宮《こうきゅう》に入る。だが、天智が彼女のもとを訪れることは稀《まれ》であった。そんな天智を思いながら、額田王は待つ身の悲哀を静かに詠った。

君待つと　我が恋ひ居《を》れば　わが屋戸の　簾《すだれ》動かし　秋の風吹く　（巻四・四八八）
《あの方を待って恋い慕っていると、家のすだれをさやさやと動かして秋の風が吹く》

晩年の額田王についての詳細は不明だが、娘の十市皇女に先立たれ、孤独のなかで最期を迎えた。

終焉の地は粟原寺《おうばら》（奈良県桜井市）と伝えられる。

現在、その地に残るのは塔と金堂の礎石《そせき》のみで、鬱蒼《うっそう》とした森に歌碑だけが寂しく佇《たたず》んでいる。

蒲生野とその周辺

あかねさす　紫野行き　標野行き　野守は見ずや　君が袖振る
（額田王　巻一・二〇）
《天皇以外立入り禁止の紫野に入り込んで、私に求愛するなんて。野の番人が見とがめるではありませんか》

紫の　にほへる妹を　憎くあらば　人妻ゆゑに　われ恋ひめやも
（大海人皇子　巻一・二一）
《紫草のようにあでやかなあなたが憎かったなら、人妻だというのに恋をするでしょうか。もうこの気持ちを秘めていられません》

蒲生野があったと推定される船岡山（滋賀県東近江市付近）の歌碑。この歌碑には、額田王と大海人皇子の交わした二首が刻まれている

天智・天武・持統天皇——律令制度を確立し名歌を詠んだ帝たち

万葉時代前期に活躍した三人の天皇

万葉時代前半、政治を動かしたのは天智・天武《てんむ》・持統《じとう》の三天皇である。彼らは歌人としても優れた歌を残しており、天智（当時は中大兄皇子《なかのおおえのみこ》）は大和三山を詠った。『万葉集』には「中大兄三山歌」が残る。

香具山《かぐやま》は　畝傍《うねび》を愛《を》しと　耳成《みみなし》と　相争《あひあらそ》ひき　神代《かむよ》より　かくにあるらし　いにしへも　しかにあれこそ　うつせみも　妻を　争ふらしき　（巻一・一三）

《香具山はかわいい畝傍山を奪われまいと、耳成山と争った。神代からそうであったらしい。大昔からそうだからこそ、今の世の人も妻を取り合って争いをするのだ》

海神《わたつみ》の　豊旗雲《とよはたくも》に　入り日さし　今夜《こよひ》の月夜《つくよ》　さやけくありこそ　（巻一・一五）

《海神のたなびかす見事な旗雲に夕日が沈むのをみた。今夜の月は明るく照ってほしい》

奈良盆地と藤原京

大和三山に囲まれた藤原京は、条坊《じょうぼう》制《せい》が敷かれた日本初の本格的都城である。近年の発掘によって、それまでの推定京域外部から道路の遺構が発見され、推定よりもかなり大規模な都だったことが確認された

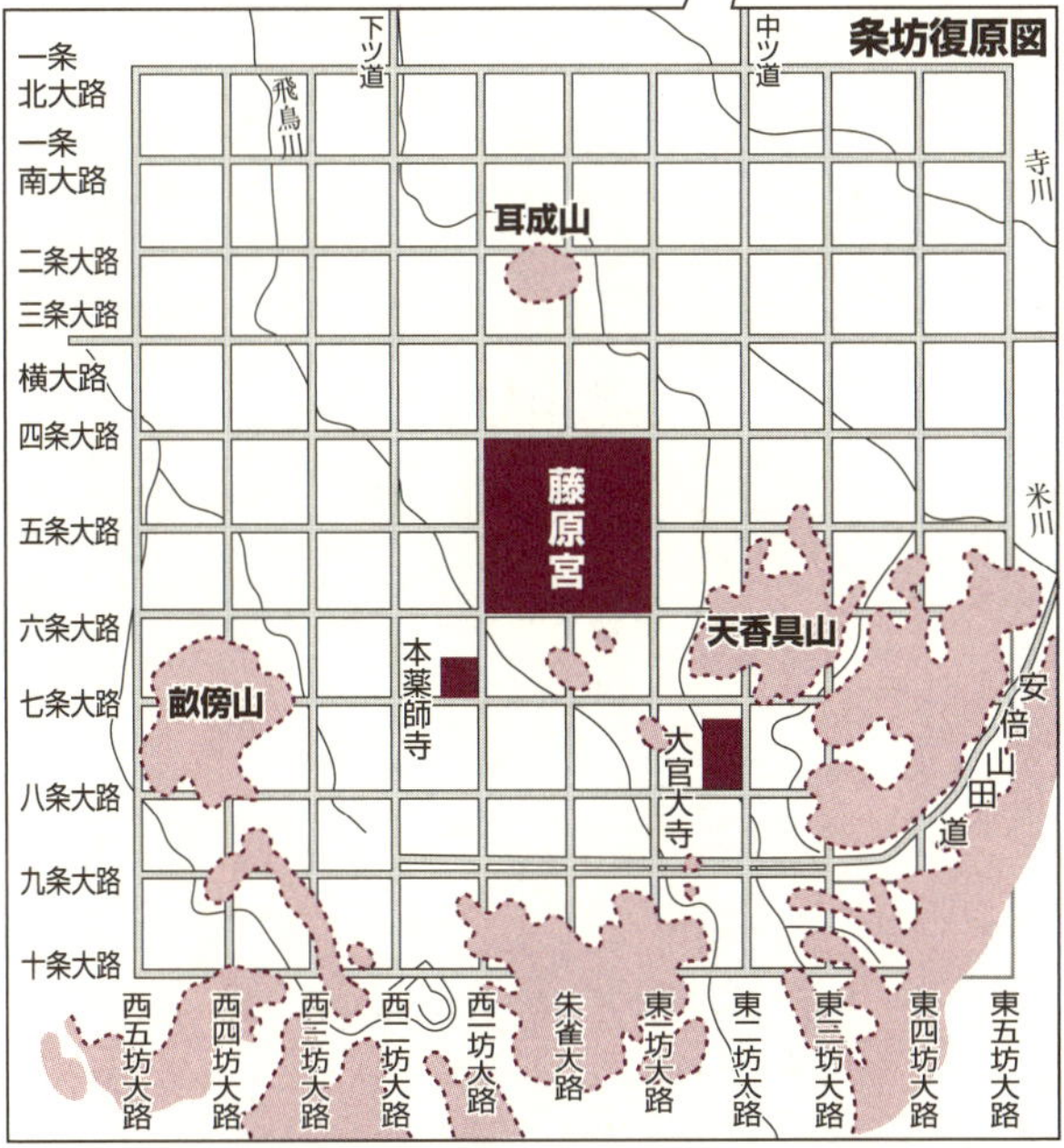

参考:『日本の歴史04 平城京と木簡の世紀』渡辺晃宏(講談社)

飛鳥の北側には藤原京《ふじわらきょう》があり、これを囲むように天香具山、畝傍山、耳成山が立ち並ぶ。

一首目には、三山のどれが男でどれを女とみるか、額田王をめぐる天智と大海人皇子の争いを背景に詠ったものではないかなど諸説あるが、歌の主意は人が恋の争いに苦しむのは神代以来のことなのだという感慨にある。

二首目は、六六一（斉明七）年に百済救援へと向かう行軍の際、海の神に平穏無事を祈った歌と解釈されている。

天智が亡くなると、大海人が天智の皇子・大友皇子《おおとものみこ》と皇位を争い、壬申《じんしん》の乱を起こした。戦に勝利した大海人は、その後即位して天武天皇となり、諸皇子を連れて吉野に行幸《ぎょうこう》した。

よき人の　よしとよく見て　よしと言ひし　吉野よく見よ　よき人よく見（巻一・二七）
《昔の立派な人がよい所だとして、よくみてよしといった。この吉野をよくみよ。立派な人もよくみたことだ》

吉野は大和人にとっての聖地であり、天武政権の起源となった場所でもある。この歌は、

大和三山

左から天香具山(152m)・耳成山(139m)・畝傍山(199m)。当時の人々は、この三山をめぐる恋の三角関係の伝承を伝えていた

天武・持統天皇陵

正式名称は檜隈大内陵。天武天皇と天皇としてははじめて火葬された持統天皇が合葬されている

豊かな自然をみることで吉野に集うすべての者がよき人になることを願っている。「よし」という同音の繰り返しは、リズミカルな響きに加えて祝意を強めるという呪術的な意味をもつ。

百人一首にも選ばれた持統天皇の秀歌

天武が崩御すると、鸕野《うの》皇女が即位した。持統天皇である。持統は飛鳥浄御原令《あすかきよみはらりょう》を施行し、律令制の基盤をつくった。『万葉集』には、その持統の秀歌が収められている。

> 春過ぎて　夏来《きた》るらし　白たへの　衣《ころも》干したり　天の香具山　（巻一・二八）
> 《春が終わり夏がやってきたらしい。あの天の香具山に真っ白な衣が干してある》

大和三山のなかでも万葉人が特に思いを寄せた天香具山での衣干しの光景を見て、夏の到来に心躍らせた歌だ（香具山自らが衣を干しているとの解釈もある）。二句目と四句目に区切れをもつ素朴なリズムのなかに初夏の風景を描き出す。この歌は、百人一首にも一部変更を加えて収載されている。

柿本人麻呂
——万葉の時代を画す謎に包まれた「歌聖」

「歌聖」として称えられる人麻呂の素顔

三十六歌仙《さんじゅうろっかせん》の一人に数えられ、「歌聖」と称えられる柿本人麻呂《かきのもとのひとまろ》は、現在も歌の神として各地の人丸《ひとまる》神社に祀られている。万葉の時代、和歌は日本文化を代表する一大芸術であった。人麻呂は、その和歌の世界にあって一世を風靡《ふうび》した天才歌人だったのである。

しかし、人麻呂の生涯にはあまりにも謎が多い。『日本書紀』などの史書にその名がみえず、生没年や経歴などがいっさいわからないのである。

人麻呂の属する柿本氏は、『古事記』によると第五代・孝昭《こうしょう》天皇の皇子の系統にあたる。本拠地は大和国添上《そえかみ》郡（奈良県天理市櫟本《いちのもと》町）。『続日本紀《しょくにほんぎ》』には、人麻呂の同族と考えられている柿本佐留《さる》という名の人物がいる。人麻呂と同一人物だとする説もあるが、特に根拠はない。

出自《しゅつじ》とともに謎とされているのが、人麻呂の死をめぐる問題である。『万葉集』には、人麻呂が石見《いわみ》（島根県）の「鴨山《かもやま》」で臨終を迎えたときに自ら嘆き悲しんだ歌が残されている。だが、この臨終の歌についても解釈が定まっていない。人麻呂の存在は早くから伝説化していたようだ。

史書にない人麻呂の実像を知る手がかりとなるのは、『万葉集』だけである。『万葉集』に残された歌によって、人麻呂は天武朝で活動を開始し、持統朝から文武《もんむ》朝にかけて活躍した宮廷歌人であったことが確認できる。

また『万葉集』では、人麻呂の死を「死」という漢字で表記している。この時代、人の死を記録する場合には、三位以上ならば「薨」、五位以上ならば「卒」、六位以下は単に「死」と文字を使い分けて書く決まりがあった。したがって、人麻呂は六位以下の下級官吏だったことになる。

『万葉集』の収載歌で「人麻呂作」と記されているものは、長歌が一六首、短歌が六一首ある。そのほかに『柿本人麻呂歌集』に収録されている歌が長短合わせて三七〇首ほどあり、総計約四二〇首と膨大な数になる。

歌の内容は多岐にわたる。人麻呂には宮廷歌人として詠んだ皇室に関する歌、行幸に従ったときの歌、皇子や皇女の挽歌《ばんか》が多いが、ほかにも恋の歌や旅の歌など多種多彩だ。

柿本人麻呂

人麻呂は今も歌の神として崇拝されている

（『柿本人麿像』京都国立博物館所蔵）

神話の時代から続く歌謡の伝統と、中国伝来の漢詩を統合したのが人麻呂だといわれ、そのような表現は宮廷関係の歌、特に長歌に多くみられる。

こうしてみると、謎に包まれた人物とはいえ、質量ともに他を圧倒する人麻呂こそが、『万葉集』の頂点に位置する歌人だといっても過言ではないだろう。

宮廷歌人として詠った公の歌

人麻呂は持統天皇の治世下で、歌人としての最盛期を送った。

『万葉集』には、持統とともに壬申の乱で廃都と化した近江の大津宮《おおつのみや》を訪れたときに詠んだとされる秀歌、「近江荒都歌」（長反歌三首）がある。

楽浪《ささなみ》の　志賀の唐崎《からさき》　幸《さき》くあれど　大宮人《おほみやひと》の　舟待ちかねつ　（巻一・三〇）

《ささなみの志賀の唐崎は昔のまま変わらずにあるが、ここでいくら待っても、大宮人があの頃遊んだ舟には出逢えなくなってしまった》

不変の自然と人の世のはかなさを対比させることで、この世の哀れと無常を印象づけて

柿本人麻呂の生涯

年代	事項
六六八（天智七）	天智天皇、即位 この頃、投身自殺した吉備の津の女官の死を題材にして挽歌を作る
六七二（弘文元）	壬申の乱
六七三（天武二）	天武天皇、即位 この頃、二〇歳前後で宮廷に初出仕か
六八六（朱鳥元）	天武天皇没し、大津皇子の変が起こる
六八九（持統三）	持統天皇とともに近江へ赴き、近江荒都の歌を作る 草壁皇子没し、挽歌を作る
六九〇（持統四）	持統天皇の紀伊行幸に随行
六九一（持統五）	川島皇子没し、その妃・泊瀬部皇女らにあてて挽歌を作る
六九二（持統六）	軽皇子の阿騎野の遊猟へ随行し、長歌を作る
六九六（持統一〇）	高市皇子没し、挽歌を作る
六九七（持統十一）	持統天皇譲位、軽皇子が文武天皇として即位する
七〇〇（文武四）	明日香皇女没し、挽歌を作る
七〇一（大宝元）	大宝律令完成 文武天皇らの紀伊行幸に随行。挽歌四首のほか三首を作る
七〇二（大宝二）	持統天皇、没
七〇七（慶雲四）	全国的な疫病が発生。丹波・出雲・石見などでも甚大な被害がでる

いる。

この歌の前に置かれた長歌では、戦乱によって滅んだ荒都への鎮魂の思いが詠われており、人々の思いを代表して詠う宮廷歌人としての役割がみてとれる。

東《ひむがし》の野に　かぎろひの　立つ見えて　かへり見すれば　月かたぶきぬ　（巻一・四八）
《東の野の果てに曙《あけぼの》の光がさしそめて、振り返ってみると月は西の空に傾いている》

のちに文武天皇となる軽皇子《かるのみこ》が一〇歳の頃、阿騎野《あきの》（奈良県宇陀《うだ》市付近）の地で遊猟が行なわれたことがあった。その際に人麻呂が詠んだのが、この歌である。旅宿りの翌朝、東の空から曙光《しゃっこう》が差し込み、振り返ると西の空には月が傾いて夜明けの到来を告げている。

阿騎野は、軽皇子の父・草壁皇子《くさかべのみこ》もかつて訪れたことのある思い出の聖地である。この時代における狩猟は、単なる遊興ではなく、子供から大人になるための成年式儀礼の意味をもっていた。

狩の主人公である軽皇子は天武・持統が即位を願ったものの、果たしえずに夭逝《ようせい》した草壁の遺児である。夜明けとともに新生する太陽、その日の出を見守りつつ西の空に沈んでいく月の対比は、草壁から軽へと受け継がれる人々の期待を象徴するような光景といえよう。

石見へ赴任し、現地の女性と恋に落ちる

官人としての経歴がほとんどわからない人麻呂だが、石見へ派遣されたことがあるのは確かだ。都を離れた人麻呂は、この地である女性に恋をした。二人は深く結ばれて愛を育んだ。

しかし、人麻呂は都の役人だから、任地が変われば別れのときが訪れる。実際、人麻呂

唐崎

「近江荒都歌」に詠まれた唐崎は、現在の唐崎神社辺りとされる

阿騎野

阿騎野は現在の奈良県北東部、宇陀市を中心とした宇陀川流域の一帯とされる

は石見から都へ旅立つことになった。そのとき、人麻呂は石見の妻との別れを惜しんで恋の長短歌を詠んだ。

　長歌では、「愛する妻を角《つの》の里に残して、いま旅立つ。山路をたどり峠を過ぎて進み、妻の里からは遠ざかってしまった。私と妻の間に立つ隔ての山よ、なびき伏せろ。妻の家をもう一度見たいのだ」と妻への激しい愛情を表現している。

笹の葉は　み山もさやに　さやげども　我《わ》は妹《いも》思ふ　別れ来ぬれば　（巻二・一三三）

《笹の葉は全山にさやさやと乱れ騒ぐが、私はただ一心に、別れて来た妻を思うだけだ》

この歌は長歌に添えられた反歌。第三句の「さやげども」の読み方になお議論があるが、山を覆《おお》う笹の葉のざわめきのなかで、ひたすら妻を思う心が鮮明に描かれている。

「鴨山」で最期を迎え伝説となる

笹の葉の歌を詠んでからどれくらい経った頃なのか、人麻呂は病に倒れ、臨終のときを迎えた。『万葉集』には、次の一首が人麻呂最期の歌として残されている。

> 鴨山の　岩根しまける　我をかも　知らにと妹《いも》が　待ちつつあるらむ　（巻二・二二三）
>
> 《鴨山の岩を枕にして倒れている私なのに、妻は何も知らずに私の帰りを待っているのだろうか》

残された妻は、遠い異郷で死に行く夫を思って、二首の挽歌を詠んだ。そのうちの一首が次の歌である。

> 直《ただ》の逢ひは　逢ひかつましじ　石川に　雲立ち渡れ　見つつ偲《しの》はむ　（巻二・二二五）

石見に残る人麻呂の伝承

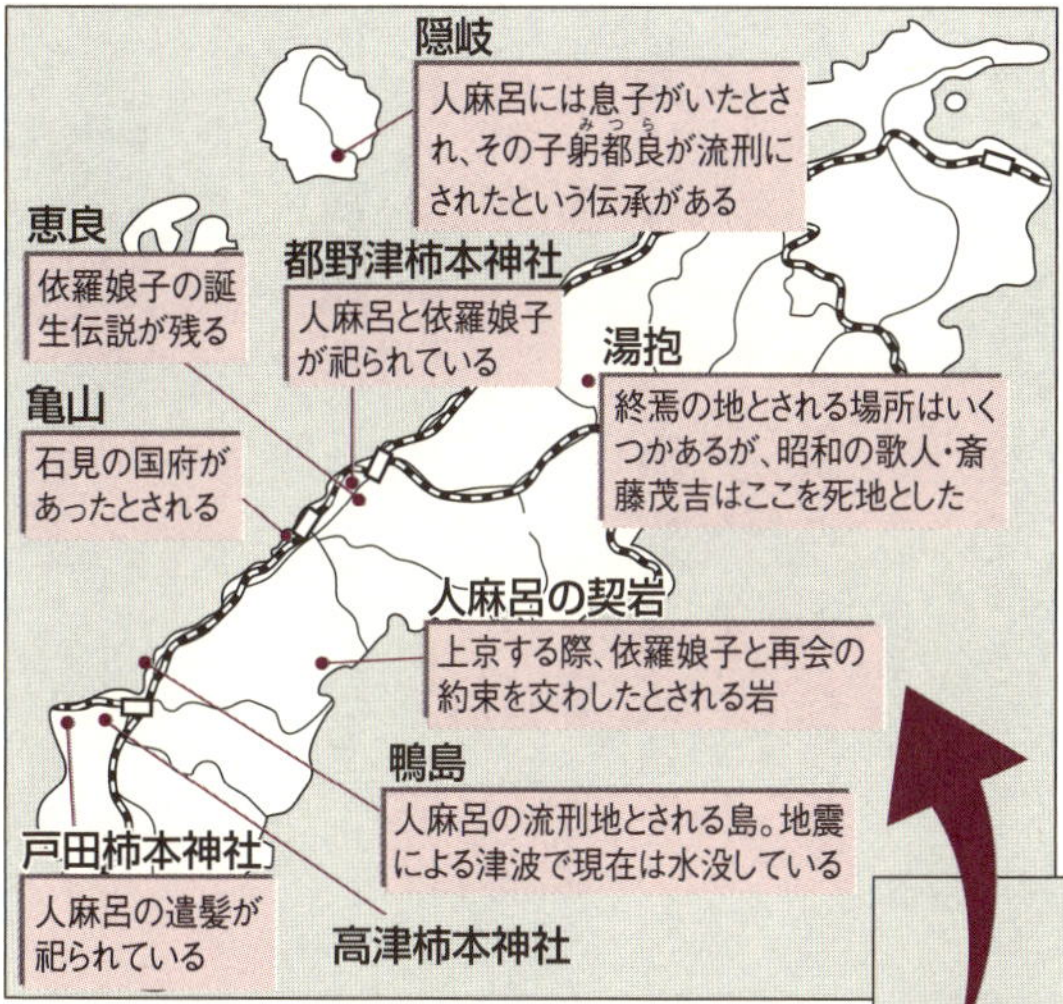

人麻呂が国司として過ごした石見（島根県）には、死没推定地や妻・依羅《よさみの》娘子《おとめ》の伝承地など、人麻呂関連の史跡が数多く残されている

《直にお逢いしようと思っても、とても無理だろう。雲よ、石川一帯に立ち渡っておくれ。せめてこの雲をみながらあの方をお偲びしよう》

妻は、もう直には夫に会えないから、せめて雲をみて偲ぼうといっている。雲は愛する夫の魂そのものである。

ただし、人麻呂歌の「鴨山」と妻の歌の「石川」の関連性など、不明な点が多いのも確かだ。人麻呂の存在は、その死のあり方も含めて謎に包まれている。

高市黒人――叙景歌の先駆者となった旅愁の歌人

旅に生き宮廷歌人として歌を詠む

万葉歌人には出自がはっきりしない人物が多い。高市黒人《たけちのくろひと》もその例に漏れず、経歴、生没年など詳しいことはわかっていない。残された歌のほとんどが旅の歌（羈旅歌《きりょか》）ということから、天皇の行幸に従って歌を詠む宮廷歌人だったと推測されるくらいである。

叙景《じょけい》歌に優れ、深い旅愁を詠った黒人の作品は、短歌ばかり一八首ある。歌数は少ないが、どれも独特の輝きを放っている。

黒人が旅した地域は近江、山城《やましろ》、尾張《おわり》、越中《えっちゅう》、摂津《せっつ》と広範囲におよぶ。次の二首は大津宮を訪れた際に荒廃した旧都を詠った歌である。

古《いにしへ》の　人に我《わ》れあれや　楽浪《ささなみ》の　古き京《みやこ》を　見れば悲しき　（巻一・三二）

《私は過ぎ去った遠い昔の人間なのだろうか。大津宮の廃都をみると、栄えていた当時生きてい

高市黒人が三河行幸で詠んだ歌

黒人は702年と思われる持統上皇の三河行幸でも歌を献じた

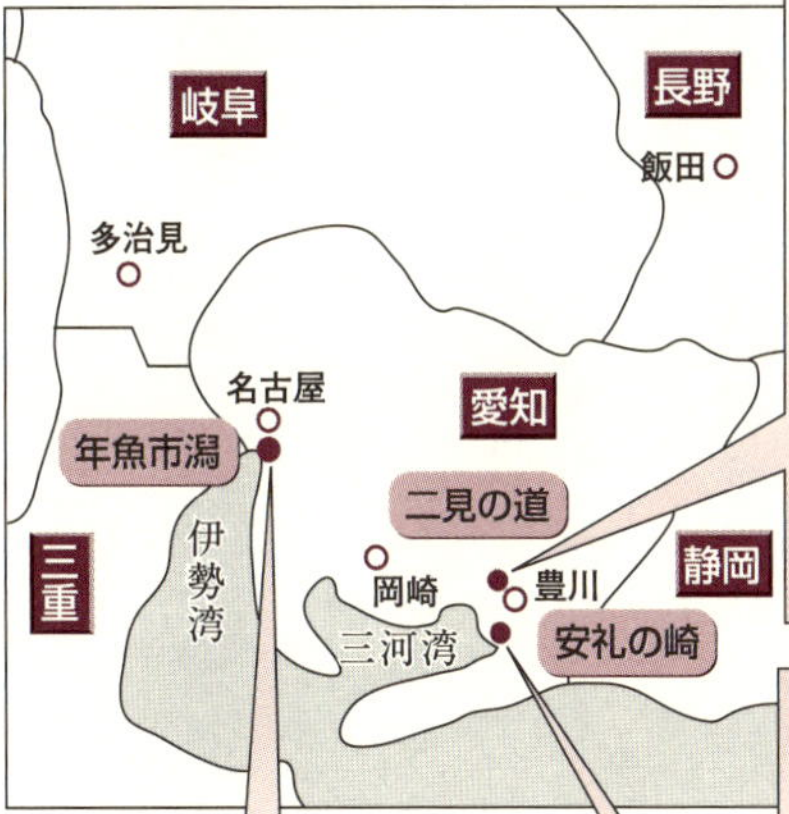

妹《いも》もわれも　一つなれかも　三河《みかは》なる　二見《ふたみ》の道《みち》ゆ　別れかねつる
（巻三・二七六）

《妻も私も一つだからか。三河の二見の道から別れがたいことよ》

何処《いづく》にか　船泊《ふなは》てすらむ　安礼《あれ》の崎　漕《こ》ぎ廻《た》み行きし　棚無《たなな》し小舟《をぶね》
（巻一・五八）

《今はどこの津にとまっているのだろう。安礼の崎をめぐって漕ぎ去っていった、あの棚なし小舟は》

桜田へ　鶴《たづ》鳴き渡る　年魚市潟《あゆちがた》　潮干《しほひ》にけらし　鶴鳴き渡る
（巻三・二七一）

《桜田のほうへ鶴が鳴きながら飛んでゆく。おそらく年魚市潟は潮が引いたのであろう。鶴が鳴きながら飛んでいく》

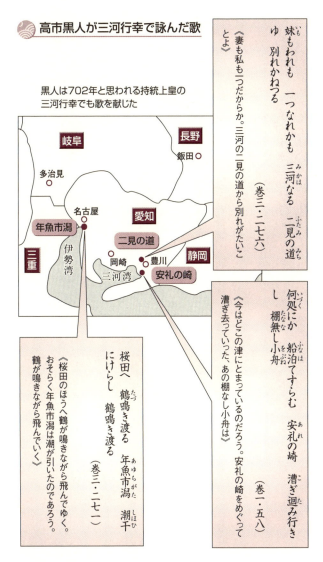

た人間のように悲しくてならない》

楽浪の　国つ御神《みかみ》の　うらさびて　荒れたる京《みやこ》　見れば悲しも　（巻一・三三）
《楽浪の地を支配する神の霊威が衰えたために荒れ果てた都、この都をみると悲しくてならない》

一首目では、荒れ果てた都の跡を見るのが耐えがたく感じる自分は、現代の人ではなく近江朝当時の人なのではないかと、その悲痛を強調する。

二首目では、大津京の荒廃の原因はその土地の神の心が荒れすさんだためだと詠う。近江朝鎮魂の挽歌ともいうべき作品である。

個性的な輝きを放つ黒人の羈旅の歌八首

さらに『万葉集』には「黒人の羈旅の歌八首」と題された一連の歌があるが、どれも鮮明な印象を残す秀歌となっている。

旅にして　もの恋しきに　山下の　赤《あけ》のそほ船　沖に漕ぐ見ゆ　（巻三・二七〇）
《旅先でなんとなく家郷が恋しく思われるときに、先ほどまで山の下に泊まっていた朱塗りの

呼子鳥

『万葉集』でしばしば詠まれる呼子鳥は、一般にカッコウのことといわれている。だが、ヒヨドリとの説もあり、確定はしていない

高市黒人の影響力

山部赤人に影響を与えた黒人の歌

若の浦に　潮満ち来れば
潟《かた》をなみ　葦辺《あしへ》をさして
鶴《たづ》鳴き渡る　（巻六・九一九）

《和歌の浦に潮が満ちてくると潟がなくなるので、葦の生えている岸辺を目ざして鶴が鳴きわたることよ》

優れた叙景歌を数多く残した山部赤人も、黒人の影響を色濃く受けている

官船が沖に漕ぎ進んでいくのがみえる》

旅の途中でふともの思いに浸っているとき、自分と同じ官人を乗せた船が都のほうへ漕ぎ進んでいく。その光景を見ている黒人の郷愁がひしひしと伝わってくる。

大和には　鳴きてか来らむ　呼子鳥《よぶこどり》　象《きさ》の中山　呼びそ越ゆなる　（巻一・七〇）

《故郷大和では今はもう来て鳴いているだろうか。ここ吉野では呼子鳥が象の中山を誰かに呼びかけるように鳴いて越えている》

これは七〇一（大宝元《たいほう》）年、持統上皇の吉野行幸に従った折に詠んだ歌。行幸というハレの場にあっても黒人の心には故郷への思いが溢れ出て旅愁を奏でる。

黒人の旅の目的は定かではない。当時の旅は律令国家の成立にともなう官人の地方派遣などが主だったが、同時に土地に宿る神威を慰撫《いぶ》し、あるいはかつてその地を訪れた英雄たちの事跡を思うという意味もあったと考えられる。鮮やかな叙景と深い旅愁の背後には、そうした旅の古代的性格が息づいている。

山部赤人

――自然を愛し旅に生きた叙景歌人

「山柿の門」として称えられる赤人

『古今和歌集《こきんわかしゅう》』は、「人麻呂は赤人《あかひと》が上に立たむこと難く、赤人は人麻呂が下に立たむこと難くなむありける」と記す。

柿本人麻呂と並び称されることの多い山部《やまべの》赤人だが、彼が活躍した時期は人麻呂よりも二〇年ほど後の時代で、『万葉集』には聖武《しょうむ》天皇即位の前後から七三六年までの歌、長歌一三首、短歌三七首が残る。

赤人は宮廷歌人として聖武の行幸に従い、紀伊《きい》、吉野、難波《なにわ》などで歌を詠んだ。また下級官人として各地を旅したようで、歌に詠まれた地域は東は下総《しもうさ》、駿河《するが》から西は伊予《いよ》に至るまで広範におよぶ。

高市黒人も長い距離を歩いているが、赤人はその上をいく。おそらく万葉歌人中、最も広い範囲を旅した人物であろう。

赤人の歌風の特徴は、鮮明な叙景性にある。黒人の影響も感じられ、叙情を排して客観性を重視し、自然美を対象とした繊細で優美な歌を詠んだ。

自然と一体化した赤人の叙景歌の構図

「叙景歌人」といわれる赤人は、自然の風景をそのまま言葉で切り取ったような歌を多く作っている。

次の短歌は、聖武の吉野行幸に従ったときのものである。

ぬばたまの　夜の更《ふ》けゆけば　久木《ひさぎ》生《お》ふる　清き川原に　千鳥しば鳴く　（巻六・九二五）
《夜がしんしんとふけていくと、久木の木が茂っている清らかな吉野川の川原で、千鳥がしきりに鳴いている》

昼間の喧騒が去って、夜の静寂があたりを覆っている。そのなかに千鳥の声が聞こえてくる。「久木」がどの木を指すかは不明だが、その文字は悠久の自然を賛美する意をもつ。かつて夜は神々が支配する聖なる時間だった。聖なるときの深まりが吉野の自然と作品の

山部赤人像

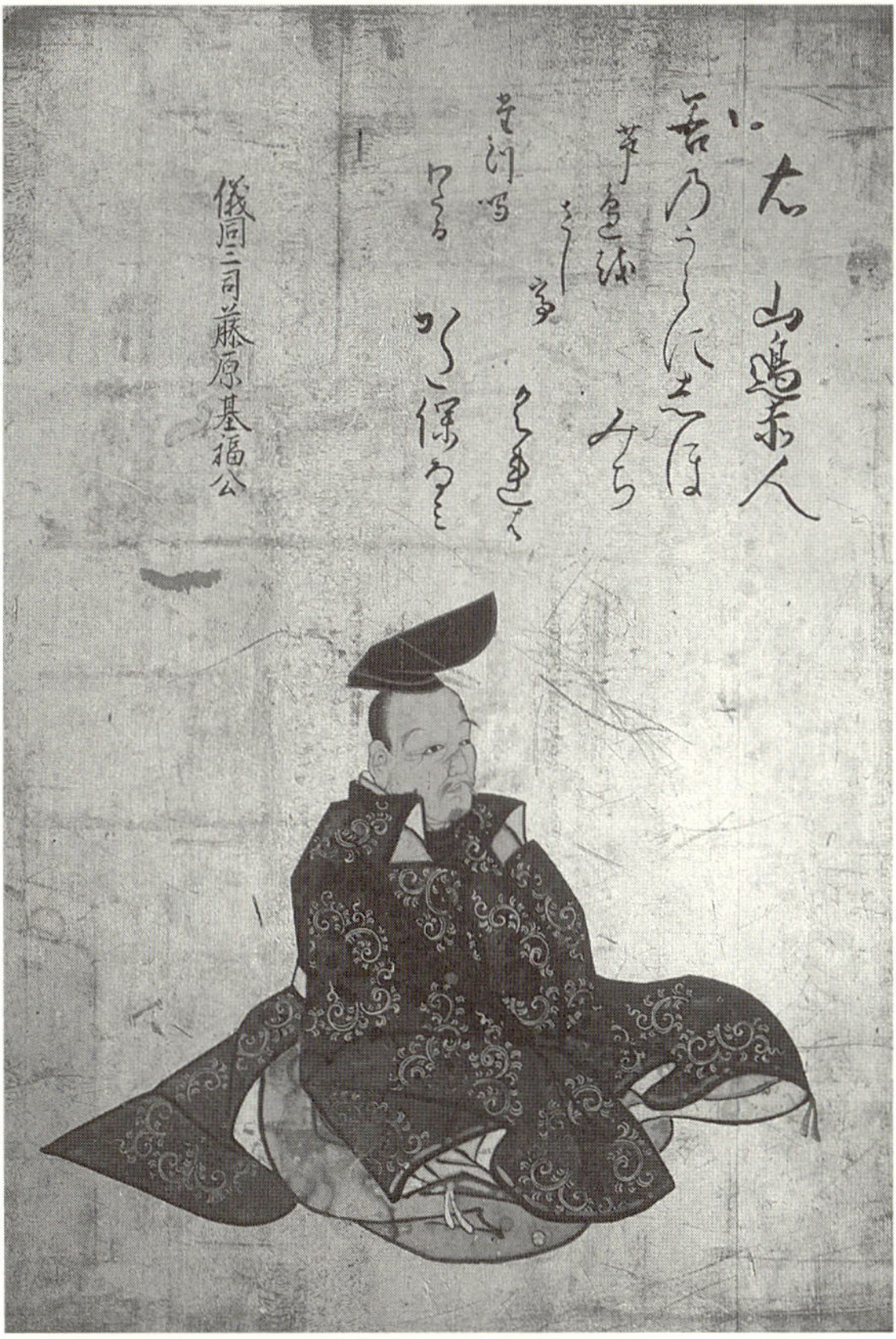

柿本人麻呂、大伴家持らとともに三十六歌仙に数えられる赤人は、天皇の行幸に従って歌を奉ずる宮廷歌人だった。叙情性よりも客観性を重視し、自然の美を繊細に表現した。叙景歌の新境地を開いたとされている

（写真提供:茨城県立歴史館）

奥ゆきをいっそう深化させている。

また、赤人が駿河を訪れたときの歌には、富士山を詠んだ長反歌二首がある。

天地《あめつち》の　分れし時ゆ　神《かむ》さびて　高く貴《たふと》き　駿河なる　富士の高嶺《たかね》を　天の原　振り放《さ》け見れば…　（巻三・三一七）
《天地が分かれた神代の昔から神々しく高く貴い富士の山を、大空かなたに仰ぎ見ると…》
田子《たご》の浦ゆ　うち出でて見れば　真白《ましろ》にぞ　富士の高嶺に　雪は降りける（巻三・三一八）
《田子の浦沿いの道を通って、視界が開けた所に出てみると、富士山の高嶺に真っ白に雪が降り積もっていることだ》

「田子の浦」の場所については諸説あるが、薩埵峠《さったとうげ》（静岡県庵原《いはら》郡由比《ゆい》町）付近の海岸と推定されている。

当時は東海道の難所として知られていた場所だけに、富士山が見えたときの感動はひとしおだったのだろう。

この歌は一部歌詞に変化があるものの、『百人一首』にも収められる秀歌である。

薩埵峠からの富士の眺め

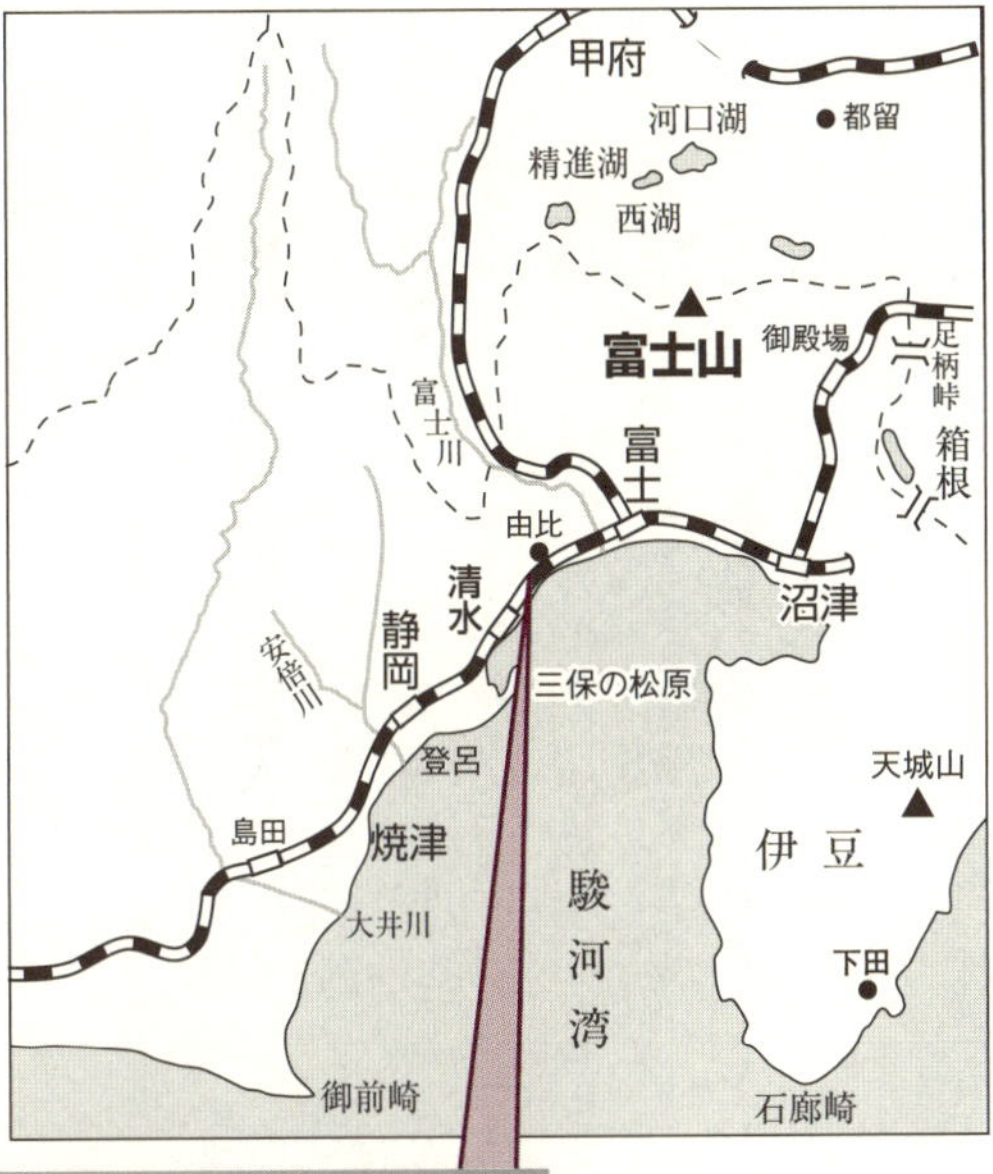

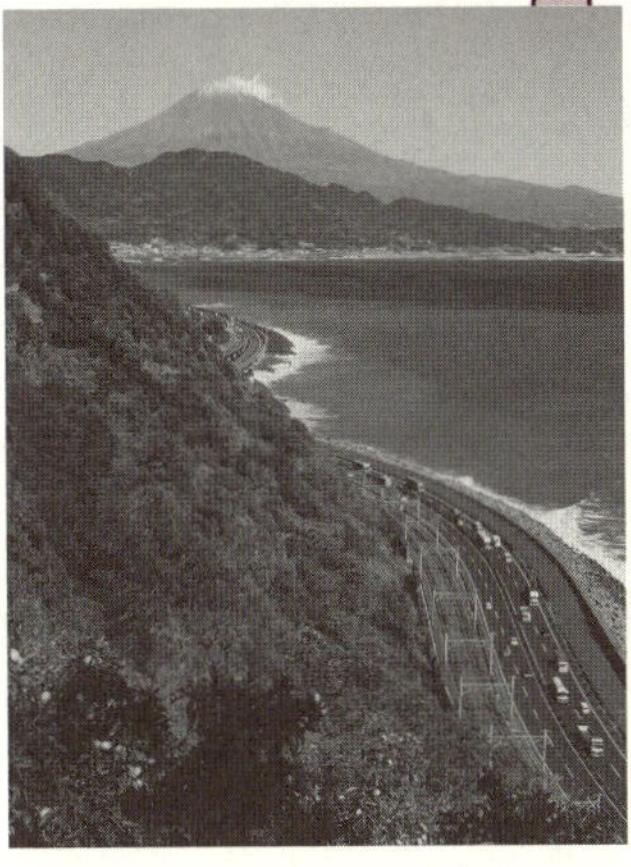

「田子の浦」と推定されるのは、由比町付近にある全長3キロメートルの薩埵峠付近。ここから望む富士山の眺めは絶景で、江戸時代の絵師・歌《うた》川《がわ》広《ひろ》重《しげ》はこの地で浮世絵を描いたといわれている

高橋虫麻呂——伝説を歌った万葉一のロマンチスト

奈良の都を離れ、地方に生きた歌人

万葉歌人のなかには、都から遠く離れた異郷の伝説や習俗への憧れを繊細で旅愁溢れる歌に込めた浪漫的《ろうまんてき》な歌人がいる。高橋虫麻呂《たかはしのむしまろ》である。

虫麻呂は藤原宇合《ふじわらのうまかい》が常陸守《ひたちのかみ》であった頃に知遇を得、以後、彼に仕え続けた下級官人といわれる。『常陸国風土記《ふどき》』の編纂に関わったのも虫麻呂であったらしい。

虫麻呂は旅をして歌を詠んだ。各地の伝説や風俗行事にふれ、それをテーマに歌を作ったのである。『万葉集』には彼の歌が三四首が収められているが、すべて旅先の歌（特に東国が多い）で、奈良の都を詠んだ歌などは一首もない。これが虫麻呂を「旅の歌人」「伝説歌人」と呼ばしめる所以《ゆえん》である。

常陸国に赴任中の虫麻呂は、国庁から常に眺めることのできる筑波山《つくばさん》を詠い、あるときは自ら筑波山に登った。

筑波山

男体山（871メートル）と女体山（877メートル）の二つの峰からなる筑波山は、古くから生産のシンボル、神の住む山として親しまれてきた

日本各地に残る浦島伝説

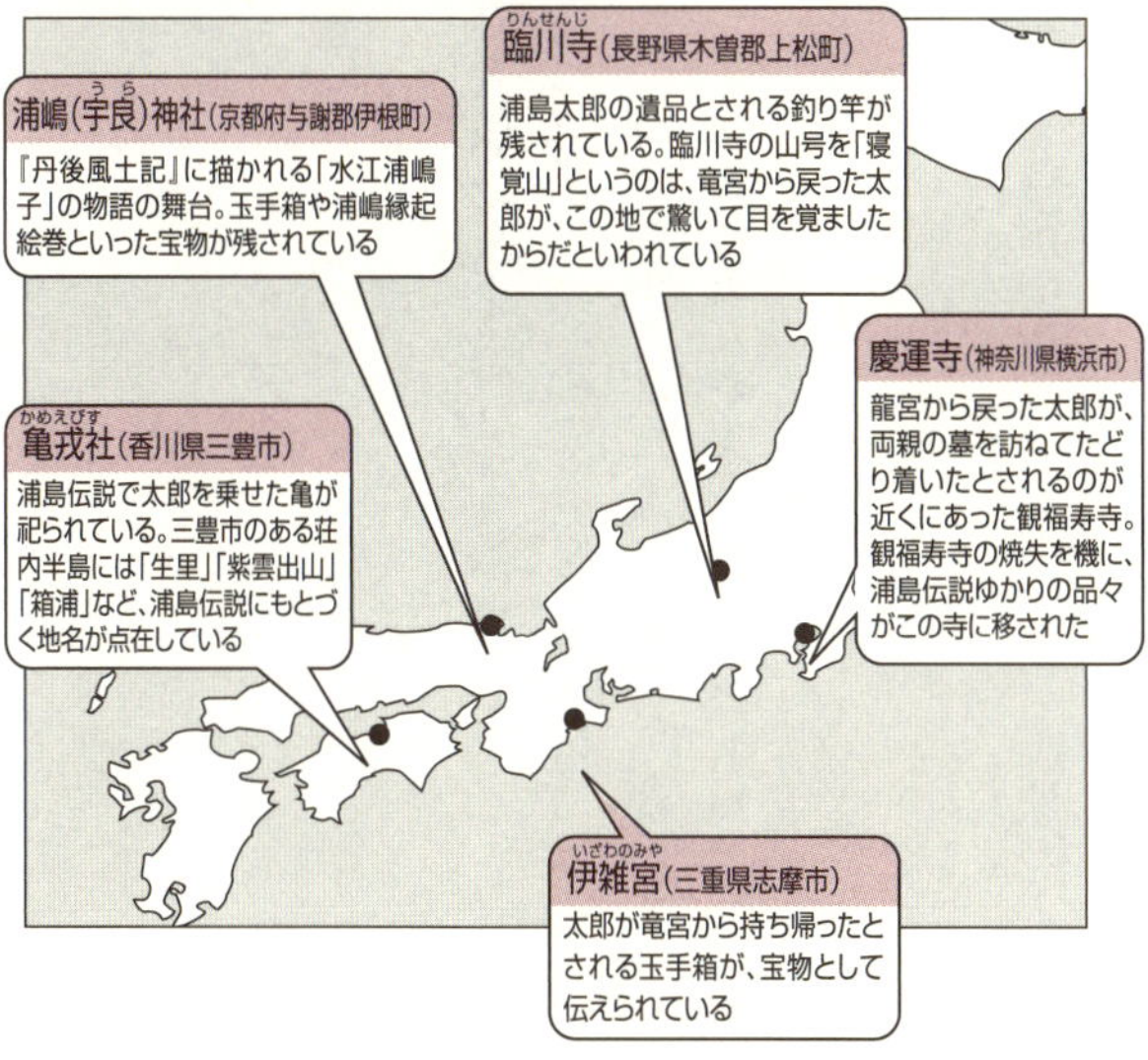
浦嶋（宇良《うら》）神社（京都府与謝郡伊根町）
『丹後風土記』に描かれる「水江浦嶋子」の物語の舞台。玉手箱や浦嶋縁起絵巻といった宝物が残されている
臨川寺《りんせんじ》（長野県木曽郡上松町）
浦島太郎の遺品とされる釣り竿が残されている。臨川寺の山号を「寝覚山」というのは、竜宮から戻った太郎が、この地で驚いて目を覚ましたからだといわれている
慶運寺（神奈川県横浜市）
龍宮から戻った太郎が、両親の墓を訪ねてたどり着いたとされるのが近くにあった観福寿寺。観福寿寺の焼失を機に、浦島伝説ゆかりの品々がこの寺に移された
亀戎社《かめえびす》（香川県三豊市）
浦島伝説で太郎を乗せた亀が祀られている。三豊市のある荘内半島には「生里」「紫雲出山」「箱浦」など、浦島伝説にもとづく地名が点在している
伊雑宮《いざわのみや》（三重県志摩市）
太郎が竜宮から持ち帰ったとされる玉手箱が、宝物として伝えられている

『万葉集』には、筑波山で行なわれた歌垣《うたがき》についての歌が残る。

男神《ひこかみ》に　雲立ち上《のぼ》り　しぐれ降り　濡れ通るとも　我れ帰らめや（巻九・一七六〇）
《男神（男体山《なんたい》）に雲が立ちのぼって時雨が降り、びしょ濡れになろうとも、この楽しい一夜の半ばで帰ったりするものか》

歌垣とは、春と秋に男女が集まって飲食し、互いに歌を掛け合う神事であると同時に、求婚の場でもあった。筑波山頂のM字型の中間に位置する「御幸が原」が歌垣の場所といわれる。男体山と女体山《にょたい》がつながる場所で、愛の神事が催されたのだ。都会の洗練された文化に触れていた虫麻呂にとって、関東一円から大勢の男女が集う筑波山の歌垣は、情熱的で魅力的なものに写ったであろう。

はかない現実と幻想のはざまに生きる

虫麻呂の伝説歌人としての一面は、次にあげる下総国の伝説・真間手児名《ままのてこな》の歌がよく知られている。

高橋虫麻呂の詠んだ「浦島太郎」

水江《みづのえ》の浦島《うらしま》の子《こ》を詠める一首并せて短歌

春の日の　霞《かす》める時に　墨吉《すみのえ》の　岸に出でゐて　釣船《つりふね》の　とをらふ見れば　古《いにしへ》の　事そ思《おも》ほゆる　水江《みづのえ》の　浦島の子が　堅魚《かつを》釣り　鯛《たひ》釣り矜《ほこ》り　七日《なぬか》まで　家にも来《こ》ずて　海界《うなさか》を　過ぎて漕ぎ行くに　海若《わたつみ》の　神の女《をとめ》に　たまさかに　い漕ぎ向かひ　相誂《あひあと》ひ　こと成りしかば　かき結び　常世《とこよ》に至り　海若《わたつみ》の　神の宮の　内の重の　妙《たえ》なる殿に　携《たずさ》はり　二人《ふたり》入り居て　老《お》いもせず　死にもせずして　永き世に　ありけるものを　世の中の　愚人《おろかひと》の　吾妹《わぎも》子《こ》に　告《つ》げて語らく　須臾《しましく》は　家に帰りて　父母に　事も告《の》らひ　明日《あす》のごと　われは来《き》なむと　言ひければ　妹がいへらく　常世辺《とこよへ》に　また帰り来《き》て　今のごと　逢はむとならば　この篋《くしげ》　開くなゆめと　そこらくに　堅《かた》めし言《こと》を　墨吉《すみのえ》に　還り来《きた》りて　家見れど　家も見かねて　里見れど　里も見かねて　恠《あや》しみと　そこに思はく　家ゆ出でて　三歳《みとせ》の間《ほど》に　垣も無く　家滅《う》せめやと　この箱を　開きて見てば　もとの如《ごと》　家《いえ》はあらむと　玉篋《たまくしげ》　少し開くに　白雲《しらくも》の　箱より出でて　常世辺《とこよへ》に　棚引《たなび》きぬれば　立ち走り　叫《さけ》び袖振り　反側《こいまろ》び　足ずりしつつ　たちまちに　情消《こころけ》失《う》せぬ　若かりし　膚《はだ》も皺《しわ》みぬ　黒かりし　髪も白《しら》けぬ　ゆなゆなは　息さへ絶えて　後《のち》つひに　命死にける　水江《みずのえ》の　浦の島子が　家地《いへどころ》見ゆ

（巻九・一七四〇）

反　歌

常世辺《とこよへ》に　住むべきものを　剣大刀《つるぎたち》　己《な》が心から　鈍《おそ》やこの君

（巻九・一七四一）

現代語訳

《春の日が霞んでいるときに、住吉の岸に出て腰をおろし、釣船が波に見え隠れするのをみていると、昔の事が思われてくる。――水江の浦島の子が、堅魚や鯛を釣り、七日も家に帰ってこず、海の境も通りすぎて漕いでいくと、海の神の少女に、思いがけず漕ぎ合い、求婚しあって事は成就したので、契りをかわして常世に至り、海神の宮のなかの幾重にも囲まれたりっぱな宮殿に手を携えて二人で入り、老いることも死ぬこともなく、永遠に生きることとなった。ところが、愚人である浦島は、妻に告げた。「しばらく家に帰って父母に事情を話し、明日にでも帰ってこよう」と。妻は「永久の世にまた帰ってきて、今のように逢っていようと思ったなら、この箱を決して開けないでください」といった。強く約束した言葉だったが、住吉に帰ってくると家も里も見当たらなかったので、不思議に思い、「どうしてたった三年間の間に、垣根もなく家もなくなるのであろう」と考え、「この箱を開いたらもとどおりになっているかもしれない」と玉篋を少し開くと、白雲が箱から立ちのぼり、常世の方に靡いていったので、浦島は驚いて、走りまわり、大声で叫び袖を振り、ころげ廻り足ずりをしたが忽ち人心地を失ってしまった。若々しかった肌も皺がより、黒々としていた髪も白く変わってしまった。やがて後々には息さえ絶えてしまって、ついに命も終わってしまった。――その水江の浦島の子の家のあったところが見える》

《永遠の世に住むはずであったのに、自分自身の軽率な心によって思いがけない結末となってしまった。愚かなことよ》

参考:『万葉集―全訳注　原文付』中西進（講談社）

勝鹿《かつしか》の　真間《まま》の井見《ゐ》れば　立ち平《なら》し　水汲《く》ましけむ　手児奈し思ほゆ（巻九・一八〇八）
《葛飾の真間の井戸をみると、ここでいつも水を汲んでいた美しい手児名のことが偲ばれる》

「勝鹿の真間」は現在の市川市にあたる。貧しい手児名は粗末な衣服で労働に明け暮れていたが、絶世の美女だったため、多くの男たちに求愛された。しかし、彼女はそれを拒んで入水自殺を遂げたという。

虫麻呂は社会や制度に縛られて不幸な運命をたどった女性たちに、深い共感と悲しみを抱いて歌を捧げたのだ。

また、虫麻呂は浦島《うらしま》伝説の歌を詠んだことでも知られている。

海神の娘と結ばれ、永遠の命を得られるはずであったのに、それを自ら放棄してしまった浦島太郎。その愚かさに、虫麻呂は現実社会を超えられない人間の空しさを思い、自分の姿を重ねて歌を詠んでいる。

虫麻呂は現実よりも幻想の世界に思いを馳せていたのである。

山上憶良——人間の根源をみつめた孤高の社会派歌人

社会や実生活に執着する現実主義者

万葉の開花期といわれる第三期になると、独特の個性をもった歌人が現れ、歌風も多様になる。山上憶良《やまのうえのおくら》は柿本人麻呂の次世代に位置し、山部赤人や大伴旅人《おおとものたびと》と同時代を生きた歌人。旅人とともに、大宰府《だざいふ》を中心とする文雅の交流のなかで多くの秀作を詠んだ。

憶良の名がはじめて史書に登場するのは、七〇一（大宝元）年に遣唐小録（書記官）に選ばれ、渡唐したときである。

帰国してからは伯耆守《ほうきのかみ》や皇太子（後の聖武天皇）の教育係、筑前守《ちくぜんのかみ》などを歴任したとされる。漢文学や仏教、儒教《じゅきょう》の素養が豊かだったようだ。

憶良の歌の特徴は、貧困や生老病死《しょうろうびょうし》、愛別離苦《あいべつりく》といった社会問題や人生を真正面から取りあげたことにある。人生と真正面から対峙し、庶民生活の哀歓《あいかん》を見つめ、歌にしたのである。

また親子や家族の絆《きずな》に執着し、子を愛する心、家族を思う心を詠むことにも長《た》けていた。

次の「子等を思ふ歌」は、わが子への深い愛情を詠んだ名歌として知られている。

瓜食《は》めば　子ども思ほゆ　栗食めば　まして偲《しぬ》はゆ　いづくより　来たりしものぞ

まなかひに　もとなかかりて　安眠《やすい》し寝《な》さぬ　（巻五・八〇二）

《瓜を食べると愛しい子供が思われる。栗を食べるとそれにもまして切なく思われる。いったいこの子の面影はどこからやってきたものなのか。眼の前にむやみにちらついて、安眠することもできないほどだ》

銀《しろかね》も　金《くがね》も玉も　何せむに　まされる宝　子にしかめやも　（巻五・八〇三）

《銀も黄金も玉も、子供という宝に比べたら何のことがあろう。どんなに優れた宝も子供に及びはしないのだ》

この歌の前には漢文の長い序文が置かれている。

そこでは、釈迦如来《しゃかにょらい》の「自分は衆生《しゅじょう》をわが子と同じように大切に思っている。子への愛ほど深いものはない」という言葉を引用し、「釈迦でさえそうなのだから、われら世間一

主な歌人の生きた時代

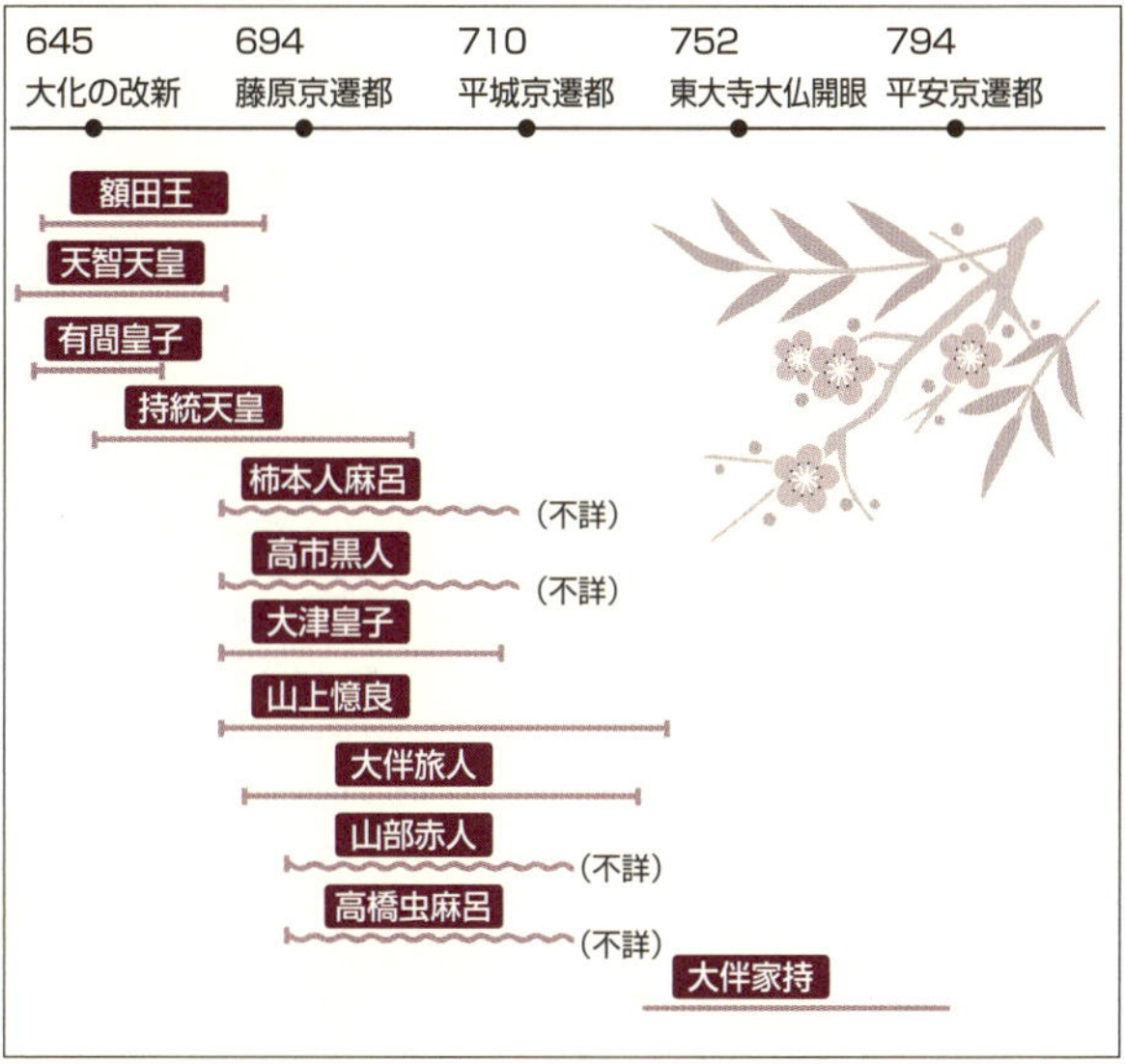

農民の窮状

租	指定の穫稲を納める
庸	京での労役の代わりに布を納める
調	諸国の物産を納める
雑瑤	年間60日の労役を行なう
兵役	3年間の北九州警備(防人)にあたる

戸籍作成にともなう
税負担の増加

↓

浮浪・逃亡
出挙(借入れ)未返済

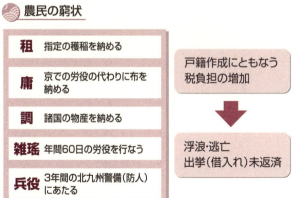

般の人間はどうして子を愛さずにいられようか」と述べている。これほど端的に屈託《くったく》なく人間の情愛を詠った例はほかにない。

農民の窮状を詠った「貧窮問答歌」

当時、多くの農民は徴税・課役に苦しみ、平城京造都を機に逃亡したり浮浪する者が増加の一途をたどっていた。律令官人（筑前国守）であった憶良は、そんな民の窮状を「貧《ひん》窮《きゅう》問《もん》答《どう》歌《か》」として表現した。

貧窮問答歌は、貧しい下級の一官人と、さらに困窮している者との対話として構成されており、官人は戯画化された憶良自身といわれている。

貧しい官人が理想を高くかかげたところで、現実とはかけ離れている。冷ややかに現状をみつめ、自分よりもさらに悲惨な境遇にある人々へと思いを馳《は》せていく。一方の困窮者は、衣食住にも事欠く現実と人間として生きることの辛さを訴える。

このように、人生苦や生活苦そのものを主題とする憶良の歌は、恋と花鳥風月を主なテーマとする和歌文化の伝統とは異質な個性を放っているのだ。

貧窮問答歌

貧窮問答の歌一首并せて短歌

風雑《まじ》り　雨降る夜《よ》の　雨雑《まじ》り　雪降る夜《よ》は　術《すべ》もなく　寒くしあれば　堅塩《かたしほ》を　取りつづしろひ　糟湯酒《かすゆざけ》　うち啜《すす》ろひて　咳《しはぶ》かひ　鼻びしびしに　しかとあらぬ　鬚《ひげ》かき撫でて　我《あれ》を措《お》きて　人は在らじと　誇《ほこ》ろへど　寒くしあれば　麻衾《あさぶすま》　引き被《かがふ》り　布肩《ぬのかた》衣《ぎぬ》　有りのことごと　服襲《きそ》へども　寒き夜すらを　我《われ》よりも　貧しき人の　父母は　飢《う》ゑ寒《さむ》からむ　妻子《めこ》どもは　乞ふ乞ふ泣くらむ　この時は　如何《いか》にしつつか　汝《な》が世は渡る　天地《あめつち》は　広しといへど　吾《あ》が為《ため》は　狭《さ》くやなりぬる　日月《ひつき》は　明《あか》しといへど　吾《あ》が為《ため》は　照りや給はぬ　人皆か　吾《あ》のみや然る　わくらばに　人とはあるを　人並《ひとなみ》に　吾《あれ》も作《な》れるを　綿も無き　布肩衣《ぬのかたぎぬ》の　海松《みる》の如《ごと》　わわけさがれる　襤褸《かかふ》のみ　肩にうち懸け　伏廬《ふせいほ》の　曲廬《まげいほ》の内に　直土《ひたつち》に　藁《わら》解き敷きて　父母は　枕《まくら》の方《かた》に　妻子《めこ》どもは　足《あと》の方《かた》に　囲《かく》み居《ゐ》て　憂へ吟《さまよ》ひ　竈《かまど》には　火気《ほけ》ふき立てず　甑《こしき》には　蜘蛛《くも》の巣懸《か》きて　飯炊《いひかし》く　事も忘れて　鵺鳥《ぬえどり》の　呻吟《のどよ》ひ居《を》るに　いとのきて　短き物を　端《はし》截《き》ると　云へるが如く　楚取《しもとと》る　里《さと》長《をさ》が声は　寝屋戸《ねやど》まで　来《き》立ち呼《よ》ばひぬ　かくばかり　術無《すべな》きものか　世間《よのなか》の道　（巻五・八九二）

世間《よのなか》を　憂しとやさしと　思へども　飛び立ちかねつ　鳥にしあらねば　（巻五・八九三）

現代語訳

《風まじりに雨の降る夜、雨まじりに雪の降る夜は、どうしようもなく寒いので、堅塩を少しずつつまみながら、糟湯酒をすすって、咳をし鼻をぐすぐすと鳴らし、堂々とあるわけでもない髭をかき撫で、それでも自分以外に立派な人物はいまいと威張ってみるもののやはり寒いので、麻の夜具をかぶり、布肩衣のありったけを重ねて着るのだが寒い。こんな夜だけを考えてみても、自分より貧しい人の父母は、腹もすかして寒いことだろう。妻や子どもたちは、食物をせがんで泣いているだろう。こんなときはどのようにしてお前は世を渡っているのか。天地は広大だというのに、自分にとっては狭くなったのだろうか。太陽や月は明るいというのに、私のためにはお照りにならぬのだろうか。人は皆そうなのか。それとも自分だけそうなのか。とりわけて人間として生きているのに、人並に自分も生業に励んでいるのに、綿も入っていない布肩衣の、海藻のようにばらばらと垂れ下がっているぼろばかりを肩にはおり、潰れたような、倒れかかったいおりの内に地面にじかに藁を解き敷いて、父母は頭の方に妻子は足の方に自分を囲んでいて、悲しみ歎息し、竈には火の気を立てることもなく、甑(米や豆を蒸すための道具)にはいつか蜘蛛の巣がかかって、飯を炊くことも忘れて、ぬえ鳥のように呻き声ばかりを出していると、これまた、特別に短い物を一層端を切るというように、苔(むち)をもった村長の声が寝屋の戸口まで来ては叫んでいる。これほども術のないものか。世の中の道は》

《世の中をつらい、恥かしいと思うのだが、飛び立ち逃れることはできない。鳥ではないので》

参考:『万葉集―全訳注　原文付』中西進(講談社)

大伴旅人——名門・大伴氏に生まれ風雅に遊んだ武将

大伴氏の風雅を受け継いだ生粋のエリート

山上憶良とともに「筑紫歌壇《つくしかだん》」を形成していたのが大伴旅人《おおとものたびと》である。大伴氏はもともと大和朝廷の軍事を担当していた有力氏族で、旅人の父である安麻呂《やすまろ》は壬申の乱で大海人皇子について戦い、それなりの功績をあげている。

また、持統・文武朝から奈良時代にかけて、大伴氏には風雅を身につけた者が多く、旅人も和歌や漢文学に優れていた。

弟の田主《たぬし》もまた「風流士《ふうりゅうし》」と呼ばれるほどの人物で、妹の坂上郎女《さかのうえのいらつめ》に至っては、女流歌人の第一人者として『万葉集』に名を残す才女である。

旅人は、政界において順調に昇進を重ねた。七二〇（養老四）年、征隼人《せいはやと》持節《じせつ》大将軍に任命され、七二八（神亀五）年には、大宰帥《だざいのそち》となって筑紫に赴任した。

大伴氏の系図

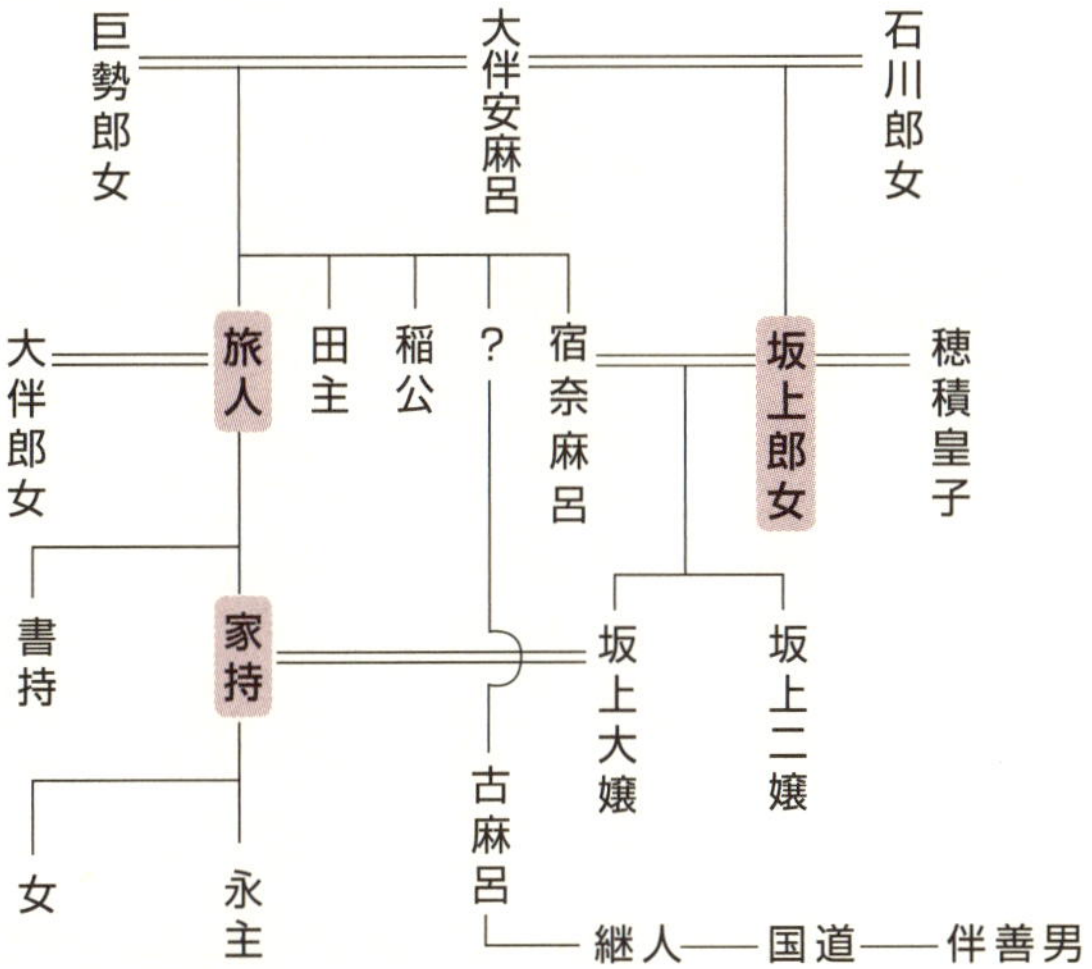

大宰府とその周辺

無常を悲しみ心から酒を愛した旅人

大宰府へ赴く以前、聖武天皇が吉野に行幸した際に、旅人は次の長歌と反歌を作った。

み吉野の　吉野の宮は　山からし　貴《たふと》くあらし　水からし　さやけくあらし　天地《あめつち》と
長く久しく　万代《よろづよ》に　改《かは》らずあらむ　幸《いでま》しの宮
（巻三・三一五）
《美しい吉野の宮は山そのものがよくて貴いのである。川そのものがよくて清らかなのである。天地とともに長く久しく万代に変わらずあってほしいものだ。天皇がお出かけになる吉野宮は》

昔見し　象《きさ》の小川を　今見れば　いよよさやけく　なりにけるかも
（巻三・三一六）
《昔見た象の小川を今再びみてみると、ますます冴え冴えと美しくなったことよ》

奈良の都を愛してやまなかった旅人にとって、大宰府への赴任は必ずしも本意ではなかったかもしれない。大宰帥は名誉ある役職ではあるものの、六〇歳を過ぎた旅人には過酷だ。その上、大宰府に着任してまもなく、同行の妻を亡くす。遠方の地での不幸は、老齢の旅人にとって辛すぎる出来事だった。

吉野の風景

旅人が歌に詠んだ象の小川（現在の喜佐谷《きさだに》川）。吉野に魅せられ、喜佐谷を愛した旅人の思いは九州に赴任してからも変わることがなかった

大宰府政庁跡

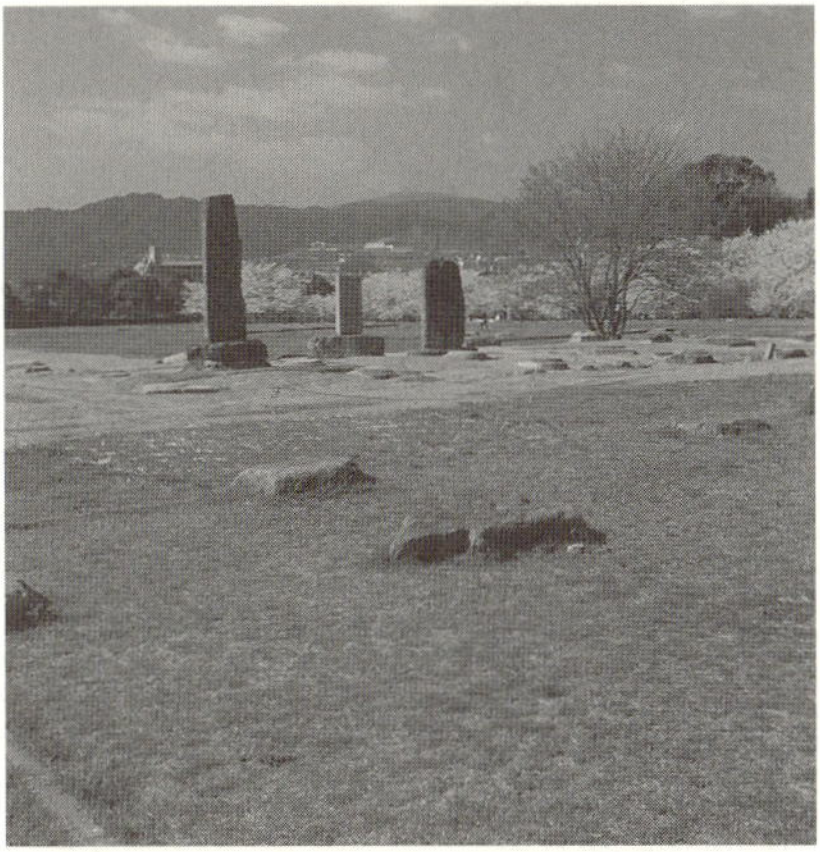

大宰府は国防のための施設であり、また外国使節との交渉や接待を行なう施設でもある。旅人はこの地で約3年の日々を過ごした

世間《よのなか》は　空《むな》しきものと　知る時し　いよよますます　悲しかりけり　（巻五・七九三）
《現実の世が空しいものだと知るにつけ、新たな悲しみがこみあげてきた》

人の世は無常である。普段は何気なく思っている世間虚仮《せけんこけ》の教えも、愛する人の死に接した今、その悲しみがしみじみと感じられる。

大宰府赴任、愛妻の死と、相次ぐ苦難に直面した旅人だが、風流の心を忘れることはなかった。七三〇（天平二）年正月には、自宅で園遊会を催し、三〇人あまりの役人たちとともに梅花《ばいか》の歌を詠んだ。その歌の「序」には、次のように書かれている。

初春の令月《れいげつ》にして、気淑《よ》く風和《やはら》ぎ、梅は鏡前の粉を披《ひら》き、蘭は珮後《はいご》の香を薫《かを》らす。
《時あたかも新春の好き月、空気は美しく風はやわらかに、梅は美女の鏡の前に装う白粉のごとく白く咲き、蘭は身を飾った香のごときかおりを漂わせている》

梅に魅せられ、宴を楽しんでいる旅人の姿が目に浮かぶ。もうすぐ帰京できそうだという希望が含まれているのかもしれない。そして、この部分が新元号「令和」の典拠である。

大伴坂上郎女

——家持の才能を開花させた悲恋の女流歌人

恋とともに生きた薄幸の人生

女性としては最も多い八〇余首の歌を『万葉集』に残す大伴坂上郎女《おおとものさかのうえのいらつめ》。彼女は、奈良朝の最盛期を生きた女流歌人である。父は大伴安麻呂《やすまろ》で、大伴旅人の異母妹、大伴家持《やかもち》の叔母にあたる。

恋愛の歌を多く詠んだことでわかるように、坂上郎女の生涯は波乱に富んだ幾多の恋に彩られていた。

当初、坂上郎女は天武天皇の子・穂積《ほづみ》皇子に嫁ぎ寵愛を受けた。だが、ほどなく穂積は死去してしまう。その後、当事権勢を誇っていた藤原四兄弟の一人、藤原麻呂《まろ》と結ばれるものの、やがて麻呂とも別離する。そして今度は、異母兄に当たる大伴宿奈麻呂《すくなまろ》の妻になり、坂上大嬢《おおいらつめ》と坂上二嬢《おといらつめ》をもうける。それでも幸せは長続きせず、宿奈麻呂もまもなく亡くなってしまう。

失意の坂上郎女は二度と嫁ぐことなく、佐保《さほ》の坂上の里（平城京の北東一帯）に住んで大伴一族をまとめ、家政を取り仕切ったといわれる。

情熱と聡明さを兼ね備えた愛の歌

坂上郎女の歌は、情熱的でありながら聡明さも兼ね備えている。

佐保川の　小石踏み渡り　ぬばたまの　黒馬《くろま》来る夜は　年にもあらぬか（巻四・五二五）
《邸のそばを流れている佐保川の小石を踏み渡って、ひっそりとあなたを乗せた黒馬がやって来る夜が、一年中であってくれたらいいのに》
来《こ》むと言ふも　来ぬ時あるを　来《こ》じと言ふを　来むとは待たじ　来じと言ふものを
（巻四・五二七）
《あなたは「来る」といっても来ないですっぽかす人なのに、「来ない」というのを待つわけがありますまい》

一首目は、恋人がやってくる夜が一年中続けばいい、と男に来訪を促す歌。黒馬に乗る

坂上郎女の恋愛遍歴

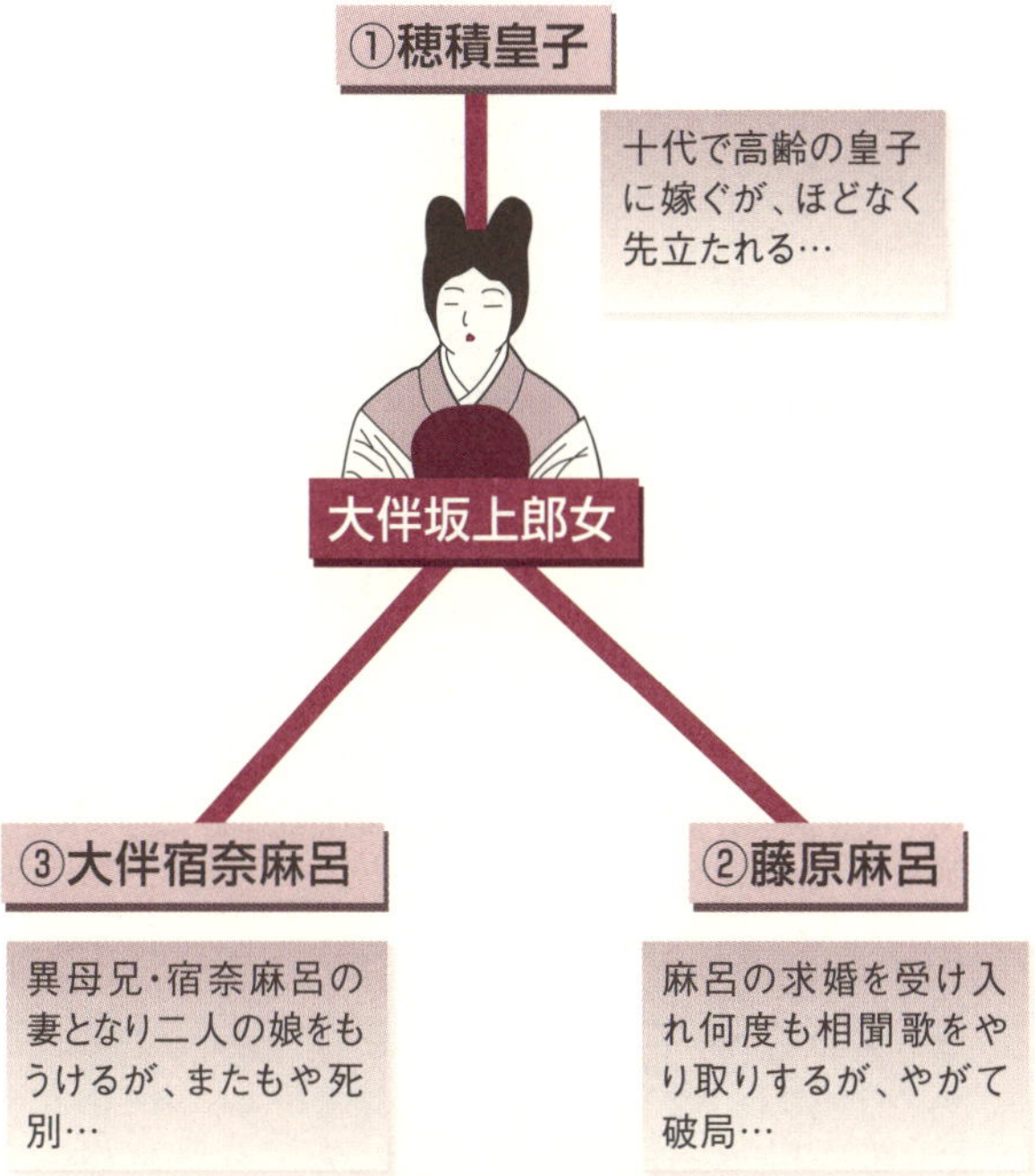
①穂積皇子
十代で高齢の皇子に嫁ぐが、ほどなく先立たれる…
大伴坂上郎女
③大伴宿奈麻呂
異母兄・宿奈麻呂の妻となり二人の娘をもうけるが、またもや死別…
②藤原麻呂
麻呂の求婚を受け入れ何度も相聞歌をやり取りするが、やがて破局…

恋ひ恋ひて　逢ひたるものを　月しあれば　夜は隠るらむ　しましはあり待て　（巻4・667）

《恋しく思い続けて今夜やっと逢えたのに。月があるのでまだ真夜中でしょう。もう少しそばにいて下さい》

姿は凛々《りり》しく、さっそうとした雄姿を表す。

二首目は、言葉遊びのように戯れながら、やってこない男に対してすねたような媚態《びたい》をみせる。

次の歌では、自然の情景を見事に愛の歌に昇華させている。

夏の野の　茂みに咲ける　姫百合《ひめゆり》の　知らえぬ恋は　苦しきものぞ　（巻八・一五〇〇）

《夏草が生い繁る草むらにひっそりと咲く姫百合のように、あの人に知ってもらえない恋は苦しいものだ》

夏の強烈な日差しを浴びて、鬱蒼《うっそう》と繁る夏草と対比的に描かれた姫百合は、よりいっそう可憐でつつましく感じられる。この姫百合の可憐さは、坂上郎女の秘めた恋の孤独と喜びを表している。ひっそりと、しかし艶々しく咲く姫百合に恋心を重ねた相聞《そうもん》の佳作である。

坂上郎女の歌はほとんどが中年以降の作である。そのため、この歌は自身の恋を詠ったものではないとも考えられるが、間違いなく彼女の生き方を象徴するような歌といえるであろう。

姫百合

花言葉は「可憐な愛情」。坂上郎女は夏草に混じって
咲くこの花に、片思いの情念をみた

瑜伽神社

瑜《ゆう》伽《が》神社（奈良県奈良市）の境内には、元興寺の里を眺めて詠んだ坂上
郎女の歌碑が残る

大伴家持——政争に翻弄された悲運の万葉歌人

万葉編纂人・家持の波乱に満ちた生涯

『万葉集』は全二〇巻からなる。だが、もとから一つの書物であったわけではなく、基部となった小さな歌集に増補を繰り返して現在のかたちになったと考えられている。

その最終的な編纂を行なったとされるのが大伴家持《おおとものやかもち》だ。巻一七以降の末四巻が家持の歌日記のような体裁《ていさい》になっていることが、根拠の一つである。

家持は、歌人であると同時に政治家でもあった。名門である大伴氏の嫡流《ちゃくりゅう》に生まれ、父の旅人同様、政界で活躍し、やがて激しい勢力争いに巻き込まれた。

七二七（神亀四）年、家持は旅人が大宰府に下ったときに同行している。旅人の妻が亡くなってからは大伴坂上郎女に育てられた。

坂上郎女は第一級の女流歌人で、大宰府には山上憶良もいたため、多感な少年期を多くの歌人たちのなかで過ごすことになった。

大伴家持像

山上憶良とともに「筑紫歌壇」を形成した旅人を父にもち、優れた女流歌人・坂上郎女に育てられた大伴家持。彼を取り巻く多くの才能が、家持に大きな影響を与えていった

（写真提供：高岡市万葉歴史館）

九州から帰京すると内舎人《うどねり》として聖武天皇に仕えた。七四六（天平一八）年には越中《えっちゅう》（富山県）守となり、五年間赴任する。

当時、中央で政権を握っていたのは聖武天皇の後ろ盾を得ていた橘諸兄《たちばなのもろえ》で、大伴氏もその一翼を担っていた。諸兄や家持は、台頭する藤原氏の脅威のなかで天皇親政をより強固なものにしようとしていた。

だが七五五（天平勝宝七）年、諸兄が密告によって失脚すると、聖武天皇もまもなく崩御し、家持の希望はついえた。

その後、家持は波乱に富んだ人生を送ることになる。

橘奈良麻呂《たちばなのならまろ》の変には加わらなかったが、藤原仲麻呂《なかまろ》暗殺計画に連座して薩摩《さつま》（鹿児島県）に左遷される。一時帰京したものの、氷上川継《ひかみのかわつぐ》の謀反事件に関与したと疑われて都を追われた。そして持節征東将軍（後の征夷大将軍）として陸奥《むつ》（岩手県）に滞在していた七八五（延暦四）年、多賀《たが》城にて死を遂げる。

死してなお、悲劇は続く。死の直後に藤原種継《たねつぐ》暗殺事件が起き、これに家持の関与が疑われて埋葬を許可されず、官位姓名を剥奪《はくだつ》されてしまったのだ。子の永主《ながぬし》らも家持に連座して隠岐《おき》（島根県）へ流罪となり、家持の遺骨も家族の手で隠岐へ運ばれたと考えられて

大伴家持の波乱の生涯

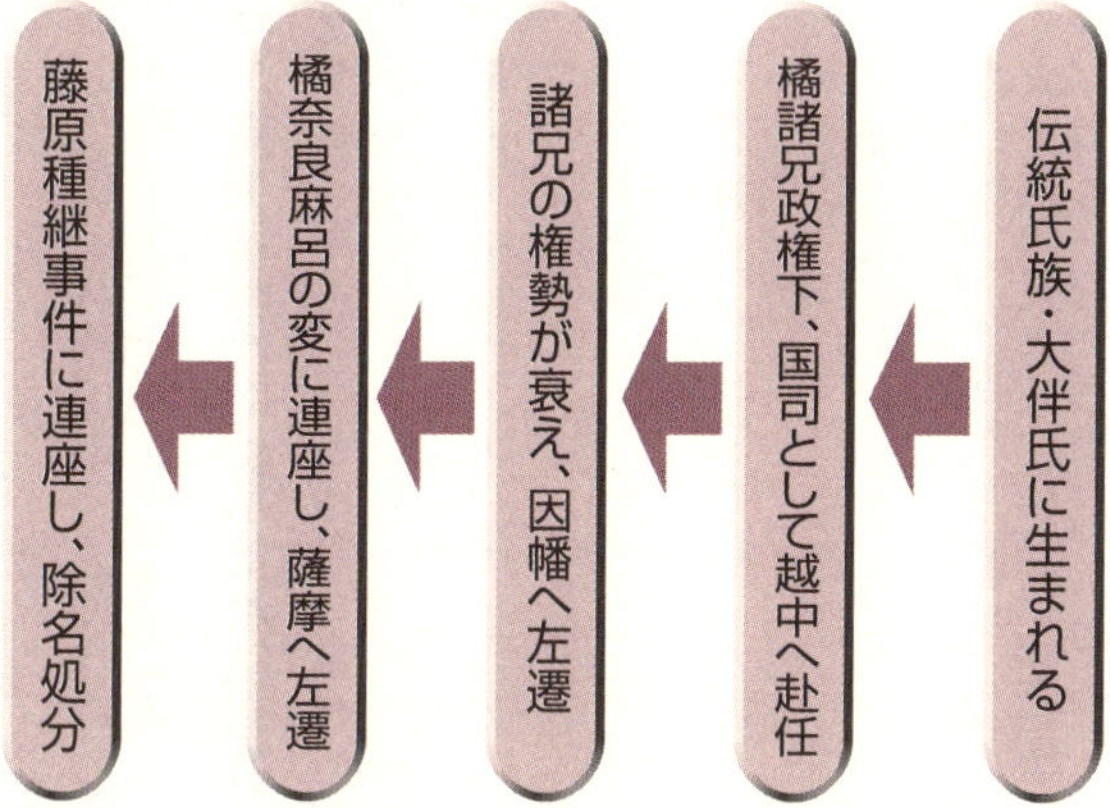
伝統氏族・大伴氏に生まれる
橘諸兄政権下、国司として越中へ赴任
諸兄の権勢が衰え、因幡へ左遷
橘奈良麻呂の変に連座し、薩摩へ左遷
藤原種継事件に連座し、除名処分

大伴家持 関連地図

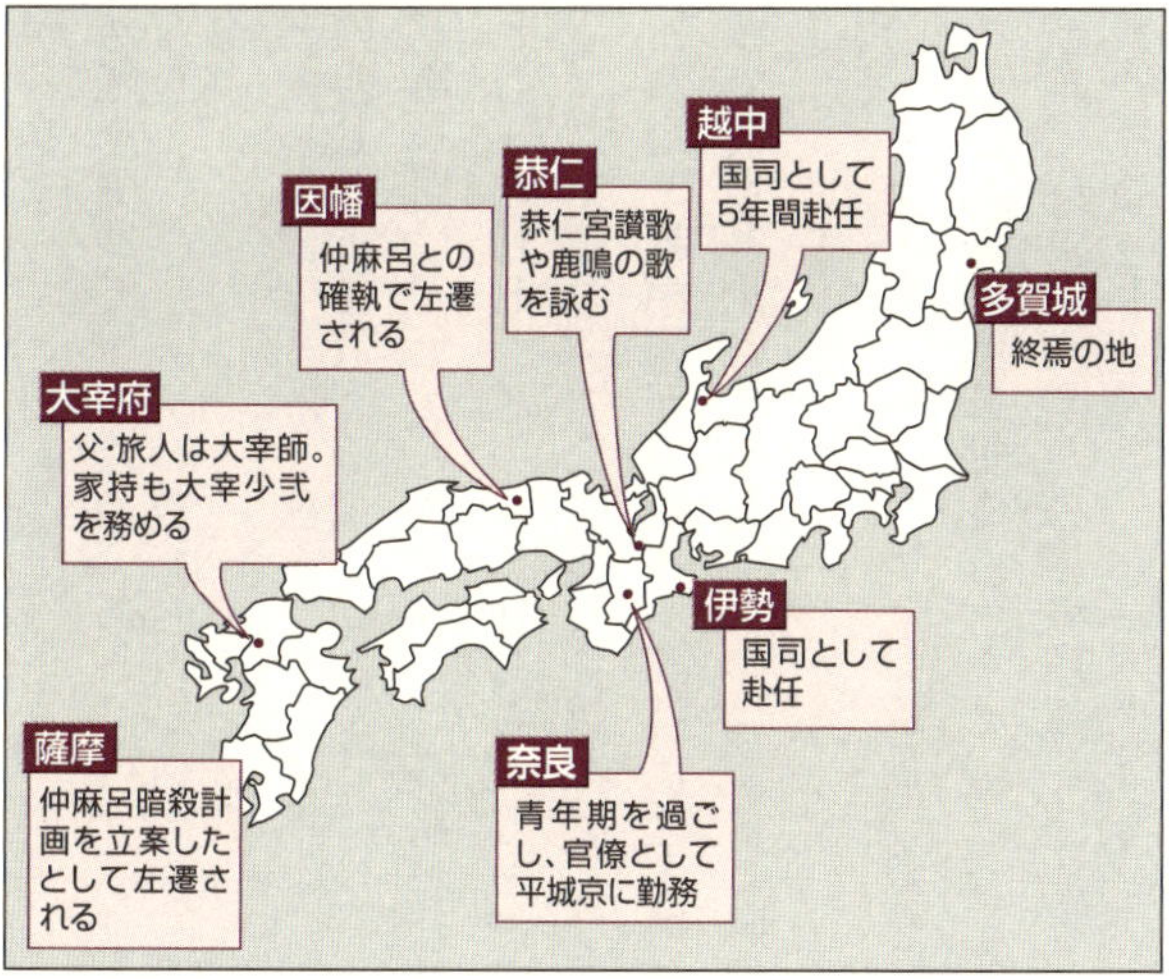
越中
国司として
5年間赴任
恭仁
恭仁宮讃歌
や鹿鳴の歌
を詠む
因幡
仲麻呂との
確執で左遷
される
多賀城
終焉の地
大宰府
父・旅人は大宰師。
家持も大宰少弐
を務める
伊勢
国司として
赴任
薩摩
仲麻呂暗殺計
画を立案した
として左遷さ
れる
奈良
青年期を過ご
し、官僚として
平城京に勤務

いる。

こうして伝統氏族である大伴氏は、かつての勢威を失っていったのである。

多感な青少年時代に詠んだ淡い恋歌

『万葉集』に収められた家持の歌は、集中最多の四七九首を数える。

家持の作歌時期は、大きく三期に区分される。第一期は、年次のわかっている歌がはじめて登場する七三三（天平五）年から、内舎人として出仕し、越中守に任じられるまでの期間。この時期の歌には、養育係として身近に仕えていた坂上郎女の影響が見受けられる。

第二期は、七四六（天平一八）年から五年間にわたる越中国守の時代。家持は越中の地に強く心惹かれ、作歌活動は隆盛を極めた。生涯で最も多くの歌を詠んだのは、この時期である。

第三期は、越中から帰京した七五一（天平勝宝三）年から、『万葉集』の最後の歌を詠んだ七五九（天平宝字三）年までの期間。家持は藤原氏の台頭に押され、しだいに衰退していく大伴氏の長としての愁《うれ》いや嘆きを詠い、繊細で感傷に満ちた独自の歌風を完成させた。

主な歌人の収録歌数

	額田王	柿本人麻呂	高市黒人	山部赤人	高橋虫麻呂	山上憶良	大伴旅人	大伴坂上郎女	笠女郎	大伴家持
長歌	3	18（重出歌2）	0	13	15	11	1	6	0	46
短歌	9	66（重出歌5）	18	36	20	64	77	77	29	431
旋頭歌	0	0	0	0	1	1	0	1	0	1
連歌	0	0	0	0	0	0	0	0	0	1

参考:『万葉集歌人事典』大久間喜一郎・森淳司・針原孝之 編集（雄山閣出版）

内舎人時代の家持は、後に妻となる坂上《さかのうえの》大嬢《おおいらつめ》はじめ、笠女郎《かさのいらつめ》、山口女王《やまぐちのおおきみ》、紀女郎《きのいらつめ》など多くの女性たちと相聞歌を交わしている。

> 振り放《さ》けて　三日月見れば　一目見し　人の眉引《まよび》き　思ほゆるかも　（巻六・九九四）
>
> 《空を振り仰いで三日月をみると、あのとき一目みたあの人の眉の美しさが思い起こされてならない》

この歌は、家持一五歳ごろの作とされている。「一目見し人」とは、坂上大嬢のことをさす。

夜空に浮かぶ三日月の輪郭に、垣間見た美しい女性の顔が鮮明に重なり合う。早熟で多感な少年の憧れをあざやかに映像化している。

歌才を開花させた鄙の地・越中

越中守に任ぜられた二九歳から三〇代にかけての家持は、作歌意欲が旺盛になり、二二〇首にもおよぶ多くの歌を詠んだ。北国の厳しく壮大な自然や、都とは異質な風土に触れ、感性に磨きがかかったのであろう。

都の雅《みやび》な世界にいた者の目でこの地の鄙《ひな》（都を離れた田舎）の世界をみつめ、雅の価値を再認識した家持は、新たな歌風を生んだ。

越中時代の傑作といわれる「越中三賦《さんぷ》」の歌は、越中の山水の名勝を題材として、異質な世界との出会いと感動を詠いあげ、高く評価されている。越中三賦とは二上山《ふたがみやま》、立山《たちやま》、布勢《ふせ》の水海《みずうみ》を歌った三編の長歌をいう。

立山《たちやま》の　雪し消《く》らしも　延槻《はひつき》の　川の渡り瀬　鐙《あぶみ》浸《つ》かすも　（巻一七・四〇二四）

《立山の雪が溶け始めたらしい。この延槻川の水勢が乗っている馬の腹を浸して、私の足先を濡らそうするほどだ》

大伴家持が魅せられた越中の地

越中国庁跡

家持は越中守としての5年間をここで過ごした

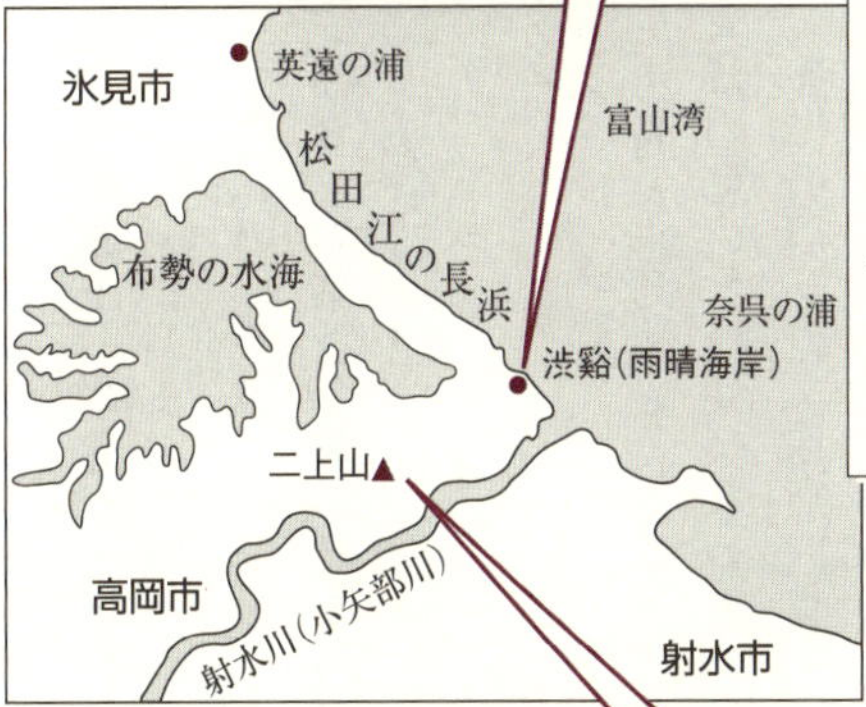

玉匣《たまくしげ》　二上山に　鳴く鳥の　声の恋しき
時は来にけり　（巻一七・三九八七）
《二上山に鳴く鳥の声が慕わしいときが
今やとうとうやってきたことだ》

二上山

月や紅葉の名所として有名な山。家持はこの山に関する歌を数多く残している

「延槻川」は現在の早月川《はやつき》のことで、富山県下一の急流といわれる。この歌では、立山の雪解けの水が勢いよく流れるさまを詠んでいる。

立山は奈良の山と異なり、雪深くて険しい、荘厳にそそり立つ山である。三〇〇〇メートル級の山々を連ねる立山連峰は、都育ちの家持を驚かせたのだろう。その圧倒的な大自然の力のなかに身を置く自らの姿が、見事に表現された秀作である。

不遇の時代に詠んだ名歌

越中から都に戻った家持には思いも寄らぬ現実が待ち受けていた。政治の実権が藤原氏に掌握されてしまっていたのだ。家持の愁いと孤独は募っていく。

この不遇の時期に詠まれたのが、先に引用した「春愁三首」である。

うらうらに　照れる春日《はるひ》に　ひばり上り　心悲しも　ひとりし思へば
（巻一九・四二九二）

《うららかに照っている春の光のなかに、ひばりが鳴いて空に上っていくが、私の心は悲しみ

に沈むばかりだ。ただ独りでもの思いに耽っていると》

この歌を詠んだとき、家持は三六歳だった。人生の盛りの時期である。春たけなわの奈良の都で感じる深い孤独。そのコントラストが藤原氏専横の暗い時代の空気をよりいっそう映し出している。

そして七五九（天平宝字三）年の正月に、左遷された因幡《いなば》の国庁で詠んだ歌をもって『万葉集』全二〇巻は幕を閉じる。

新《あらた》しき　年の初めの　初春《はつはる》の　今日降る雪の　いやしけ吉事《よごと》　（巻二〇・四五一六）

《初春の今日降り積もる雪のように、よい事がますます重なるように》

当時、国守は元旦に部下や郡司の拝賀を受けるというしきたりがあり、その宴の席での返礼として家持が詠んだ歌である。

このとき、家持は四二歳。以後、六八歳で亡くなるまでの二五年間、家持は一首も歌を残していない。

志貴皇子と笠金村――万葉の時代に咲いた歌人たち

多くの歌人を輩出した輝かしい血統

天智天皇と越道君伊羅都売《こしのみちのきみのいらつめ》の間に生まれた志貴皇子《しきのみこ》は、吉野盟約に参加した六人の皇子のなかの一人である。皇統が天武に移ってからは政治的には必ずしも恵まれなかったが、歌人として優れた一面を持ち合わせていた。『万葉集』の収載歌は、短歌ばかり六首を数える。歌数は少ないものの、そのどれもが味わい深い。

石走る《いはばしる》　垂水《たるみ》の上の　さわらびの　萌え出づる春に　なりにけるかも

（巻八・一四一八）

《岩にぶつかって飛沫をあげる激流のほとりの蕨《わらび》が、芽吹く春になったのだ》

『万葉集』のなかで蕨を詠んだ歌は、この一首だけしかない。芽を出したばかりの蕨に、春の訪れを実感した喜びが響いている。みずみずしい生命力を高らかに詠いあげた不朽の名歌である。
志貴皇子の才能は後世にも受け継がれた。湯原王《ゆはらのおおきみ》、春日王《かすがのおおきみ》、海上女王《うなかみのおおきみ》、安貴王《あきのおおきみ》、市原王《いちはらのおおきみ》など、彼の近親者には個性的な歌人が多い。なかでも息子の湯原王は、父に勝るとも劣らない秀歌を残している。

天《あま》にいます　月読壮士《つくよみをとこ》　賄《まひ》はせむ　今夜の長さ　五百夜《いほよ》継ぎこそ　（巻六・九八五）
《天にいらっしゃる月読壮士様、供え物ならいたしましょう。どうかこの夜の長さを五百夜分、継ぎ足してください》

これは、月夜の美しさに心惹かれ、そのときが過ぎるのを惜しむ歌である。宮廷人たちは中国文化の影響を受け、神秘的な月の美しさを賞《め》でる文雅の宴を催していたようだ。

志貴皇子を哀悼し、笠金村が詠んだ挽歌

志貴皇子が亡くなると、笠金村《かさのかなむら》が長歌一首と反歌二首の挽歌を詠んだ。金村は元正朝

から聖武朝にかけて活躍した宮廷歌人だった。天皇の行幸に従って自然の景観を賛美する歌が多く、赤人と並んで第三期を代表する歌人の一人とされている。

高円《たかまと》の　野辺《のへ》の秋萩《あきはぎ》　いたづらに　咲きか散るらむ　見る人なしに　（巻二・二三一）
《高円の野辺の秋萩は、今は空しく咲いては散っていることだろうか。もうみる人もいなくなってしまって》
御笠山《みかさやま》　野辺ゆ行く道　こきだくも　荒れにけるかも　久にあらなくに　（巻二・二三二）
《御笠山の野辺を通る宮道はこんなに荒れてしまった。あの方が亡くなってからいくらもときは経っていないのに》

長歌では、手に松明《たいまつ》を提げて死を悼む葬儀の様子が描かれている。志貴皇子は皇位継承の有力候補者とされながらも、皇位につくことはできなかった。自身と皇流の異なる天武が即位してからは、日の目をみることなく過ごすことになる。

そんな皇子に同情する人々は灯火の列をつくり、皇子の霊魂を慰めたのだろう。皇子の邸宅付近に建てられたという白毫寺《びゃくごうじ》には、今も秋になると萩が咲き乱れる。

三章

万葉集の歌の数々

万葉人の季節感――春夏秋冬、その美と匂い

四季の移り変わりが日本文化の源

古来、四季のある日本では春夏秋冬の移り変わりを愛《め》で、大切にしてきた。恵まれた自然と刻々と変わりゆく季節の風趣は、繊細で敏感な日本人の感性と美意識の根源といってもいいだろう。万葉人もまた、季節の変化を慈《いつく》しんだ。

万葉時代の都の暮らしにおいて、ハレの日には祭祀や儀礼などの重要な行事が催された。古代の年中行事は律令《りつりょう》によって節日《せちにち》として定められていた。養老《ようろう》律令の雑令《ぞうりょう》には、七つの節日が見える。万葉人は節日の行事を催すことで、人々の繁栄と豊かな自然の恵みに感謝し、雪月花《せつげつか》の四季の景物を愛でてきたのである。

三月三日は上巳節会《じょうしせちえ》。曲水《きょくすい》の宴が催された。この行事のルーツは中国にある。水辺で身を清め、不浄を祓《はら》い、無病息災《むびょうそくさい》を祈るという古代中国の禊《みそ》ぎ祓えの儀式が、清流のそばで詩歌を作り、川の流れに酒盃を浮かべる曲水の宴に発展し、日本にも伝わった。

朝廷の年中行事

月	日	行事	内容
一	一	元日節会	拝賀儀式が終わってから、天皇が臣下に与える祝宴
	七	白馬節会	天皇が葦毛《あしげ》の馬を見ることによって邪気を祓おうとする儀式。もともとは中国に由来するが、日本では白馬を神聖視していたため、平安時代には白馬と書いて〈あおうま〉というようになった
	十六	踏歌節会	足を踏み、リズムを取って歌を歌う祝儀。長寿と豊年を祈る
三	三	上巳節会（曲水節会）	水辺で宴を催し、川面に浮かべた盃が自分の前を通り過ぎないうちに歌を詠む。歌ができなければ罰として無理矢理飲まされる
五	五	端午節会	菖蒲《あやめ》のかんざしを頭にさし、不浄を祓う儀式。この日に薬草を摘みに出かける〈薬狩〉が行なわれることもある
七	七	相撲節会	天皇の前で相撲が行なわれ、宴が催される。相撲は、秋の豊年を占う精霊同士の力くらべを意味する
十一	下卯	新嘗会	神々にその年の新穀を供え、新年の豊穣を祈る

陰暦の三月三日といえば、現在の四月上旬から中旬にあたり、桜が満開になっていたはずである。

『万葉集《まんようしゅう》』には、まだ「花見」という言葉は出てこないが、桜に関する歌は数多く残されている。

> 娘《をとめ》らが　髪刺《かざ》しのために　風流士《みやびを》が　かづらのためと　敷きませる　国のはたてに　咲きにける　桜の花の　にほひはもあなに
>
> （若宮年魚麻呂《わかみやのあゆまろ》　巻八・一四二九）
>
> 《少女の髪飾りのため、風流な人の髪飾りのためにと、天皇が治めている国のいたるところに咲いている桜の花の、何と美しいことよ》

桜を髪飾りにするのは、本来花のもつ生命力を人間に転移させる呪的な営みであった。

見渡せば　春日の野辺《のへ》に　霞立ち　咲きにほへるは　桜花かも

（作者不詳　巻一〇・一八七二）

《はるか遠くを見渡すと、春日野あたりに霞が立ちこめ、花が一面に咲きほこっている。あれは桜の花だろうか》

満開の花の生命力は、自然の実りの豊かさのシンボルであった。桜の開花を待ちわびる心情の根底には、満開の桜を豊作の予兆として喜んだ古代の農耕信仰も流れている。

夏の訪れを告げるほととぎすと藤の花

『万葉集』で最も多く詠われた鳥はほととぎすで、その数は一五六首にもおよぶ。「時鳥」と書くのは、五月に飛来する夏告げ鳥だからである。万葉人はとりわけこの鳥を好んだ。

うぐひすの　卵《かひご》の中に　ほととぎす　ひとり生まれて　己《な》が父に　似ては鳴かず　己が

万葉人の四季の景物

春 （1〜3月）	ウメ・モモ・ツバキ・スミレ・アシビ・サクラ・ツツジ・ウグイス・キザシ・サワラビ・春雨・霞
夏 （4〜6月）	フジ・アヤメグサ・ユリ・ウノハナ・カキツバタ・ホトトギス・ヒグラシ
秋 （7〜9月）	ナデシコ・オミナエシ・ハギ・モミジ・ススキ・サネカズラ・ツルハミ・シカ・カリ・七夕・秋風・時雨・霞
冬 （10〜12月）	ヤマタチバナ・ササ・マツ・雪・霜・新年

桜

現代の日本人が好きな花といえば何といっても桜だが、万葉の時代にも桜は多くの人びとに愛されていた

母に　似ては鳴かず　卯の花の　咲きたる野辺ゆ　飛び翔《かけ》り　来鳴き響《とよ》もし　橘《たちばな》の　花を
居散らし　ひねもすに　鳴けど聞きよし　賄《まひ》はせむ　遠くな行きそ　我がやどの　花橘に
住みわたれ鳥
（高橋虫麻呂歌集　巻九・一七五五）

《うぐいすの卵に交じって、ほととぎすよ、お前はひとりでに生まれ出て、お前の父に似た鳴き声を立てないし、お前の母に似た鳴き声も立てない。卯の花の咲いた野辺を渡って飛びかけてきてはあたりを響かせて鳴き、橘の花にとまって花を散らし、一日中聞いていても聞き飽きないよい声だ。褒美《ほうび》をやろう。だからどこへもいくな。私の庭の花橘の枝にいつまでも住みついてくれ、この鳥よ》

夏の花では、藤を詠んだ歌が多い。

春へ咲く　藤の末葉《うらば》の　うら安に　さ寝《ぬ》る夜《よ》ぞなき　子ろをし思へば
（作者不詳　巻一四・三五〇四）

《春に咲きはじめる藤の末葉ではないが、あの娘のことが気になってしまい、心うららかに寝た夜など一夜もないことだ》

春日大社に咲く藤の花

藤原氏を氏神として祀る春日大社では、毎年春になると紫色の藤の花が見事に咲き乱れる。地面にまで垂れ下がって咲くことから「砂ずりの藤」とも呼ばれ、気品と風格を感じさせてくれる

（写真提供：春日大社神苑）

春日野《かすがの》の　藤は散りにて　何をかも　み狩の人の　折りてかざさむ
（作者不詳　巻一〇・一九七四）
《春日野の藤の花はとっくに散ってしまって、薬狩の大宮人たちは、いったい何の花を折り取って髪にさせばいいのだろう》

二首目は、春日野で行なわれた薬狩のときに詠まれた歌。

春日野には、藤原氏が氏神《うじがみ》として祀る春日大社が鎮座する。藤の花は藤原氏を象徴する花とされており、巫女《みこ》たちは現在でも藤の髪飾りをして神に仕える。なお、日本髪のかんざしにも、藤の髪飾りの名残《なごり》があるという。

憶良が詠んだ秋の歌

萩の花　尾花葛《くず》花　なでしこの花　をみなへし　また藤袴《ばかま》　朝顔の花
（山上憶良《やまのうえのおくら》　巻八・一五三八）

これは、山上憶良が秋の七草の名をあげた歌である。秋の七草は春の七草とともに、万葉の時代から親しまれていた。万葉人は春の花よりも秋の野に咲く可憐《かれん》な草花に思いを寄せていたようだ。

秋になると、七夕の祭りが行なわれた。七夕は中国の星祭りが起源である。年に一度、七月七日の夜に牽牛《けんぎゅう》と織女《しょくじょ》が天の川を渡って出会う。中国では、その日に「乞巧《きっこう》」と呼ばれる裁縫の上達を願う祭りが行なわれた。それが日本古来の「棚機《たなばた》つ女《め》」の信仰（水辺の女が袖衣《そでごろも》を織って神を迎える信仰）と重なって、万葉の時代に宮廷行事となった。

次の歌は、憶良が七夕の夜に牽牛との逢瀬《おうせ》が許された織女の心を詠んだものである。

秋の七草

（＊万葉の時代にはキキョウをアサガオと呼んでいた）

天の川　相向き立ちて　我が恋ひし
君来ますなり　紐解き設《ま》けな
（山上憶良　巻八・一五一八）

《天の川で向かい合って、私が恋い焦がれているあの方が今夜おいでになる。さあ、衣の紐を解いてお待ちしよう》

冬の雪もまた、四季の景物として欠かせない。

万葉人は雪をめでたいものとして喜び、雪見の酒宴を開いた。

天武《てんむ》天皇と藤原《ふじわらの》夫人《ぶにん》（天武の妻妾）は、雪を題材に次の歌を交わしている。

我が里に　大雪降れり　大原の　古《ふ》りにし里に　降らまくは後《のち》
（天武天皇　巻二・一〇三）
《私のいるこの宮殿には大雪が降った。そなたの住む古ぼけた大原の里に雪が降るのはずっと後になるだろう》
我が岡の　おかみに言ひて　降らしめし　雪のくだけし　そこに散りけむ
（藤原夫人　巻二・一〇四）
《この雪は私の里の水神様に私が頼んで降らせたものです。その雪のかけらが、あなたの宮殿へ飛び散ったのでしょう》

飛鳥の宮殿で大雪を眺めていた天武天皇は、おそらく里帰りをしていた夫人のことを思い出し、田舎では雪も遅いだろう、といってからかった。

一方、夫人は、宮殿に降る大雪は私が里の水神様に頼んで降らせたものですよ、とやり返す。

これらの歌には、ユーモアに満ちた二人の心が巧みに表現されている。

万葉人の愉しみ——日々の生活に根ざした戯笑歌の数々

双六に夢中になり、さいの目に一喜一憂した万葉人

『万葉集』巻一六は、他の巻とは様相を異にしている。収載歌数は巻一に次いで少ないのだが、収められている歌は伝説の歌、遊びの歌、宴で詠まれた愛誦歌、人を嘲《あざけ》り笑う歌、即興で作った歌、鹿や蟹《かに》の痛みを述べた歌、各地の民謡など多様性に富んでいる。

万葉人が夢中になった遊びの一つに、双六《すごろく》がある。双六はインドが発祥地で、中国を経て、遣唐使《けんとうし》により日本にもたらされた。

『日本書紀《にほんしょき》』によると、六八九（持統《じとう》三）年に双六を禁止したという記事がある。さらに六九八（文武《もんむ》二）年にも禁止令が出されていて、双六に対する人々の熱意がうかがえる。

双六は博打《ばくち》の一種でもあった。七五四（天平勝宝《てんぴょうしょうほう》六）年に出された「双六禁断の法」では、双六で賭けをした場合、杖《つえ》で百叩きにして財産を取りあげる、賭け事をした僧侶は百日間苦役する、賭け事をしている者を密告すれば賞金を与える、などの条項が定められた。

双六にうつつを抜かして、人生を棒に振る人が多かったのだろう。

『万葉集』巻一六には、さいころの目を詠んだ歌がある。

一二《いちに》の目　のみにはあらず　五六三《ごろくさん》　四《し》さへありけり　双六《すぐろく》の頭《さえ》
（長忌寸意吉麻呂《ながのいみきおきまろ》　巻十六・三八二七）
《一の目、二の目だけでない。五の目、六の目、それに三の目、四の目もあったわい。双六のさいころには》

くるくると回転して、意図した数字が出ないさいころに翻弄《ほんろう》される人々の様子が目に浮かぶようだ。

やせた相手をからかい詠う滑稽な嘲笑歌

万葉人は、ユーモアとウイットに富んだ精神も持ち合わせていた。彼らは人を嘲り笑う、滑稽《こっけい》だが微笑《ほほえ》ましくもある歌を詠んでいる。

正倉院に伝わる双六

双六子《すごろくし》

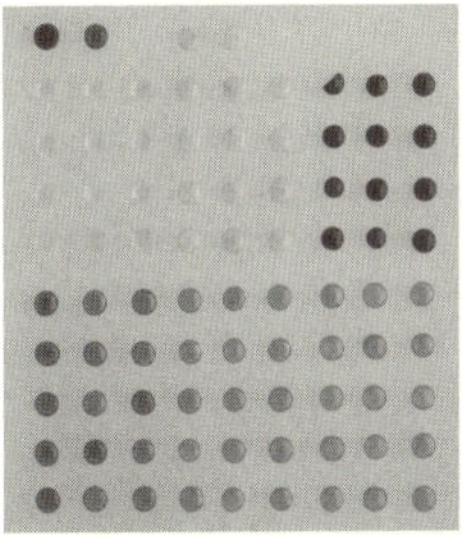

木画紫檀双六局《もくがしたんのすごろくきょく》

双六盤（右）と駒（左）。古代中国から伝わった双六は、貴族をはじめとする上流階級の人々の間で流行した。その人気ぶりは大変なもので、賭け事の対象となるという理由から、禁止令が出されるほどだったという

（正倉院宝物）

寺々の　女餓鬼《めがき》　申さく　大神《おおみわ》の　男餓鬼《おがき》
賜りて　その子生まはむ
（池田朝臣《いけだのあそみ》　巻一六・三八四〇）

《あちこちの寺の女の餓鬼が申している。大神の男の餓鬼を夫に頂戴して、そいつの子供を生み散らしましょうと》

仏造る　真朱《まそほ》足らずは　水留まる　池田の
朝臣《あそ》が　鼻の上を掘れ
（大神朝臣奥守《おおみわのあそみおきもり》　巻一六・三八四一）

《仏像を造る辰砂《しんしゃ》（朱の顔料）が足りなければ、池田朝臣の鼻の上を掘るがいい》

大神奥守は餓鬼のようにやせていて、池田朝臣は真っ赤な鼻をしていた。遠慮ない悪口、からかいの応酬に、笑いどよめく酒宴の様子

が描かれている。

ところで、餓鬼は仏教でいう六道《りくどう》の一つ、餓鬼界に住んでいる。この歌の背景には、人間が六道を生まれ変わり死に変わるという六道輪廻《りんね》の仏教信仰がある。瘦身《そうしん》を餓鬼にたとえているのは、仏教を風刺したものとも考えられる。

大伴家持《おおとものやかもち》にも、やせた人を笑う歌がある。

石麻呂《いしまろ》に　我れ物申す　夏瘦《や》せに　よしといふ物ぞ　鰻《むなぎ》とり喫《め》せ　（巻一六・三八五三）
《もしもし石麻呂さん、私はあなたにもの申したい。あなたのように夏やせした方にはよいそうですから、鰻を捕って召し上がれ》
瘦す瘦すも　生けらばあらむを　はたやはた　鰻を捕ると　川に流るな　（巻一六・三八五四）
《どんなにやせてはいても、生きてさえいればそれで十分に結構なことですから、鰻を捕ろうとして川に流されてはいけないよ》

夏やせに鰻が効くという暮らしの知恵は、万葉の時代から存在したようだ。石麻呂は、

六道と餓鬼

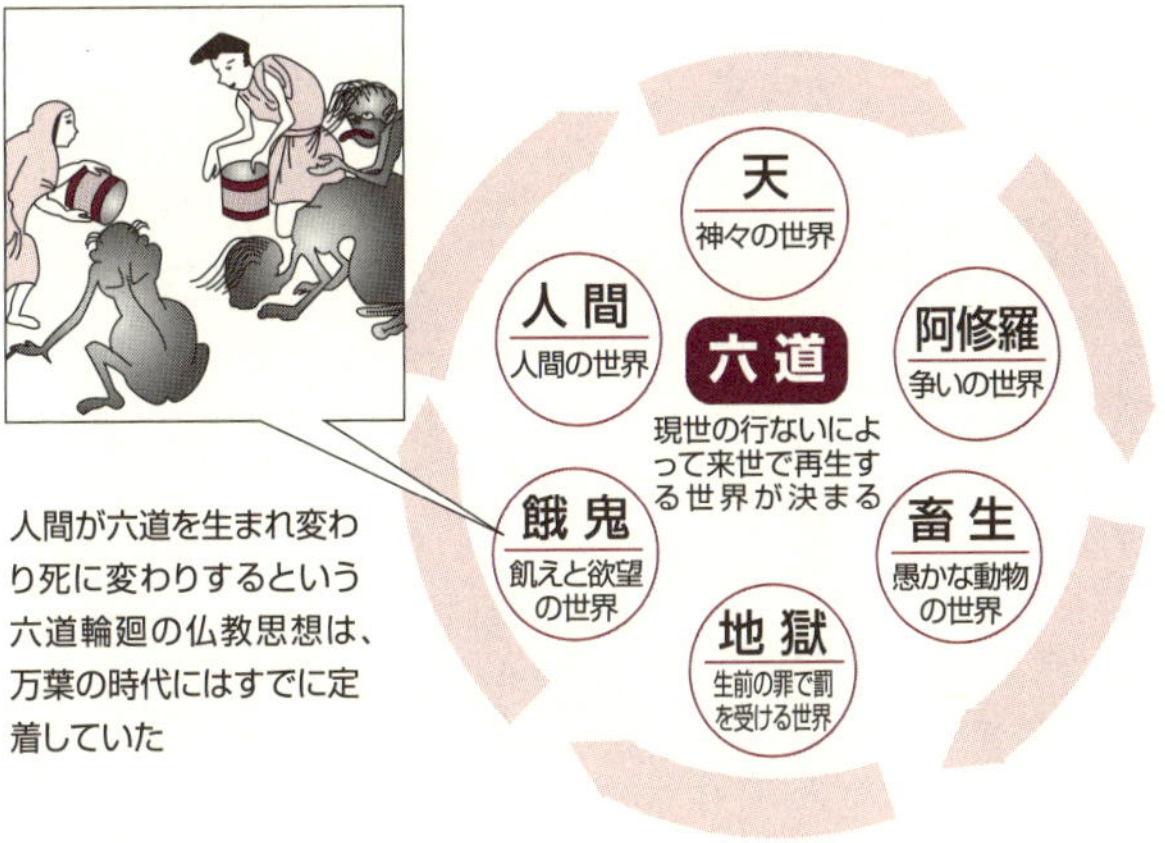

人間が六道を生まれ変わり死に変わりするという六道輪廻の仏教思想は、万葉の時代にはすでに定着していた

いくら食べても飢饉のときのようにやせている。家持はそれをからかって歌にした。

一首目では、ひどくやせているのだから鰻を捕って食べろと笑い、二首目では、やせていても元気に生きていられるのだから無理に鰻を捕ろうとして川にながされるなよ、とたたみかけるように笑いをとっている。

宴の戯れに詠まれた歌の数々

『万葉集』には宴の席で詠まれた歌が多くある。もともと宴は神を迎えて歓待し祝う儀礼で、それが後に人間同士の社交の場になった。

そして万葉時代には、春の花見、秋の七夕など四季の景物を歌に詠むための宴が盛んに催されるようになっていく。

家にある　櫃《ひつ》に鍵さし　蔵《をさ》めてし　恋の奴《やっこ》が　つかみかかりて　（巻一六・三八一六）
《家にある櫃に鍵をかけて押し込めておいたはずなのに、あの恋のやつが私につかみかかってきてどうにもやりきれない》

この歌を詠んだ穂積皇子《ほづみのみこ》は、異母兄妹の但馬皇女《たじまのひめみこ》をめぐって高市皇子《たけちのみこ》と三角関係にあった。この歌が但馬に対する恋心を詠ったものか否か定かでないが、恋の悩みはどうしようもないという気持ちを愉快に表現している。

宴席の歌では、即興で詠んだものが面白い。ある夜、男たちが集まって酒を飲んでいた。時刻はすでに二四時をまわっている。ちょうどそのとき狐の鳴き声が聞こえてきたので、ある人が「この食器、用具、狐の声、河、橋などの物について、歌を作ってみよ」と、長忌寸意吉麻呂《ながのいみきおきまろ》にもちかけた。それに応えた意吉麻呂はすぐに歌を作った。

さし鍋に　湯沸かせ子ども　櫟津《いちひつ》の　檜橋《ひばし》より来む　狐に浴《あ》むさむ　（巻一六・三八二四）
《さし鍋で湯を沸かせ、者どもよ。櫟津の檜橋から「コンコン」とやってくる狐に湯をかけて

食を詠んだ歌

鯛《たい》

醤酢《ひしほす》に 蒜《ひる》搗《つ》き合《か》てて 鯛《たひ》願う 吾にな見せそ 水葱《なぎ》の羹《あつもの》

（巻16·3829）

《醤（なめみその1種）に酢を入れ、そこへニンニクを混ぜて作ったたれ汁で、鯛の刺し身をあえて食べたいものだと願っている私に、水葱（ミズアオイのこと）の熱汁のようなものを見せないでくれ》

鮪《まぐろ》

鮪《しび》突くと 海人《あま》の燭《とも》せる 漁火《いさりび》の ほかに出でなむ わが下思《したもい》を

（巻19・4218）

《夜の海で鮪に銛《もり》を打とうとしている海人の漁火ではないが、はっきりと外へ出してしまおうかしら私の心の思いを》

鰒《あわび》

伊勢の海人《あま》の 朝な夕なに 潜《かづ》くといふ 鰒《あはび》の貝の 片思《かたおもひ》にして

（巻2·2798）

《伊勢の海人が、朝夕の菜として、海に潜って採っているあわびの貝ではないが、私の恋もその片思いのままで……》

やろう》

「いちひつ」は櫃《ひつ》、「檜橋」は箸《はし》、「来む」には「コンコン」という狐の声が詠み込まれている。

「来む」の発声の仕方によっては、その滑稽さはひとしおだったろう。

庶民の暮らしが垣間見える地方の民謡

巻一六には、地方の民謡も収載されている。能登《のと》国歌は次のような愉快な歌だ。

はしたての　熊来《くまき》のやらに　新羅斧《しらきをの》　落し入れ　わし　あげてあげて　な泣かしそね
浮き出づるやと見む　わし

《熊来のやらに大事な新羅斧を落っことしてさ、ヨイヨイ、決して泣きべそかくなよ。浮き出てくるかもしれんぞ、みててやろう、ヨイヨイ》（作者不明　巻一六・三八七八）

「熊来」は能登（石川県）の七尾《ななお》湾にのぞむ現在の中島町付近で、「熊来のやら」とは、この付近の沼地を指すと考えられている。

この歌は歌体が偶数でリズム感があり、囃子詞《はやしことば》までついている。歌意ははっきりしないが、この地方の民謡の一種であろう。

梯《はし》立ての　熊来酒屋に　まぬらる奴《やっこ》　わし　さすひ立て　率《ゐ》て来なましを　まぬらる奴　わし（巻一六・三八七九）

《熊来酒屋で叱られてる奴さん、ヨイヨイ誘い出し連れてこれたらよいのに、ヨイヨイ》

熊来の酒屋で男が叱られている。盗み飲みでもしたのか、酔ってくだをまいているのか。これも酒にまつわるからかい歌の類である。

熊来のやら

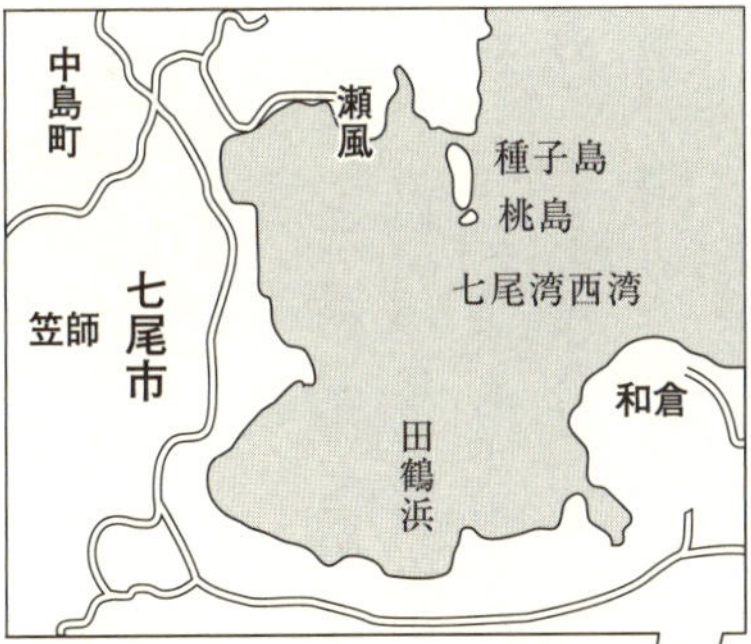

「熊来のやら」は能登半島の七尾湾西岸にある泥海を指すと考えられている。このあたりは海水の動きがほとんどなく、熊木川から流出する土砂が泥の浅瀬を形成している

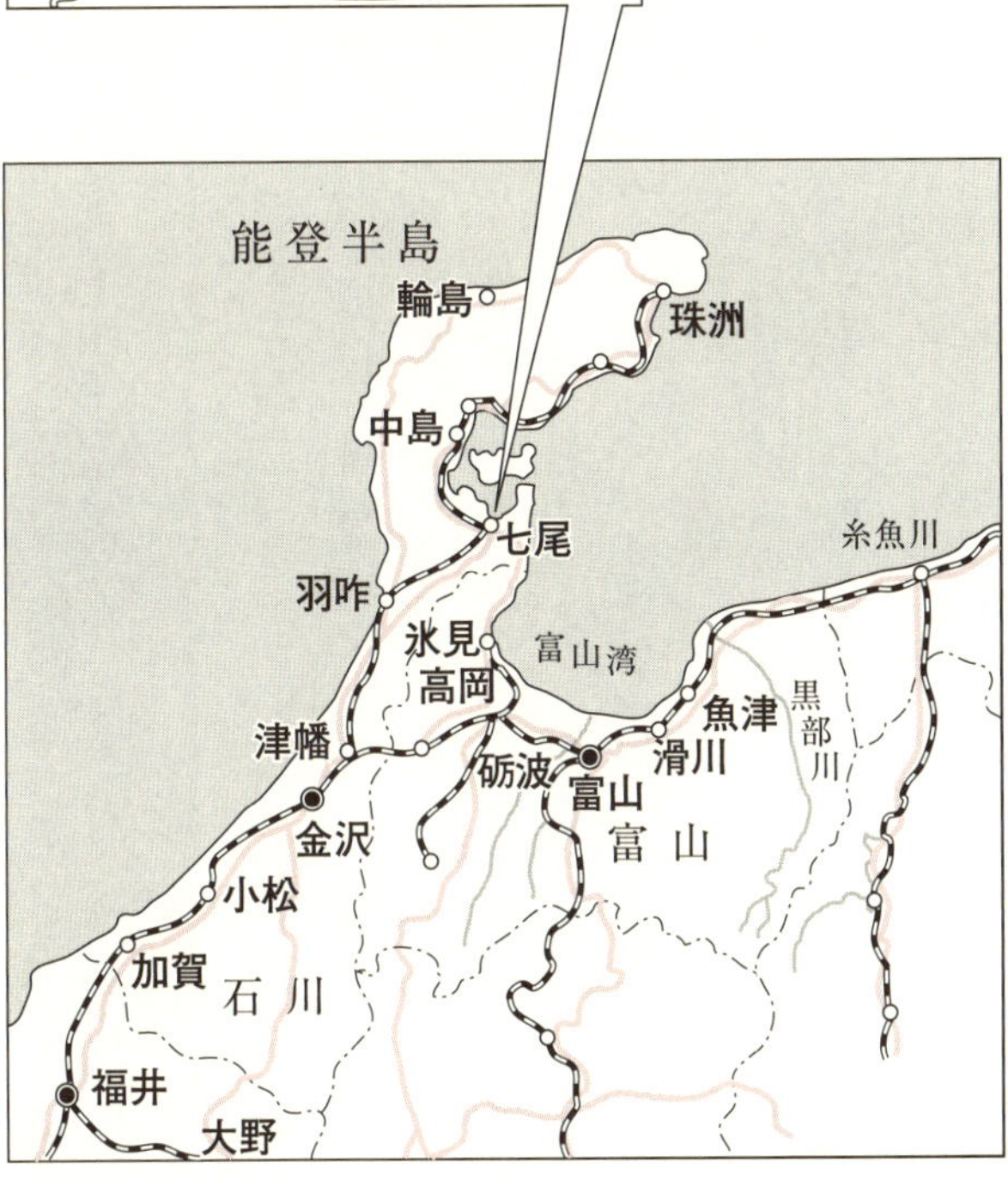

万葉人の死——古代の死生観と鎮魂の挽歌

歌を詠むことで悲しみを尽くす万葉人

人は肉体と霊魂から成る。現代においてはこうした観念が一般的だが、それは古代人も同じであった。死後、肉体が滅びてからも霊魂は存続すると考えられていたのである。

霊魂のことを古代人は「タマ」と呼んだ。病気や死の原因は霊魂の衰弱や遊離によるもので、遊離しそうな霊魂を捕らえ、呼び戻せば人は再起すると信じていた。

また、外在する霊的なものを身につけることによって、霊魂は充足し、活力が得られるとも信じていた。

そして、万葉人は歌を詠むことによって、死者の魂を鎮め、悲しみを尽くそうとした。家族、恋人、天皇など愛する人の死に際して、万葉人は鎮魂《ちんこん》の思いを込めて挽歌《ばんか》を詠んだのである。

古代の葬儀の流れ

殯《もがり》
人が死んでから埋葬するまでの間、屍を棺に収めて喪屋に仮に安置しておく

↓

送葬
死者を埋葬地へ移す

↓

埋葬
死者に敬意を表し、墓に屍を葬る

石舞台古墳

蘇我馬子の墓とされている古墳。葬られた魂が飛遊しないように石室で覆われている

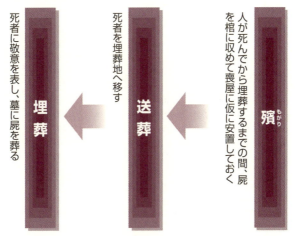

葬送の儀式で詠まれる悲しき鎮魂歌

古代の葬送は「殯《もがり》」と「葬《はふ》り」と呼ばれる埋葬に分けられる。殯とは、埋葬する前に遺骸を喪屋《もや》に安置し、死者の蘇生《そせい》、復活の儀礼を行なうことである。その期間はさまざまで、舒明《じょめい》天皇は約二か月、天武天皇の濱宮《ひんきゅう》での儀礼は二年四か月にもおよんだ。

天の原　振り放《さ》け見れば　大君《おほきみ》の　御寿《みいのち》は長く　天足《あまた》らしたり
（倭大后《やまとのおおきさき》　巻二・一四七）
《大空を振り仰いでみると、大君の御命はとこしえに長く天空一杯に充ち足りている》

人はよし　思ひ止むとも　玉鬘《たまかづら》　影に見えつつ　忘らえぬかも（倭大后　巻二・一四九）
《たとえ他人が悲しみを忘れても、私には大君の面影がちらついて忘れられない》

一首目は、天智《てんぢ》天皇が危篤となったときに、妻の倭大后が詠んだ歌である。天皇の生命と魂は天空に満ち溢れている、そう詠うことで天皇の無事を祈念している。

二首目は、存命の願いがかなわずに天智が亡くなってしまった後、再び倭大后が詠んだ

天皇の埋葬地

天　皇	皇宮所在地	殯宮の設営地	埋葬地
欽　明	磯城嶋金刺宮	河内古市	①檜隈坂合陵
敏　達	訳語田宮	広　瀬	②磯長中尾陵
用　明	磐余池辺双槻宮		③盤余池上→河内磯長陵
推　古	小墾田宮	南　庭	④磯長山田陵
舒　明	百済宮(崩時)	宮　北	⑤滑谷岡→押坂陵
孝　徳	難波長柄豊碕宮	南　庭	⑥大坂磯長陵
斉　明	高市岡本宮	飛鳥川原	⑦越智岡上陵
天　智	近江大津宮	新　宮	⑧山科陵
天　武	浄御原宮	南　庭	⑨檜隈大内陵
持　統	(藤原宮)	西　殿	⑩檜隈大内陵
文　武	藤原宮		⑪檜隈安古山

※崇峻天皇は暗殺されてすぐに倉梯岡陵へ埋葬された

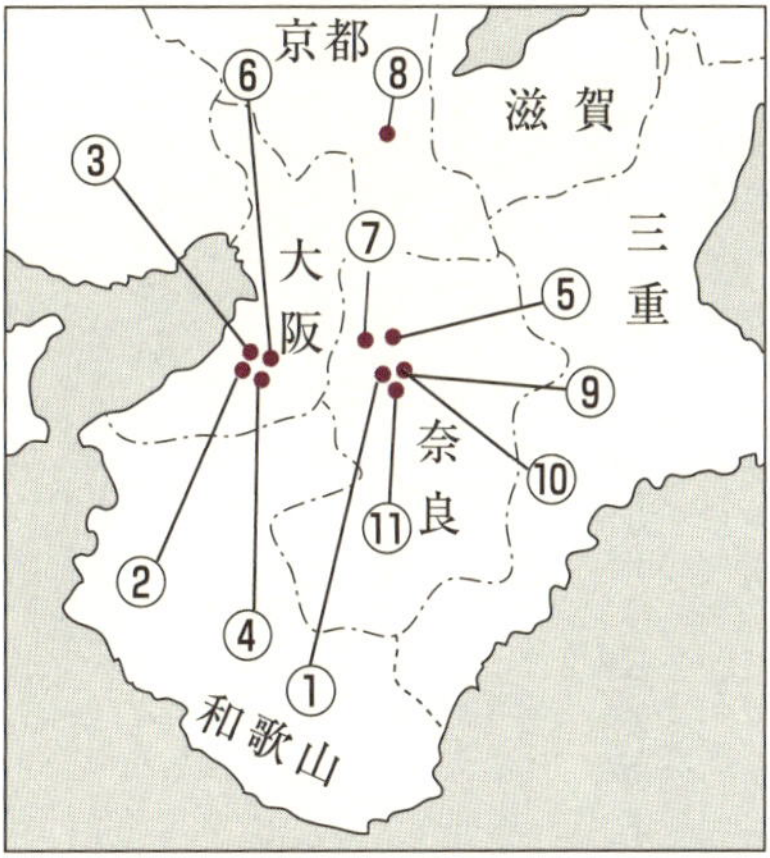

歌だ。悲壮な情がありありと感じられる。初期万葉の挽歌の担い手は、このように近親の女性たちが中心だった。

なお、墓に葬られてからも霊魂は浮遊すると考えられていたため、大きな岩で石室が作られた。

蘇我馬子《そがのうまこ》の墓とされる飛鳥の石舞台《いしぶたい》古墳は、その典型的なものである。

こもりくの　泊瀬《はつせ》の山に　霞たち　たなびく雲は　妹《いも》にかもあらむ
（作者不詳　巻七・一四〇七）
《泊瀬の山に霞がかかったようにたなびく雲は、いとしい妻なのであろうか》

妻に先立たれた男が山にたなびく雲をみて、妻を偲んでいる。「雲」は本来、遠く離れた人を偲ぶ縁《よすが》であるが、この歌にある雲は火葬の煙かもしれない。

亡骸をそのまま残す古来の土葬から、仏教の影響による火葬へと変わったのも、万葉時代のことだった。

東国庶民の生活——素朴さと躍動感に溢れる東歌の世界

辺境の地で詠われた東歌とは

万葉の時代、政治・文化の中心は大和を中心とする畿内にあった。そのため、東国は辺境、未開の地とみなされていた。当時の東国には大和政権に従属しない蝦夷《えみし》の支配する土地もあり、中央の文化とは異質な文化を有していた。

『万葉集』は文字を書くことができた貴族・官人の文学だが、巻一四は東国（西は遠江《とおとうみ》から東は陸奥《むつ》までの一二国）の民衆たちが詠んだ約二三〇首の東歌《あずまうた》を収めている。

東歌の多くは男女間の恋情を赤裸々に詠っていて、それが巻一四の特徴をなしている。また方言を使用していること、作者名が記されていないこと、庶民の生活に密着していることなども東歌の特色といえる。

庶民の思いがほとばしる東歌の数々

筑波嶺《つくばね》に　雪かも降らる　否《いな》をかも　愛《かな》しき子らが　布乾《にのほ》さるかも

（巻一四・三三五一）

《筑波山の嶺に雪が降っているのかな、違うのかな。俺のいとしいあの娘が布を干しているのかな》

「降らる」は「降れる」の、「にの」は「ぬの」の東国方言である。

児毛知山《こもちやま》　若かへるでの　もみつまで　寝もと我《わ》は思《も》ふ　汝《な》はあどか思ふ

（巻一四・三四九四）

《子持山《こもちやま》のこの楓の若葉が秋に紅葉するまで、ずっと寝ていたいと俺は思う。お前さんはどう思うかい》

子持山は群馬県北部に位置する。枕を共にしている女に対して、ずっと寝ていたいがお前はどう思うかい、と問いかける素朴な問答形式の歌だ。お前も当然、俺と同じ気持ちだね、という含みがある。

東歌（国名判明90首）の内訳

	雑　歌	相聞歌	比喩歌
遠　江	0	2	1
駿　河	0	5	1
伊　豆	0	1	0
相　模	0	12	3
武　蔵	0	9	0
上　総	1	2	0
下　総	1	4	0
常　陸	2	10	0
信　濃	1	4	0
上　野	0	22	3
下　野	0	2	0
陸　奥	0	3	1
合　計	5	76	9

地方から京への運脚に要する日数

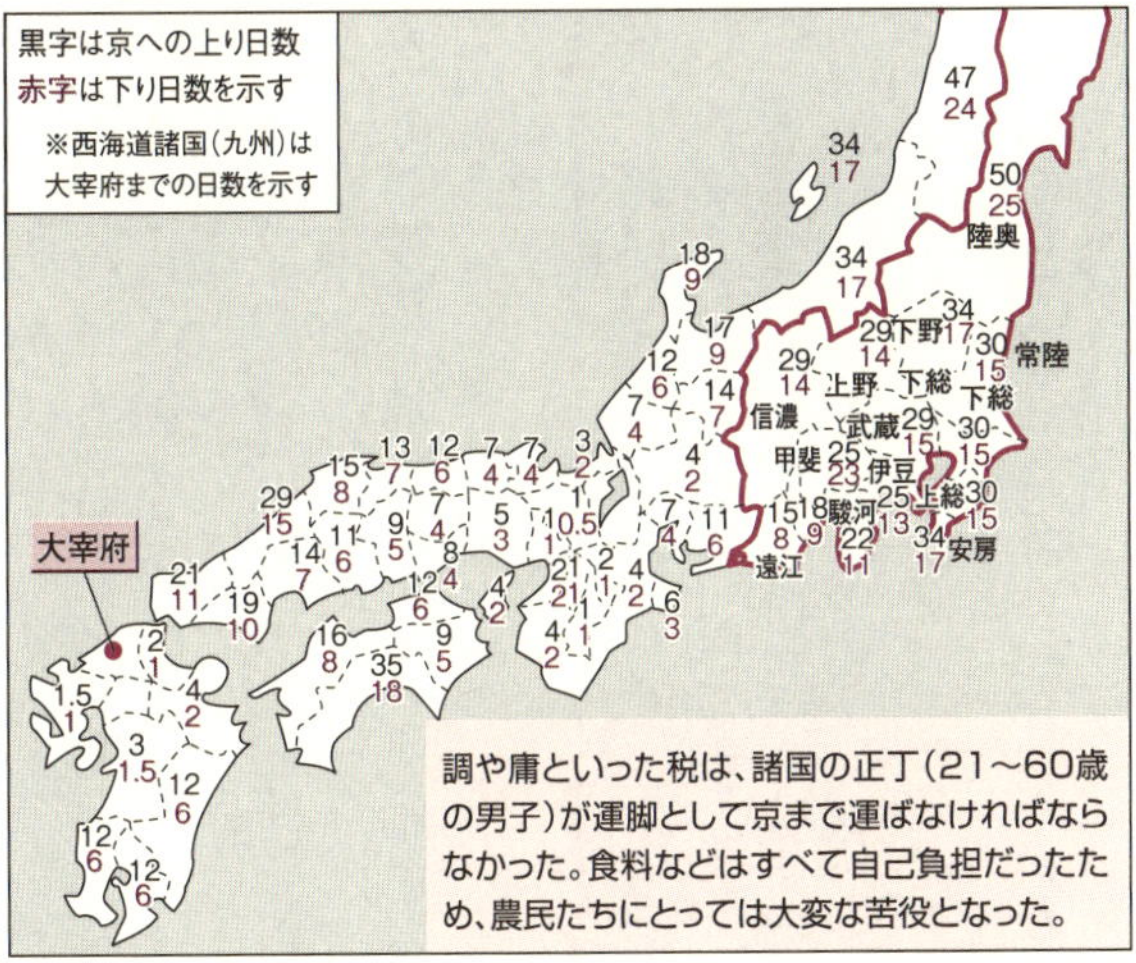

調や庸といった税は、諸国の正丁（21～60歳の男子）が運脚として京まで運ばなければならなかった。食料などはすべて自己負担だったため、農民たちにとっては大変な苦役となった。

多摩川に　曝《さら》す手作り　さらさらに　なにぞこの子の　ここだ愛《かな》しき

（巻一四・三三七三）

《多摩川にさらす手織りの布のように、さらにさらに、どうしてこの娘がこれほどかわいいのだろう》

かつて多摩川の流域は布の産地であった。このあたりの村からは、調《ちょう》の税として布が貢納されていたという。

信濃道は　今の墾《は》り道　刈りばねに　足踏ましなむ　沓《くつ》はけ我が背

（巻一四・三三九九）

《信濃道は今切り開いたばかりの道です。切り株を踏んでしまうでしょう。ちゃんと靴をおはきなさいな、あなた》

これは、夫を思う妻の愛情溢れる歌だ。大胆な性表現だけでなく、こういった細やかな心情が詠われている点も、東歌の魅力の一つといえるであろう。

辺境と見なされていた東の国々

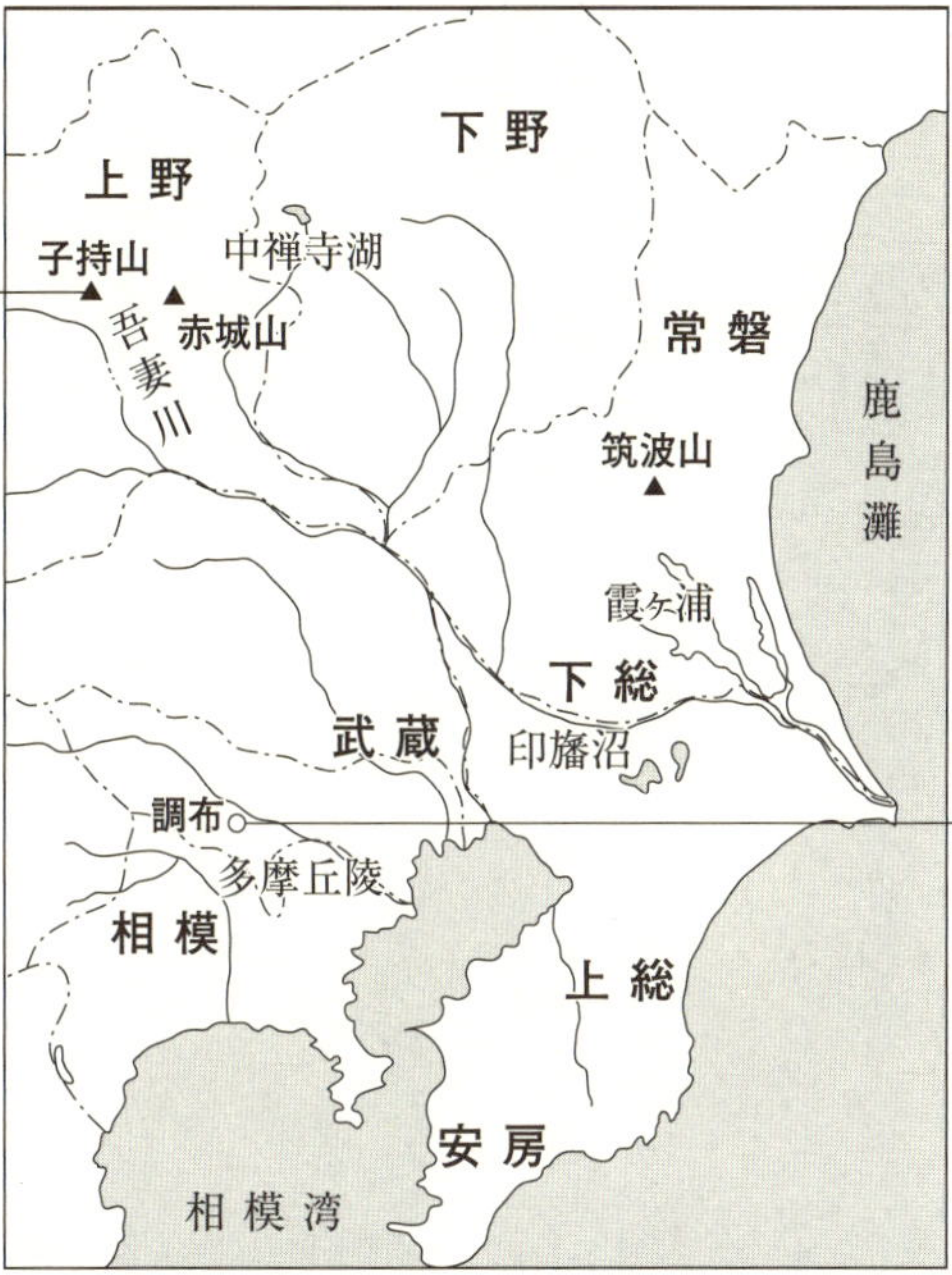

子持山

多摩川

万葉人の恋愛模様——時を超えいまに輝く愛のかたち

『万葉集』は恋の歌集

『万葉集』に収められた四五〇〇余首のうち、恋の歌が占める割合は七割近くにもおよぶ。万葉人にとっても、恋愛は人生の重大事だったのである。

心には　千重《ちへ》に百重《ももへ》に　思へれど　人目《ひとめ》を多み　妹《いも》に逢はぬかも　（巻一二・二九一〇）
《心では幾重にも幾重にも思っているのだが、人目が多いのであの娘に逢えないことよ》

万葉の恋人たちは、二人の関係を他人に知られることを極端に嫌った。恋は本来、秘すべきものなのだ。共寝《ともね》が夜に行なわれる理由もその点にある。

男が夕に女を訪れ、夜明け前に帰るというのが当時の逢引《あいびき》のかたちであり、男たちは月明かりをたよりに女を訪ねた。

男女の出会う場所

歌垣《うたがき》

春と秋、山や水辺などの決まった場所に男女が集まって飲食し、性を解放した。その際、お互いに歌を詠いかけることが求愛のしるしとなった

野遊《のあそ》び

もともとはその年の豊穣を前もって祝うため、男女が春の一日を野山で過ごすという行事だった。歌垣をともなうことも多かった

市《いち》

市では物の流通ばかりでなく、人々の交流が盛んに行なわれた。多くの人が集まるため、男女の出会いの場になった

婚姻へ至るまで

名告《なの》り

男性がまず好きになった女性に名告り、女性に対して名告りを求める。名前には霊魂が宿っていると考えられていたので、女性が男性に対して自らの名を教えることは、求婚の承諾を意味した

呼《よ》ばひ（夜這い）

相手の名前を知った男性は、家を訪れて一夜をともにする。その際、男性は女性の名前を呼び続けることで恋情を訴えた

妻問《つまど》い

夜這いの段階では母親が娘の監視役となり、男性の妨害役として立ち塞がるのだが、親の同意を得ると妻問い婚が成立する。男性は夜に妻を訪れ、朝方になると帰宅する

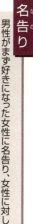

月夜《つくよ》よみ　門《かど》に出で立ち　足占《あしうら》して　行く時さへや　妹に逢はずあらむ
（巻一二・三〇〇六）
《よい月夜なので門口まで出て足占いをして逢えるかどうか占い、逢えると出たからきたのに、あなたに逢えないのだろうか》

占いには吉と出たのに、女は逢ってくれない。万葉の恋歌には、相手に逢えないことを嘆く歌が非常に多い。

また万葉人は、くしゃみや眉毛の痒《かゆ》み、紐《ひも》が自然に解けることなどを恋人が訪れる前触れと見なしていた。

眉根《まよね》掻《か》き　鼻ひ紐解け　待つらむか　いつかも見むと　思へる我を（巻一一・二四〇八）
《あの娘は眉を掻《か》いてくしゃみをし、紐も解けて待っているのだろうか。いつになったら逢えるのかと苦しむ私を》

恋はなかなか思い通りには進まない。占いや俗信などが入り込むのは恋が神秘に属する

婚姻形態の変遷

万葉期	妻問婚《つまどいこん》	男性が女性の家を訪問する。その子供も原則として妻の家で育てられる
平安初期	前婿取婚《ぜんむこどりこん》	婚姻成立当初は男性が女性の家を訪問するが、やがて妻の実家が準備した新居で同居する
平安中期	純婿取婚《じゅんむこどりこん》	男性が女性のもとに通うことはなくなり、婚姻開始直後から妻の実家で暮らす
平安末期	経営所婿取婚《けいえいしょむこどりこん》	女性の父親が自分の実家以外の場所に経営所を特設し、婿取りを行なう。婚姻後も一定期間そこが仮居となり、やがて永住する新居へ移る
鎌倉南北朝期	擬制婿取婚《ぎせいむこどりこん》	実際は男性の実家に女性を迎えるのだが、その男性の家を女性の領とみなし、一族の退去を要求、しかるのちにそこに婿を取る
室町期	娶家婚《しゅかこん》	家父長が婿を取る

からだろう。

克明に描かれた夜這いの実情

恋愛が成就すると結婚の運びとなる。当時の婚姻は「妻問婚《つまどいこん》」が基本である。だが、この形式は男にとって厄介な代物であった。

こもりくの　泊瀬《はつせ》の国に　さよばひに　我が来れば　たな曇り　雪は降り来《く》　さ曇り
雨は降り来　野つ鳥　雉《きぎし》は響《とよ》む　家つ鳥　鶏《かけ》も鳴く　さ夜は明け　この夜は明けぬ　入《い》り
てかつ寝む　この戸開かせ　（巻一三・三三一〇）
《泊瀬の国まで夜這いに来ると、雪が降り、雨が降り、野の鳥の雉も、家の鳥の鶏までもが鳴く。
とうとう夜は明けてしまった。それでも、なかに入って共寝をしよう。さあ、この戸を開けておくれ》

この歌は、女の親が監視しているなか、男がこっそりと夜這《よば》いするときの状況を描いており、男の焦りや不安が伝わってくる。ただし、この歌は特定の個人の創作歌ではなく、集団的な歌謡であったと考えられている。

禁断の恋の歌
——引き裂かれた中臣宅守と狭野茅上娘子

禁断の恋に落ち、越前に流された宅守

七三八（天平一〇）年頃、奈良の都で切ない恋の物語が生まれた。中臣宅守《なかとみのやかもり》は狭野茅《さののち》上《がみ》娘子《おとめ》と恋に落ちたが、そのことが原因で味真野《あじまの》（福井県越前《えちぜん》市）に流され、二人は引き離されてしまったのである。

流罪《るざい》になった理由については諸説ある。一説によると、娘子が伊勢神宮斎宮寮《いせじんぐうさいぐうりょう》の女官だったことから、神に仕える身として恋が禁じられていたせいではないかといわれている。

手紙代わりに交わし合った贈答歌

離れ離れになった二人は、それから約二年間、手紙代わりに歌を交わし合った。『万葉集』には娘子の歌が二三首、宅守の歌が四〇首、合計六三首が収録されており、二人の恋の軌跡をたどることができる。

あしひきの　山道《やまぢ》越えむと　する君を　心に持ちて　安けくもなし（巻一五・三七二三）
《山道を越え、遠くへ行こうとするあなたを思うと不安で胸がいっぱいです》

君が行く　道の長手を　繰《く》り畳《たた》ね　焼き滅ぼさむ　天《あめ》の火もがも（巻一五・三七二四）
《あなたがたどっていかれる長い道を手繰って折りたたみ、焼き尽くしてしまうような火が天から降ってくればいいのに》

一首目は、山を越えて流される宅守を気遣う歌。二首目は、長い道のりそのものを折りたたんで焼き滅ぼしてしまいたいと、恋の炎をたぎらせる歌だ。

一方、宅守は越前に入る直前に歌を詠んでいる。

畏《かしこ》みと　告《の》らずありしを　み越道《こしぢ》の　手向《たむけ》に立ちて　妹《いも》が名告りつ（巻一五・三七三〇）
《ずっと恐れつつしんで告げずにいたのに、越路の峠に立つと、恋しさに耐え切れず、とうとうあのひとの名を口にしてしまいました》

言霊《ことだま》を信じる古代人は、神への手向けの際に人の名を呼ぶことを忌《い》み嫌った。それは祟《たた》

中臣宅守のたどった越前への道

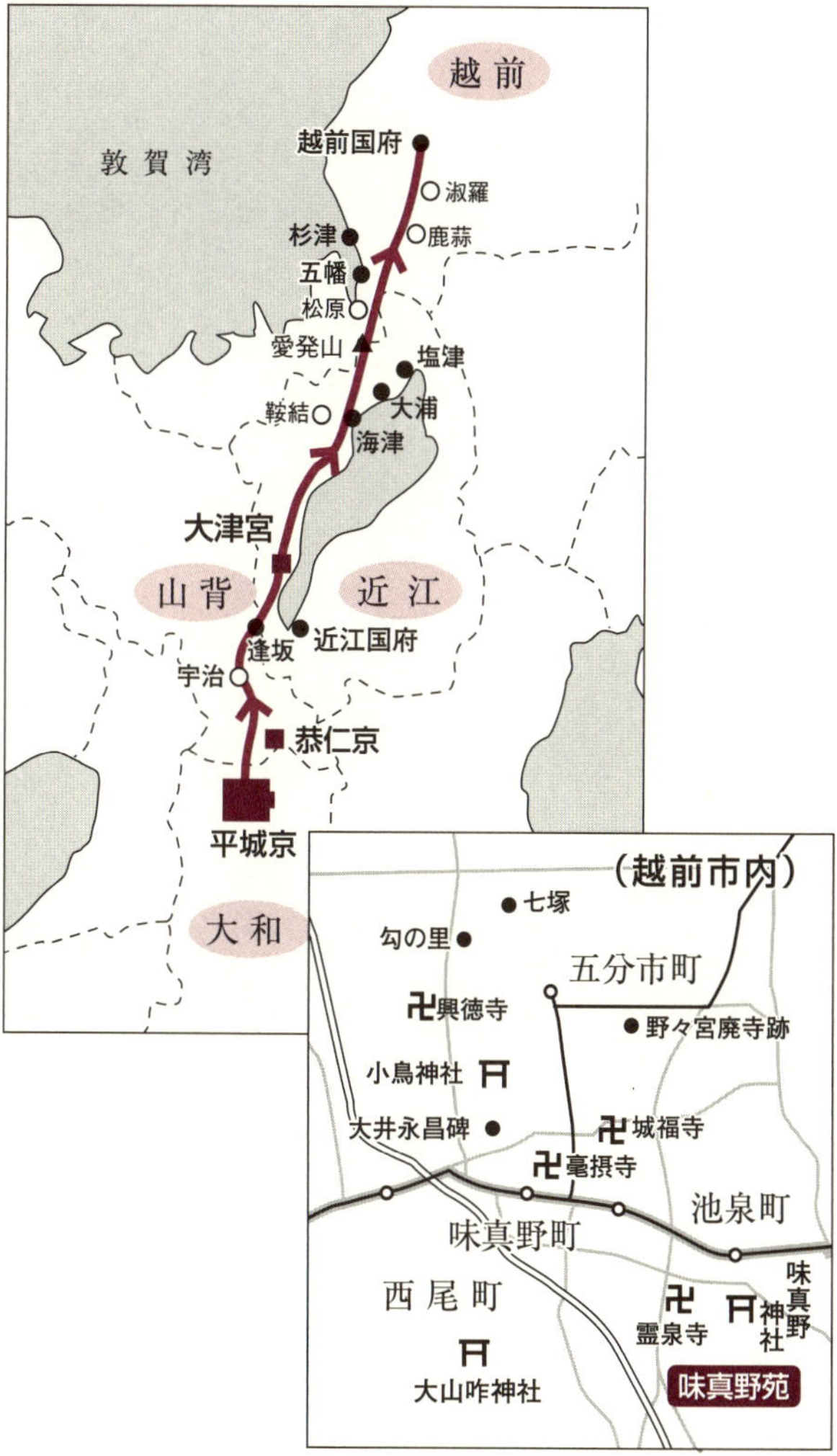

りによって危険にさらされることを恐れたからである。だが、恋人との別れが決定的となる境界の山が近づいてくると、宅守は恋しさのあまり、ついに娘子の名を口にしてしまった。

七四〇（天平一二）年には、聖武《しょうむ》天皇による大赦《たいしゃ》があった。

帰りける　人来《きた》れりと　言ひしかば　ほとほと死にき　君かと思ひて
（巻一五・三七七二）
《赦免《しゃめん》されて帰ってきた人が都に着いたと聞いたもので、あやうく死にそうでした。あなたかと思って》

この歌には、大赦による帰京の知らせに歓喜する娘子の思いが見事に詠われている。娘子は宅守の帰りを首を長くして待っている。ところが、赦《ゆる》されて帰京したのは、宅守とは別の人だった。

宅守は七六三（天平宝字《ほうじ》七）年、従五位に昇進した記録がある。それ以前に赦されて帰京したとも考えられるが、詳細は不明だ。また、その後の二人の消息もいっさいわかっていない。

中臣氏系図

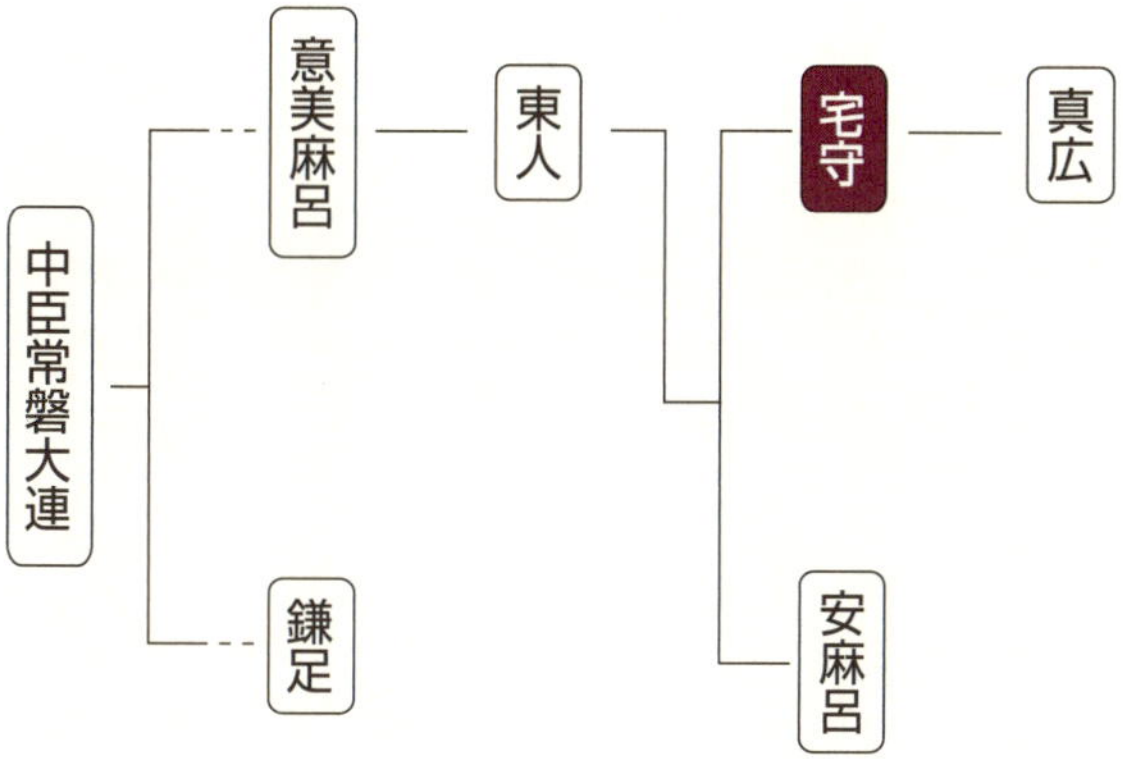

出典:『万葉集歌人事典』大久間喜一郎（雄山閣出版）

宅守の歌碑

味真野苑の「比翼の丘」と呼ばれる二つの小さな丘の上には、宅守と娘子の歌碑が向かい合うようにして立っている

万葉悲恋物語――笠女郎の片思い・異母兄への許されぬ恋

届かなかった笠女郎の恋心

名門・大伴氏の嫡男として生まれ、教養と才能に溢れた家持は、多くの女性の憧れの的だった。女流歌人・笠女郎《かさのいらつめ》も彼に思いを寄せた女性の一人で、家持へ贈った歌は全部で二九首を数える。どの歌も恋の情熱に満ち満ちており、女郎ほど恋情を露《あら》わに詠った万葉歌人はほかにいない。

> 白鳥《しらとり》の　飛羽山《とばやま》松の　待ちつつぞ　我が恋ひわたる　この月ごろを　（巻四・五八八）
> 《白鳥の飛ぶ飛羽山の松ではないが、あなたのおいでを待ちながらずっと慕い続けております。この何か月間も》

女郎は、家持を待ち続ける思いを緑の松を背景に飛ぶ白鳥のイメージに重ねて率直に詠

大伴家持へ思いを寄せた女性たち

平群女郎

須《す》磨《ま》人《ひと》の　海《うみ》辺《へ》常《つね》去らず　焼く塩の
辛《から》き恋をも　我《あれ》はするかも（巻17·3932）

《須磨の海女がいつも海辺に焼く塩のように、私は辛い恋をするのです》

中臣女郎

海《わた》の底　奥《おき》を深めて　わが思《も》へる
君には逢はむ　年は経ぬとも（巻4·676）

《大海の底のように心の奥深く慕うあなたには、きっといつかお逢いしよう。たとえ何年後でも》

坂上大嬢

我が名はも　千《せ》名《な》の
五《い》百《ほ》名《な》に　立ちぬと
も　君が名立たば　惜
しみこそ泣け（巻4·731）

《私の恋の評判は、いくら立っても我慢できるが、あなたの浮き名が立ちますとくやしくて涙が出て来ます》

大伴家持

笠女郎

君に恋ひ　甚《いた》もすべな
み　奈《な》良《ら》山《やま》の　小松が
下《した》に　立ち嘆くかも
（巻4·593）

《あなたが恋しく、じっとしていられなくて奈良山の小松の下に立っては嘆くことです》

紀女郎

神《かみ》さぶと　否《いな》にはあらず　はたやはた
かくして後《のち》に　さぶしけむかも（巻4·762）

《恋をするには年をとりすぎているとか、いないとかいうわけではないですが、やはりこのようにお別れした後でふと寂しく思うこともありましょうか》

藤原女郎

道《みち》遠《とお》み　来《こ》じとは知れる　ものからに
しかぞ待つらむ　君が目を欲《ほ》り
（巻4·762）

《道が遠いので来ないだろうと承知はしているものの、やはりそうして待っていることでしょう。あなたにお逢いしたくて》

いあげ、身を焦がすほどの情熱で、恋の苦悩を訴えた。

ところが、家持にとっては、女郎の強烈な個性と強引さがかえって重荷になっていたようだ。家持は女郎の気持ちを正面から受けとめておらず、たった二首しか歌を返していない。

相思はぬ　人を思ふは　大寺の　餓鬼の　後方《しりへ》に　額《ぬか》づくごとし　（巻四・六〇八）
《私を思ってくれない人を思うのは、大寺に置かれている餓鬼の像の後ろにひざまずいて拝むようなものだ》

これは、自分を愛してくれない男を思い続ける己の愚かさを自嘲している女郎の歌である。確かに報われない恋であったかもしれない。だが、女郎の歌は今も輝き続けている。

異母兄弟に恋をした人妻の苦悩

高市皇子《たけちのみこ》、穂積皇子《ほづみのみこ》、但馬皇女《たじまのみこ》の三人は、異母兄弟の関係にあたる。

当時、異母兄弟間の婚姻はさほど珍しいことではなかった。高市の妻であった但馬は、いつしか穂積に恋心を抱くようになる。四〇歳前後の太政大臣・高市はときの最高権力者。

「猪飼の岡」があるとされる吉隠の風景

現在も奈良県桜井市に「吉隠」の地名が残っているが、猪飼の岡の場所は特定されていない

一方の穂積は但馬と同じ二〇歳前後の若き皇子。三人の間に、熱い恋の葛藤《かっとう》が始まる。その恋の苦悩を但馬は次のように詠っている。

人言を　繁み言痛《こちた》み　おのが世に　いまだ渡らぬ　朝川渡る　（巻二・一一六）
《世間の噂がやかましいので、生まれてはじめて自分から朝の川を渡ってあなたに会いに行きます》

穂積を思う但馬の切迫した心情が迫ってくる。但馬との恋が露見したためか、穂積はまもなく近江の志賀の山寺に遣わされることになる。やがて高市は没し、その一二年後に但馬も亡くなる。但馬は猪飼《いかい》の岡に葬られた。

但馬と穂積が結ばれたのかどうかはわかっていない。今に残るのは、但馬を思って詠んだ穂積の歌だけである。

降る雪は　あはにな降りそ　吉隠《よなばり》の　猪飼《ゐかい》の岡の　寒くあらまくに　（巻二・二〇三）
《雪よ、そんなに降ってくれるな。猪飼の岡に眠るあの人が寒いであろうから》

万葉人の旅

——旅路を行く人々のさまざまな思い

現代とは異なる万葉時代の旅

古代の旅と現代の旅では様相が異なる。万葉時代には、庶民でも気軽に出られる娯楽としての旅などなかった。

当時の旅は、官人の地方赴任や地方の民衆が調の税として地元の特産物を都へ運搬するといった労苦であった。伊勢や吉野など王権ゆかりの地への天皇の行幸もしばしば行なわれたが、いずれにしろ公的な性格の強い旅がほとんどだったのである。

旅は、七道を中心に行なわれた。七道とは東海道、東山道、北陸道、山陰道、山陽道、南海道、西海道のことで、物資の移送量や人の行き来の多少によって、大路、中路、小路の三等級に分けられていた。

七道を管理する駅制《えきせい》が制定されたのは、大宝律令の施行による。駅制では七道の三〇里（現在の四里、約一六キロメートル）ごとに駅家《えきか》を設置し、通行する官吏に食料や馬を供給した。駅家には実務を執る駅長と駅子がおかれ駅馬を飼い、官吏の往来に用いた。

『万葉集』は「羇旅歌《きりょか》」の部を立てるほど旅の歌が多い。叙景、祈り、旅愁、望郷などさまざまな思いが詠われた。

旅中で感じる望郷の思い

旅の歌人といわれる高市黒人《たけちのくろひと》は、天皇の行幸に従って各地をめぐり、そこで感じる旅愁を詠い続けた。

いづくにか　我が宿りせむ　高島の　勝野の原に　この日暮れなば　（巻三・二七五）

《一体どこで宿をとることになるのだろうか、高島の勝野の原で日が暮れてしまったら》

「勝野の原」は、琵琶湖の西岸に位置し、古くから越前へと向かう重要な交通路であった。暮れてゆく湖畔にたたずみ、周囲には家も何もない。この歌には寂寥感、孤独感がにじみ出ている。

国境を越えるとき、旅人は異郷に入ることを実感した。

律令制による行政区分と道路

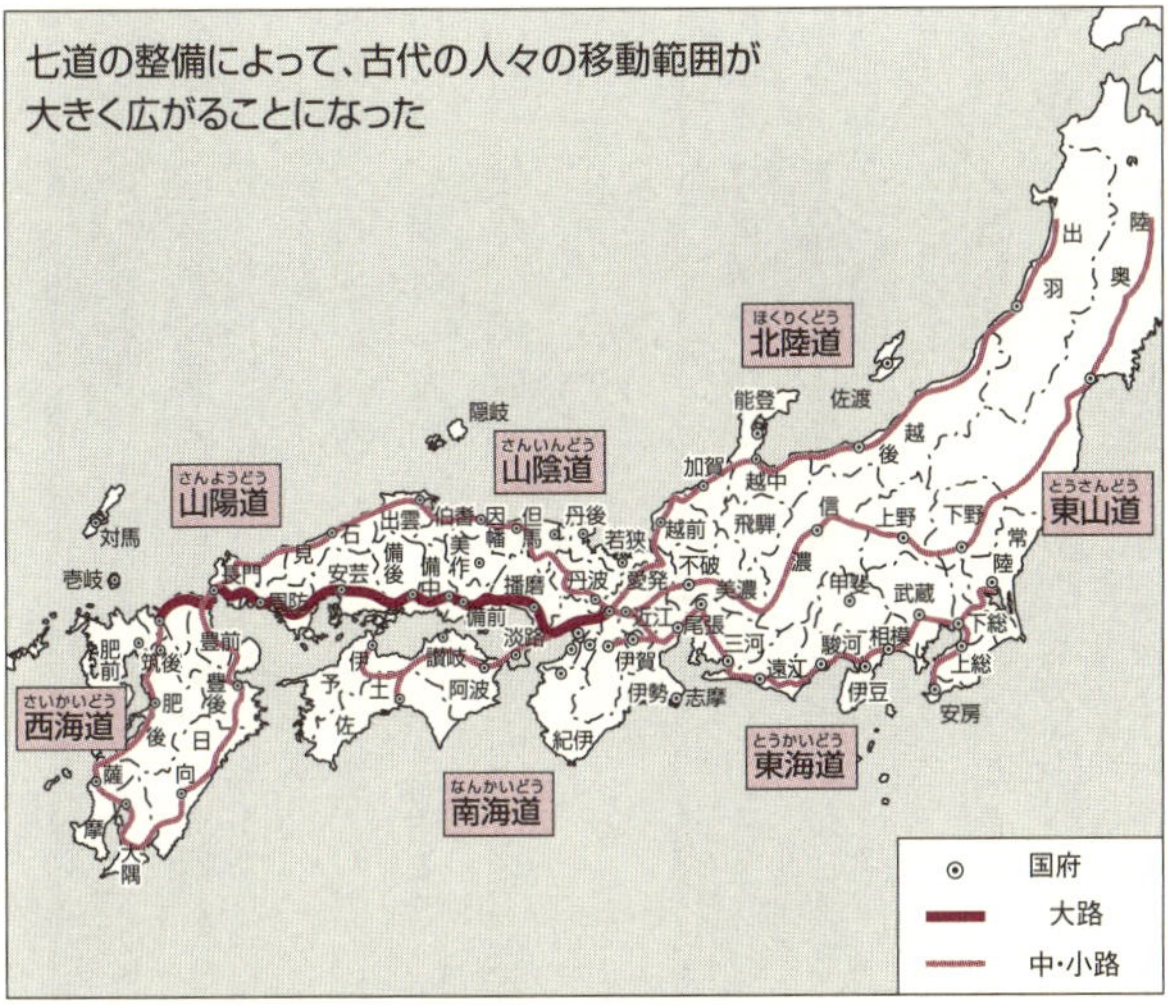

七道の整備によって、古代の人々の移動範囲が大きく広がることになった

勝野の風景

琵琶湖西に位置する勝野の白髭神社。このあたりは大和と北陸地方を結ぶ最短路として早くからひらけており、北陸へ赴任する官人や旅人の重要な交通路となっていた

真土山《まつちやま》　夕《ゆふ》越え行きて　廬前《いほさき》の　角太川原《すみだかはら》に　ひとりかも寝む　（巻三・二九八）
《真土山を夕暮れに越えて紀伊に入った。廬前の角太河原で独り寝するのだろうか》

これは、春日老《かすがのおゆ》が持統天皇の紀伊行幸の際に詠った歌である。
紀伊に入る場合、大和から真土峠を越えて行くのが一般的なルートとされていた。一行が真土峠を越え、河原で一夜を迎えたとき、春日老は郷里にいる妻との共寝を思って独り寝の寂しさを詠ったのだ。

忘れ草　我が紐に付く　香具山《かぐやま》の　古《ふ》りにし里を　忘れむがため　（巻三・三三四）
《忘れ草を下紐につけました。香具山がそびえる故郷を忘れようと思って》

これは、大宰府《だざいふ》赴任中の大伴旅人《おおとものたびと》の歌である。「忘れ草」は、身につけると憂いを忘れさせてくれるヤブカンゾウのこと。旅人がこれをつけるのは、故郷を忘れたいからにほかならない。それほど故郷が恋しくてならなかったのである。

羈旅歌

叙景の歌

飼飯《けひ》の海の　庭《には》良くあらし　刈《か》り薦《こも》の　乱れて出《い》づ見ゆ　海人の釣船
（柿本人麻呂　巻三・二五六）

《飼飯の海の漁場は、今朝は穏やからしい。ここからみると、漁師の釣船があちこちから漕ぎ出している》

祈りの歌

ちはやぶる　鐘の岬を　過ぎぬとも　我は忘れじ　志賀のすめ神
（作者不詳　巻七・一二三〇）

《荒れ狂う鐘の岬を過ぎても、私は忘れずにいよう、志賀にいる海の神のご加護を》

旅愁の歌

家離《さか》り　旅にしあれば　秋風の　寒き夕《ゆふへ》に　雁《かり》鳴き渡る
（作者不詳　巻七・一一六一）

《家を離れて旅に出ていると、秋風がひとしお寒く吹く夕暮どきに、雁が鳴きながら空を渡って行く》

望郷の歌

天離《あまざか》る　鄙《ひな》の長道《ながち》ゆ　恋ひ来れば　明石の門《と》より　大和島見ゆ
（柿本人麻呂　巻三・二五五）

《都を恋しく思いながら田舎からの長い道のりをのぼってくると、明石海峡から大和の地がみえる》

防人の歌——故郷を後に西へ向かう男たち

家郷を離れる孤独と不安を詠う防人歌

律令制では、二一～六〇歳の男子に三年間の軍役が課されていた。外敵の来襲に備え、九州沿岸で防備や農耕にあたるのだ。これを防人《さきもり》という。

防人の総数は約三〇〇〇人で、そのほとんどが東国の人々に限られる。往来の危険に加え、現地での過酷な労働に苦しみ、無事に帰郷できない者も多かったという。

この防人になった男たちの妻子との別れ難い感情や、家族を思いやる気持ちを表現した歌が防人歌である。

『万葉集』巻二〇には九八首の防人歌が収載されている。当時、難波《なにわ》（防人の出港地）で防人の監督事務についていた大伴家持が、彼らに歌を献上させ、拙劣歌《せつれつか》を省いて採録したのだ。

防人たちは、それまで暮らしていた血縁、地縁の強い絆で結ばれていた共同体から引き

大和朝廷の国家防衛網

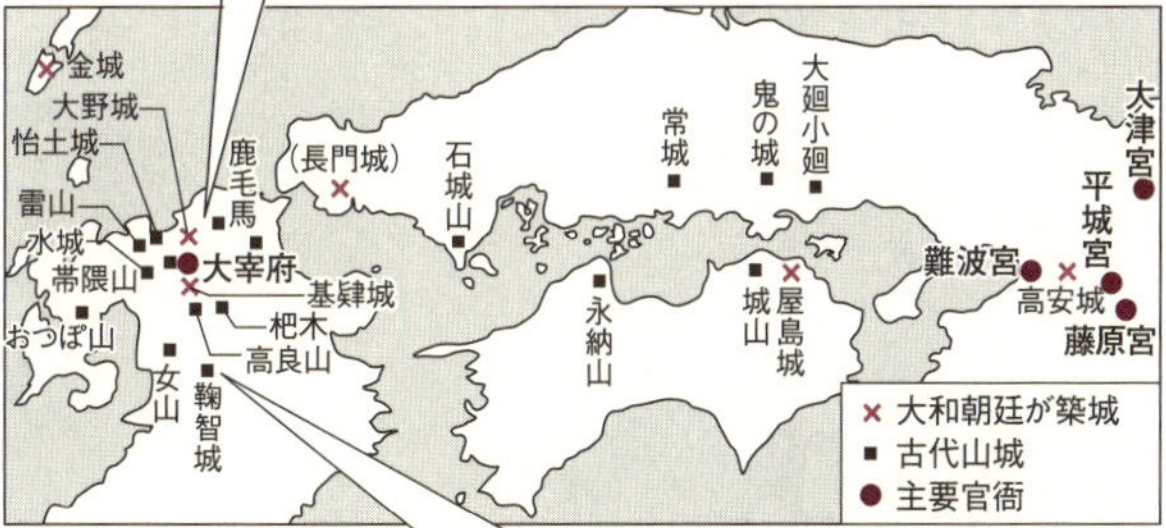

鞠智《きくち》城の兵舎。一部の防人たちはここで寝起きした

離され、孤独と不安のなかに置かれた。帰郷を望む気持ちが強くなるのは当然で、防人歌の大半は家族との別れを悲しむ歌で占められている。

妻子・父母への思いを切々と詠いあげる

次の歌では、子供を置いて九州に行かねばならない父親の、胸がはりさけんばかりの嘆きが率直に詠われている。

> 韓衣《からころむ》　すそに取り付き　泣く子らを　置きてぞ来《き》ぬや　母《おも》なしにして
> （他田舎人大島《をさたのとねりおほしま》　巻二〇・四四〇一）
> 《衣の裾にすがって泣き叫ぶ子供たちを置き去りにしてきてしまった、母親もいないままで》

一方では、天皇に忠誠を誓い、任務をまっとうしようとする勇敢な歌もある。

> 今日《けふ》よりは　かへり見なくて　大君の　醜《しこ》の御楯《みたて》と　出で立つ我れは
> （今奉部与曾布《いままつりべのよそふ》　巻二〇・四三七三）

防人歌の国別収載歌数

国名	遠江	駿河	信濃	相模	武蔵	下総	上総	上野	下野	常陸
収載歌数	7	10	3	3	12	11	13	4	11	10
没になった拙劣歌数	11	10	9	5	8	11	6	8	7	7

防人の通った道

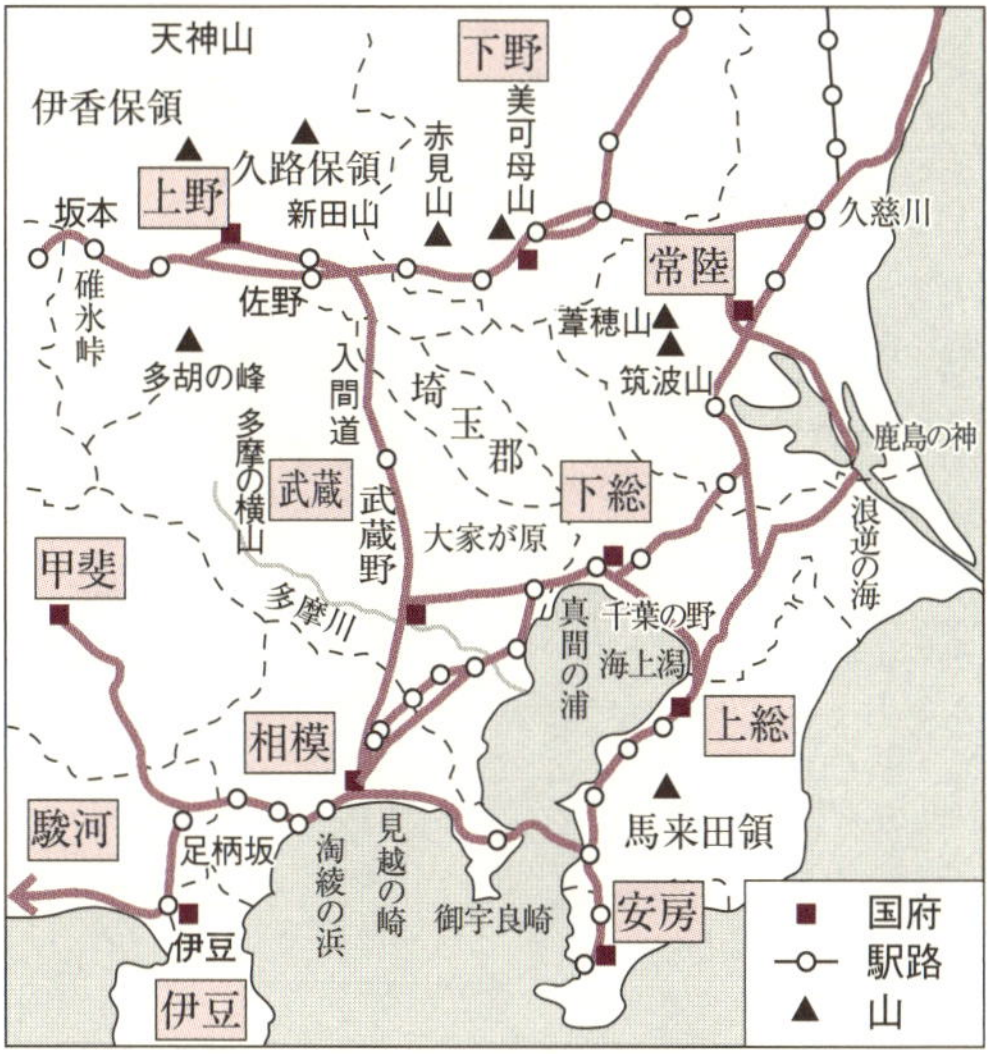

出典:『地図でたどる日本史』佐藤和彦他編(東京堂出版)

《今日からは妻子を顧みることもなく、大君の御楯となって出立するのだ、この俺は》

作者の与曾布は、火長《かちょう》という位の下士官だった。公的な気負いが多分にあったと思われる歌になっている。

次の歌では、別れてきた妻への思いが鮮烈に詠われている。

我が妻は　いたく恋ひらし　飲む水に　影《かご》さへ見えて　よに忘られず
（若倭部身麻呂《わかやまとべのみまろ》　巻二〇・四三二二）

《うちの妻はたいそう俺を恋しがっているらしい。飲む水の上に影まで映って見えて、片時も忘れられはしない》

当時は、相手が自分を思っていると水鏡《みずかがみ》や夢に現れるという俗信があったようだ。夫が水に映った妻の面影を通して互いの愛を確かめ合っている。

どんなに辛く過酷であっても、兵役に就くのだから勇敢であらねばならない。だが、家族や故郷への思いは絶ちがたい。防人歌の根底には、そんな偽りのない心情が流れている。

遣唐使・遣新羅使の歌
―難破、漂流、苦難の道…祖国から遠く離れて

古代日本の発展に大きく寄与した遣唐使

旅人の　宿りせむ野に　霜降らば　わが子羽ぐくめ　天《あめ》の鶴群《たづむら》　（巻九・一七九一）

《旅人が野宿する地に霜が降る寒い夜はわが子を羽で包んでおくれ、空を飛ぶ鶴たちよ》

これは、とある母親が第九次の遣唐使《けんとうし》に選ばれた息子を思って詠んだ歌である。

遣唐使とは唐の先進的な文物を摂取するために、六三〇（舒明二）年から八九四（寛平《かんぴょう》六）年にかけて派遣された公式の使節をさす。使節団には高向玄理《たかむこのくろまろ》、山上憶良《やまのうえのおくら》、吉備真備《きびのまきび》、最澄《さいちょう》、空海《くうかい》など貴族の子弟や優れた留学生、学問僧が選抜され、帰国後、日本文化の発展に多大な貢献をした。

初期の遣唐使や留学生・学問僧たちは渡航の危険も顧みず、大陸文化への憧れに胸を膨

らませ、新国家建設の理想に燃えていたのである。

だが、送り出す家族にとっては気が気でなかった。遣唐使の生還率は二分の一以下と非常に低く、生きて帰国できる保証がどこにもなかったからである。

その原因は、遣唐使船の脆弱《ぜいじゃく》さにあった。遣唐使船は全長三〇、幅七~八メートルの平底箱型で、鉄釘を使わず平板を継ぎ合わせた程度のものと推定されている。そのため、波切りが悪く安定性に欠け、強風や波浪に弱かった。

しかも、航期や航路を誤ることが多々あり、遭難する船が少なくなかった。風まかせの船ゆえ、強風や逆風に流されて漂流、難破し、ようやく漂着したとしても、現地人に襲われ殺害されるという例もあった。

次の歌は、遣唐大使・藤原清河《ふじわらのきよかわ》が旅の無事を祈って詠んだものである。

春日野に　斎《いつ》く三諸《みもろ》の　梅の花　栄えてあり待て　還り来るまで（巻一九・四二四一）
《春日野にお祀りしている三諸の梅よ、咲き栄えて待っていてくれ、私が帰るまで》

唐での任を終えた清河は、在唐三六年になる阿倍仲麻呂《あべのなかまろ》とともに帰途についたが、途中

歴代の遣唐使

回(隻数)	出発年	帰国年	主な渡航者
1	630	632	犬上御田鍬（帰路、僧旻が来朝）
2 (2)	653	654	吉士長丹・高田根麻呂
3 (2)	654	655	高向玄理・河辺麻呂
4 (2)	659	661	坂合部石布
5	665	667	守大石・坂合部石積
6	669	?	河内鯨
7	702	704	粟田真人・山上憶良
8 (4)	717	718	吉備真備・玄昉・阿倍仲麻呂
9 (4)	733	735	多治比広成
10 (4)	752	754	藤原清河（帰路、鑑真が来朝）
11	759	761	高元度
12	761		仲石伴・石上宅嗣→中止
13	762		中臣鷹主・高麗広山→中止
14 (4)	777	778	佐伯今毛人・小野石根
15 (2)	779	781	布勢清直
16 (4)	804	805	藤原葛野麻呂（空海、最澄も同行）
17 (4)	838	839	藤原常嗣・小野篁（円仁も同行）
18	894		菅原道真→廃止

遣唐使船の復元模型

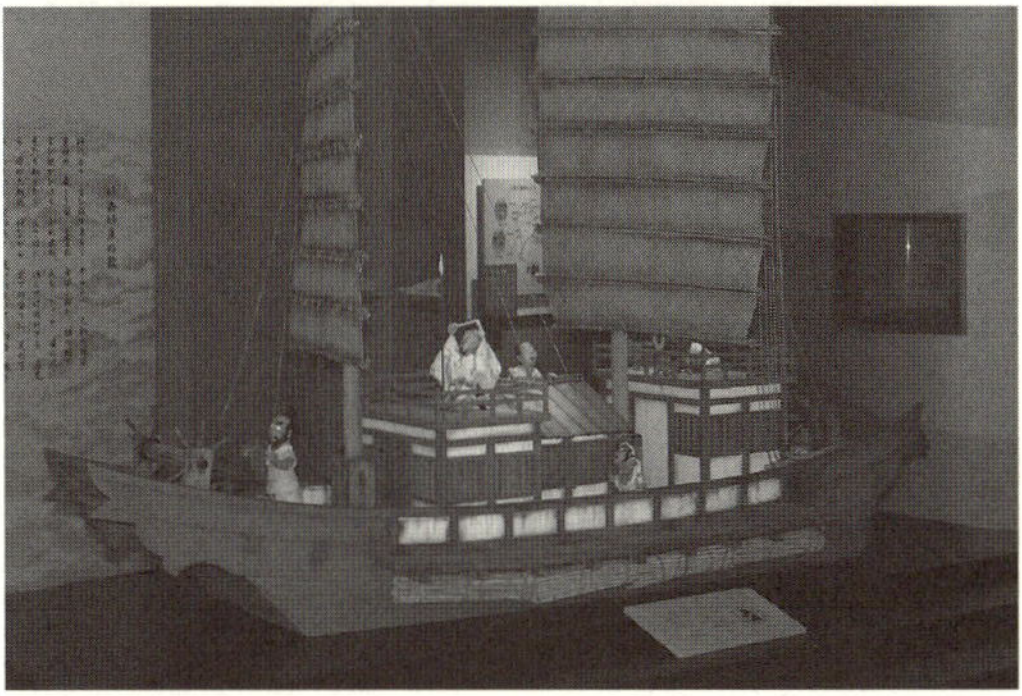

で暴風に襲われ安南《あんなん》（ベトナム）に流された。その後、再び長安《ちょうあん》に帰って唐朝に仕え、結局は帰国を果せず唐の地で没した。仲麻呂の望郷歌は『古今集《こきんしゅう》』にある。

残された家族への慕情を詠う遣新羅使の歌

遣唐使のほかに遣新羅使《けんしらぎし》と呼ばれる新羅への使節もあり、五七一〜八八二年までの間に四五回も派遣された。巻一五には、阿倍継麻呂《あべのつぐまろ》を大使とした七三六（天平八）年の遣新羅使の歌が一四五首収載され、故郷に残された家族への思いや長い航旅への不安などが詠われている。

> 大船に　妹《いも》乗るものに　あらませば　羽ぐくみ持ちて　行かましものを
> （使人　巻一五・三五七九）
> 《大船に妻が乗れるものだったら、羽に包むように大事にして持って行けるのに》

このときの使節は翌年正月に帰国している。だが、継麻呂は対馬《つしま》で死去、副使の大伴《おおとも》三中《みなか》は伝染病にかかって帰郷が遅れたとの記録がある。

遣唐使の航路

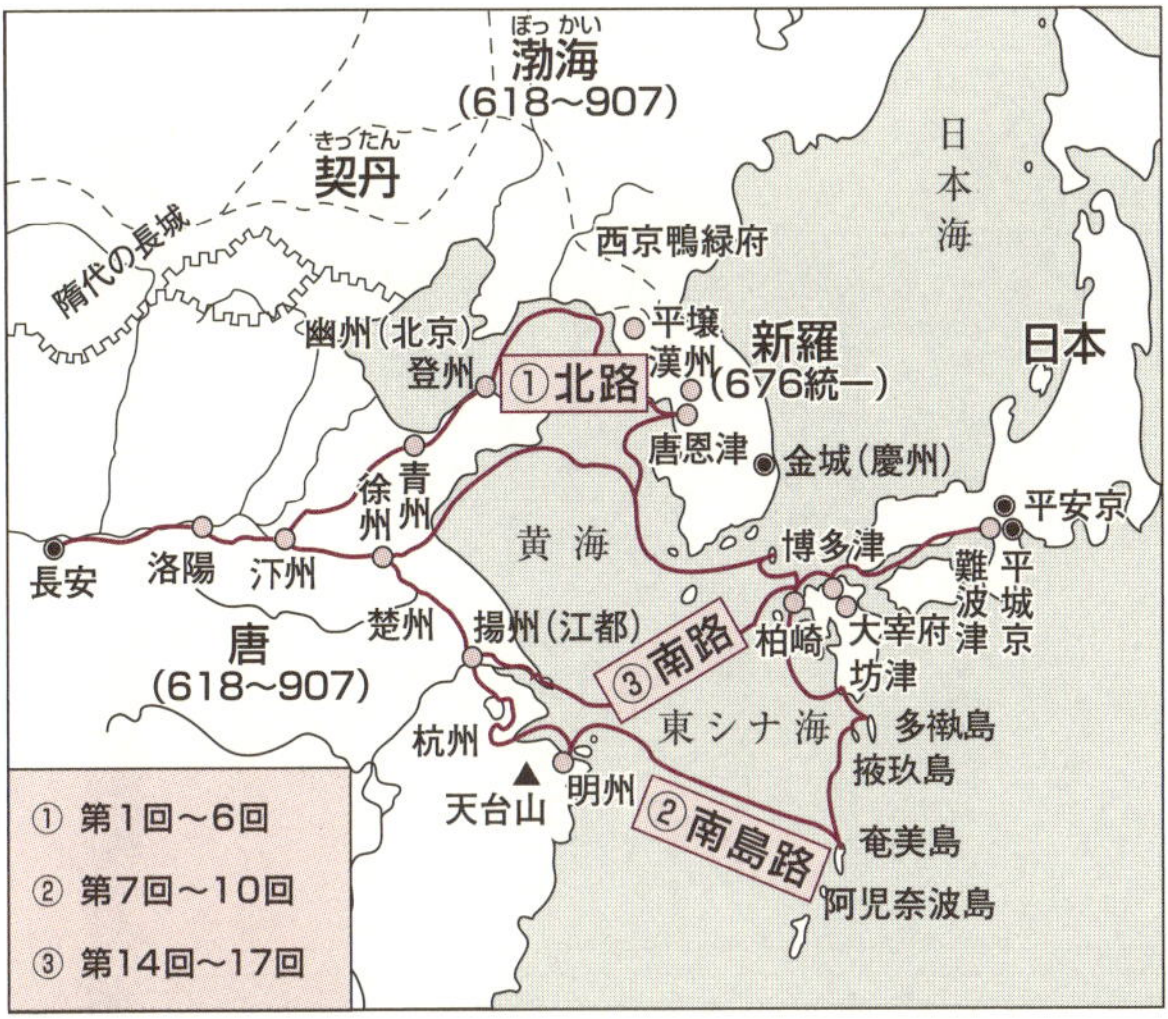

最後の宿泊地・柏崎

五島列島・福江島の西方に位置する柏崎は、国内最後の寄港地だった(南路の場合)。遣唐使たちはこの地で日本に別れを告げ、はるか彼方にある唐の国を目指した

阿倍仲麻呂の望郷歌

あまの原　ふりさけ見れば　春日なる
三笠の山に　いでし月かも
（阿倍仲麻呂・古今集）

《大空を眺めると月が出ている。あれは奈良の三笠の山に出ていた月と同じ月なのだ》

万葉集 歴史年表

（西暦年は『日本書紀』の編年にあてはめたもの）

西暦	年号	出来事
四五六	安康 三	雄略天皇、即位
五五二	欽明一三	百済の聖明王、天皇に仏像や経典などを送る（仏教の公伝）
五九三	推古 元	聖徳太子、摂政となる
六〇三	一一	聖徳太子、冠位十二階を制定する
六〇四	一二	聖徳太子、憲法十七条をつくる
六〇七	一五	小野妹子、隋へ派遣される
六二一	二九	聖徳太子、死去
六二九	舒明 元	舒明天皇、即位
六四二	皇極 元	皇極天皇、即位
六四五	大化 元	六月、中大兄皇子、中臣鎌足らとともに蘇我入鹿を暗殺する 六月一四日、孝徳天皇即位し、中大兄皇子、皇太子となる 一二月、難波長柄豊碕宮へ遷都
六四六	大化 二	改新の詔を発布
六五三	白雉 四	中大兄皇子、飛鳥河辺行宮へ遷る
六五四	五	孝徳天皇、崩御

西暦	年号	出来事
六五五	斉明 元	皇極上皇、斉明天皇として即位
六五八	四	一一月、有間皇子、謀反の嫌疑で殺される
六六一	七	一月、百済救援軍、難波をたつ 七月、斉明天皇崩御し、中大兄皇子称制
六六三	天智 二	白村江で唐・新羅連合軍に敗れる
六六七	六	大津宮へ遷都
六六八	七	一月、天智天皇、即位 五月、天皇、蒲生野へ遊猟にでる
	九	二月、庚午年籍を作成
六七一	一〇	天智天皇、崩御
六七二	天武 元	大海人皇子挙兵し、壬申の乱起こる
六七三	二	天武天皇、飛鳥浄御原宮にて即位
六七九	八	五月、吉野宮へ行幸
六八六	朱鳥 元	九月、天武天皇崩御し、皇后称制 一〇月、大津皇子、謀反の嫌疑で殺される

西暦	年号	出来事
六九〇	持統 四	四月、持統天皇、即位
		一二月、藤原京へ遷都
六九七	一一	持統天皇譲位し、文武天皇即位
七〇一	大宝 元	大宝律令が完成する
七〇二	二	山上憶良、遣唐使として出発
七一〇	和銅 三	平城京へ遷都
七一二	五	『古事記』が完成する
七一八	養老 二	養老律令が完成する
七二〇	四	『日本書紀』が完成する
七二四	神亀 元	聖武天皇、即位
七二六	三	山上憶良、筑前国守として赴任
七二七	四	大伴旅人、大宰帥として赴任
七二九	天平 元	二月、長屋王の変起こる
		八月、光明子、皇后になる
七三七	九	疫病が大流行し、藤原四兄弟が相次いで死去
七三八	一〇	橘諸兄、右大臣となる
		中臣宅守、この頃越前へ流される
七四〇	一二	九月、藤原広嗣の乱起こる

西暦	年号	出来事
		一〇～一二月、聖武天皇、東国を巡行
		一二月、恭仁京へ遷都
七四一	一三	国分寺・国分尼寺建立の詔を発布
七四三	一五	五月、墾田永年私財法を発布
	一〇月	一〇月、盧遮那大仏造立を発願
	一二月	一二月、紫香楽宮を造営
七四四	一六	二月、難波宮を皇都とする
七四五	一七	五月、平城京へ遷都
七四六	一八	六月、大伴家持、越中国守として赴任
七四九	天平勝宝元	聖武天皇譲位し、孝謙天皇即位
七五二	四	東大寺大仏開眼供養
七五六	八	聖武太上天皇、崩御
七五七	天平勝字元	橘奈良麻呂の変起こる
	二	淳仁天皇、即位
七五九	三	大伴家持、『万葉集』最終歌を詠む
七六四	八	九月、恵美押勝の乱起こる
七八四	延暦 三	長岡京へ遷都
七九四	一三	平安京へ遷都

天皇の系譜

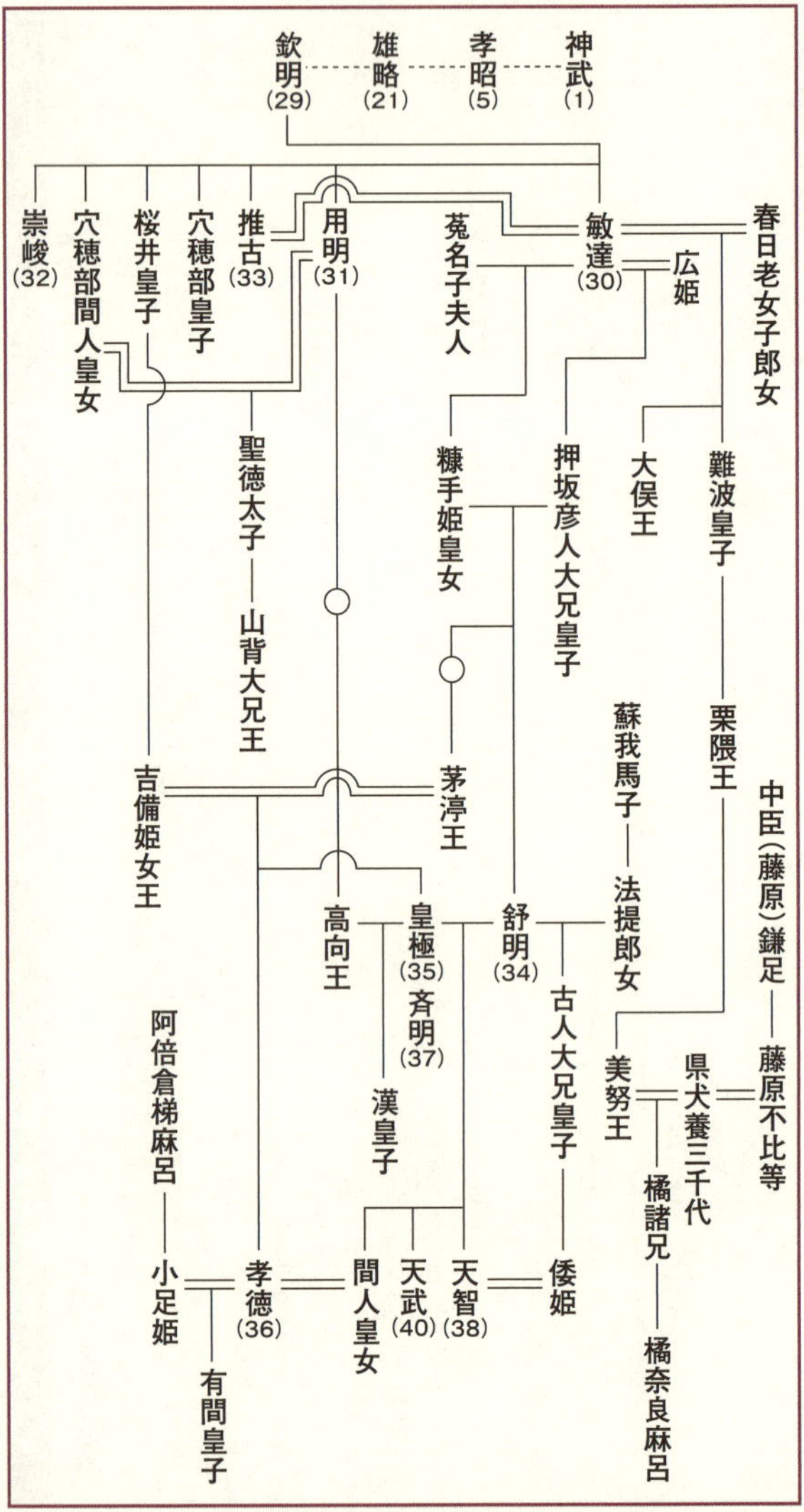
神武(1)
孝昭(5)
雄略(21)
欽明(29)
春日老女子郎女
敏達(30)
広姫
菟名子夫人
用明(31)
推古(33)
穴穂部皇子
桜井皇子
穴穂部間人皇女
崇峻(32)
難波皇子
大俣王
押坂彦人大兄皇子
糠手姫皇女
聖徳太子
山背大兄王
栗隈王
蘇我馬子
茅渟王
吉備姫女王
中臣(藤原)鎌足
法提郎女
舒明(34)
皇極(35)
斉明(37)
高向王
古人大兄皇子
美努王
県犬養三千代
藤原不比等
漢皇子
阿倍倉梯麻呂
橘諸兄
倭姫
天智(38)
天武(40)
間人皇女
孝徳(36)
小足姫
有間皇子
橘奈良麻呂

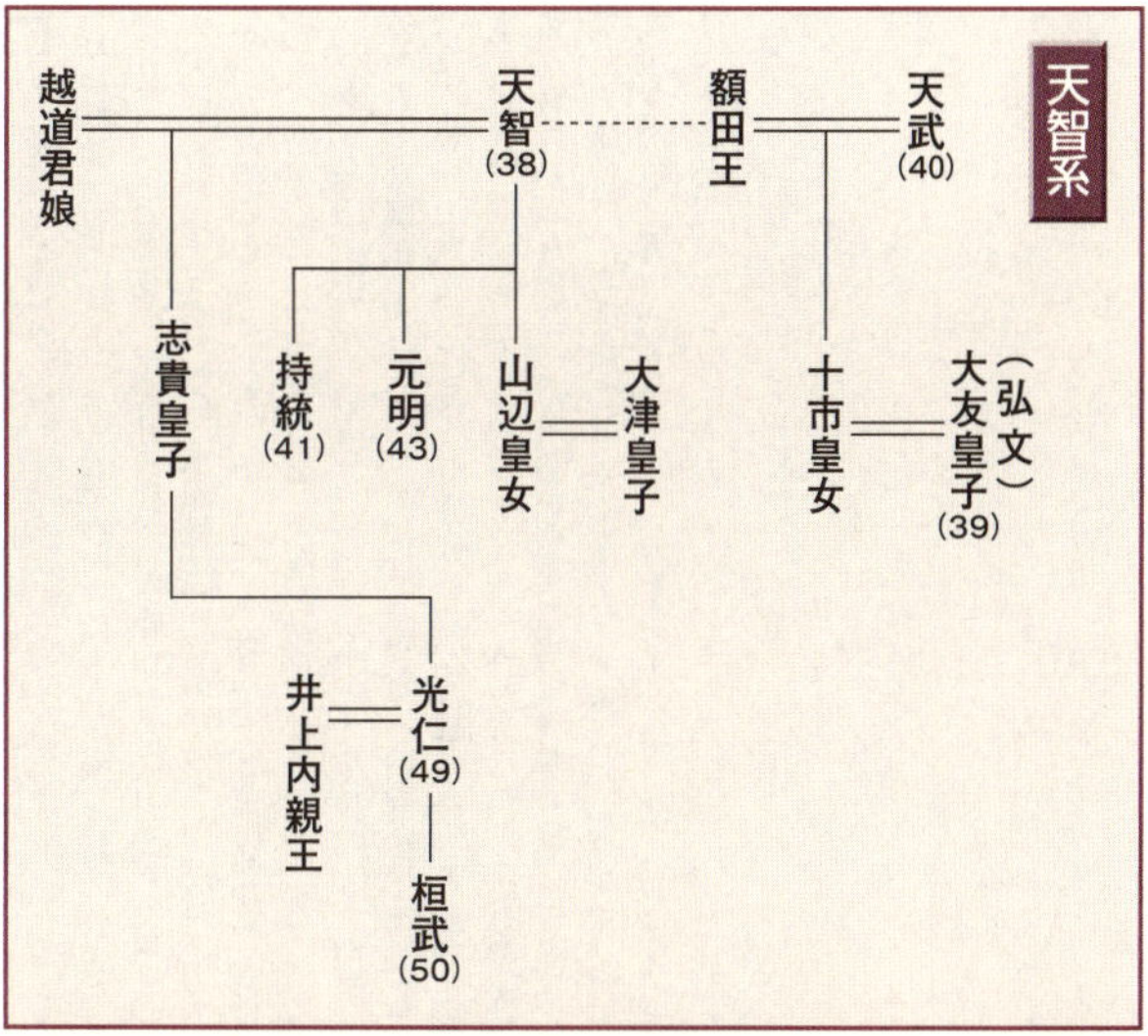
天智系
天武
(40)
額田王
天智
(38)
越道君娘
(弘文)
大友皇子
(39)
十市皇女
大津皇子
山辺皇女
元明
(43)
持統
(41)
志貴皇子
光仁
(49)
井上内親王
桓武
(50)

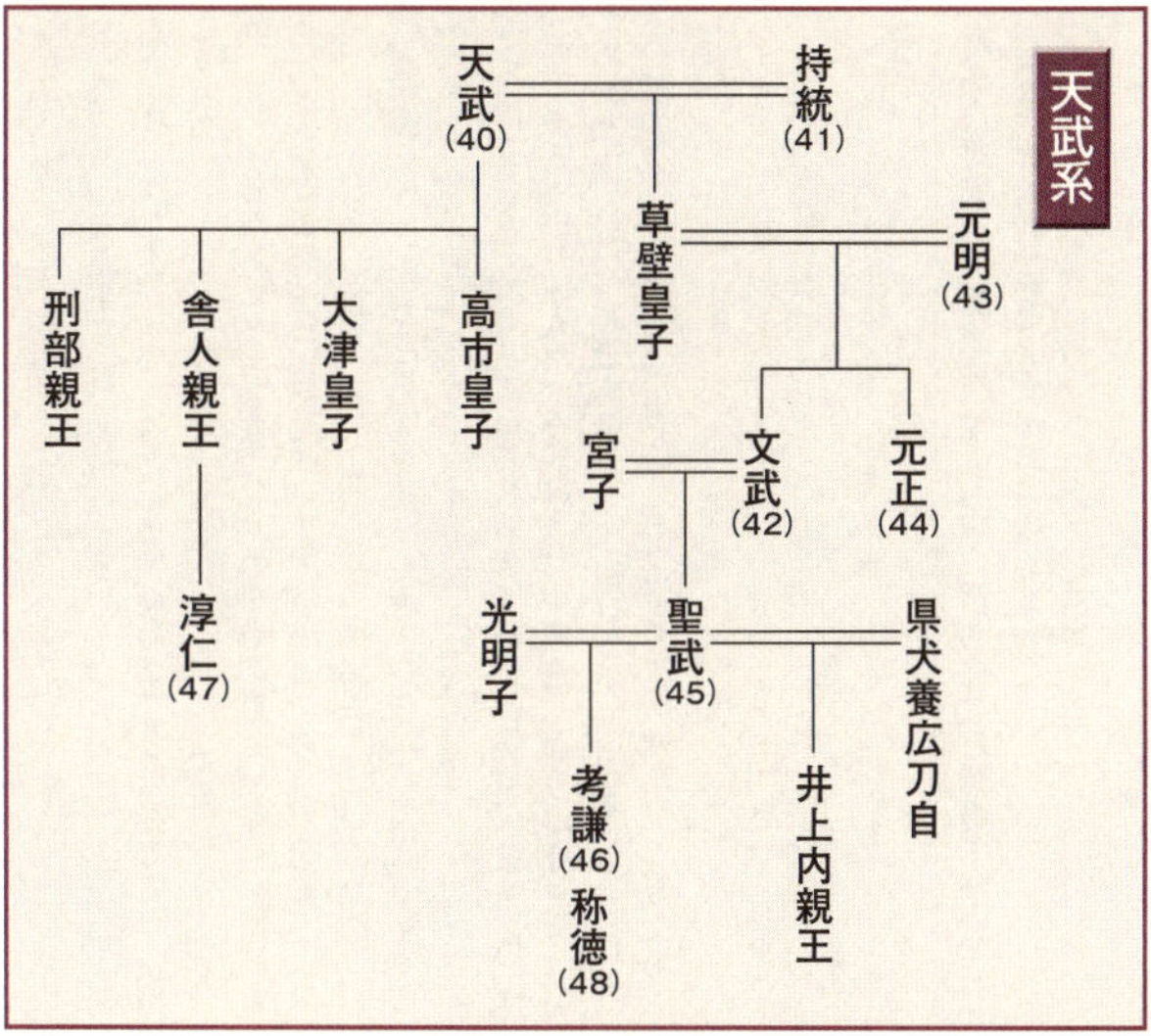
天武系
持統
(41)
天武
(40)
元明
(43)
草壁皇子
高市皇子
大津皇子
舎人親王
刑部親王
元正
(44)
文武
(42)
宮子
淳仁
(47)
県犬養広刀自
聖武
(45)
光明子
井上内親王
考謙
(46)
称徳
(48)

【主な参考文献】

『万葉群像』北山茂夫、『万葉集入門』鈴木日出男（岩波書店）／『新潮日本古典集成　萬葉集』青木生子、『万葉集』森淳司（新潮社）／『万葉集―全訳注 原文付』中西進、『万葉歌の成立』古橋信孝、『日本の歴史』渡辺晃宏、『万葉びとの長寿食』永山久夫、『万葉びとの一生』池田彌三郎（講談社）／『日本の歴史』吉村武彦（集英社）／『万葉体感紀行』上野誠（小学館）／『万葉のことばと四季』中西進、『古代史の基礎知識』吉村武彦（角川書店）／『万葉集を知る事典』櫻井満監修・尾崎富義著、『天皇　日本史小百科』児玉幸多編（東京堂出版）／『万葉の歌びとと風土』犬養孝（中央公論社）／『万葉集ハンドブック』多田一臣（三省堂）／『万葉集歌人事典』大久間喜一郎、『万葉びとの世界』櫻井満（雄山閣出版）／『万葉歌人の愛そして悲劇』中西進、『万葉の歌人たち』岡野弘彦（日本放送出版協会）／『万葉集歳時記』吉野正美、『万葉風土記』猪股静弥著・川本武司写真（偕成社）／『万葉の旅』犬養孝（平凡社）／『万葉歌物語』田崎幾太郎（勁草書房）／『万葉 挽歌の世界』渡辺護、『万葉民俗学を学ぶ人のために』上野誠・大石泰夫編（世界思想社）／『古代日本人の生活の謎』武光誠（大和書房）／『万葉びとの四季を歩く』都倉義孝（教育出版）／『高市黒人・山部赤人』、『大伴旅人』中西進（おうふう）／『万葉集の時代』渡辺守順（ニュートンプレス）／『万葉集を読むための基礎百科』神野志隆光（學燈社）／『万葉集と古代史』直木孝次郎（吉川弘文館）／『万葉集』古橋信孝（筑摩書房）／『合戦の日本史』安田元久（主婦と生活社）／『万葉のふるさと』稲垣富夫（右文書院）

訳文は『新潮古典集成　萬葉集』青木生子（新潮社）『万葉集―全訳注 原文付』中西進（講談社）を参考にさせて頂きました。

写真提供／明日香村観光開発公社・越前市・大津市・海南市・春日大社・加茂町教育委員会・唐津市・京都国立博物館・熊本市教育委員会・遣唐使ふるさと館・桜井市・静岡市・渋川市・（社）びわこビジターズビューロー・高岡市万葉歴史館・高島観光協会・太宰府市・つくば市・奈良国立博物館・奈良市観光協会・奈良文化財研究所・平群町・便利堂・毎日新聞社・三重県観光連盟・吉野歴史資料館・アマナイメージズ・フォトライブラリー

図版・DTP／ハッシィ

「本書は二〇〇九年『図説 地図とあらすじでわかる！ 万葉集』として小社より刊行されたものに加筆・修正したものです。」

青春新書
INTELLIGENCE

こころ涌き立つ「知」の冒険

いまを生きる

"青春新書"は昭和三一年に——若い日に常にあなたの心の友として、その糧となり実になる多様な知恵が、生きる指標として勇気と力になり、すぐに役立つ——をモットーに創刊された。

そして昭和三八年、新しい時代の気運の中で、新書"プレイブックス"にその役目のバトンを渡した。「人生を自由自在に活動《プレイ》する」のキャッチコピーのもと——すべてのうっ積を吹きとばし、自由闊達な活動力を培養し、勇気と自信を生み出す最も楽しいシリーズ——となった。

いまや、私たちはバブル経済崩壊後の混沌とした価値観のただ中にいる。その価値観は常に未曾有の変貌を見せ、社会は少子高齢化し、地球規模の環境問題等は解決の兆しを見せない。私たちはあらゆる不安と懐疑に対峙している。

本シリーズ"青春新書インテリジェンス"はまさに、この時代の欲求によってプレイブックスから分化・刊行された。それは即ち、「心の中に自らの青春の輝きを失わない旺盛な知力、活力への欲求」に他ならない。応えるべきキャッチコピーは「こころ涌き立つ"知"の冒険」である。

予測のつかない時代にあって、一人ひとりの足元を照らし出すシリーズでありたいと願う。青春出版社は本年創業五〇周年を迎えた。これはひとえに長年に亘る多くの読者の熱いご支持の賜物である。社員一同深く感謝し、より一層世の中に希望と勇気の明るい光を放つ書籍を出版すべく、鋭意志すものである。

平成一七年　　　刊行者　小澤源太郎

監修者紹介
坂本 勝（さかもと まさる）
1954年鎌倉生まれ。法政大学文学部卒業後、専修大学大学院を経て、現在、法政大学文学部教授。専攻は上代文学。著書に『古事記の読み方』（岩波書店）、『はじめての日本神話』（筑摩書房）、監修に『図説 地図とあらすじでわかる! 古事記と日本書紀』『図説 地図とあらすじでわかる! 風土記』（小社刊）などがある。

図説《ずせつ》 地図《ちず》とあらすじでわかる！
万《まん》 葉《よう》 集《しゅう》〈新版《しんぱん》〉

青春新書
INTELLIGENCE

2019年6月15日 第1刷
2019年7月15日 第2刷

監修者 坂《さか》 本《もと》 勝《まさる》

発行者 小澤源太郎

責任編集 株式会社プライム涌光
電話 編集部 03(3203)2850

発行所 東京都新宿区若松町12番1号 〒162-0056 株式会社青春出版社
電話 営業部 03(3207)1916 振替番号 00190-7-98602

印刷・大日本印刷 製本・ナショナル製本

ISBN978-4-413-04572-8

こころ涌き立つ「知」の冒険!

青春新書
INTELLIGENCE

大好評! 青春新書の(2色刷り)図説シリーズ

図説

地図とあらすじでわかる!

古事記と日本書紀

坂本 勝[監修]

なるほど、そういう話だったのか!
「記紀」の違いから、日本人の原点を知る本

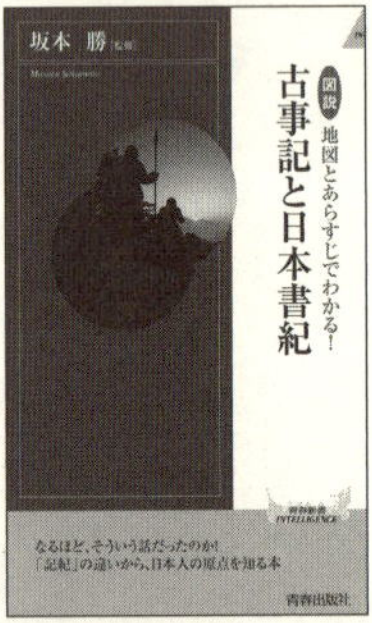

ISBN978-4-413-04222-2 930円

図説

あらすじと地図で
面白いほどわかる!

源氏物語

竹内正彦[監修]

精緻な人間描写で、物語に永遠の命を
吹き込んだ紫式部…
この一冊で、千年の愛の秘密を読み解く。

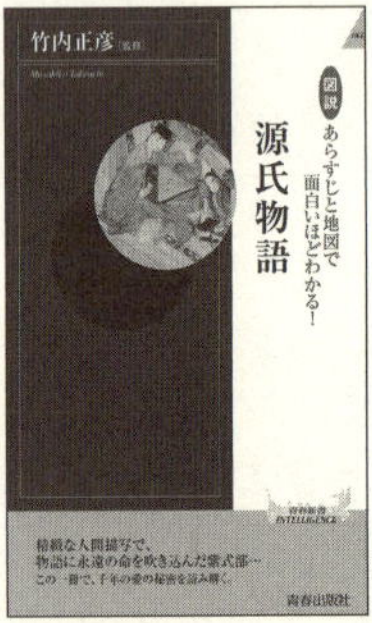

ISBN978-4-413-04537-7 1270円

お願い ページわりの関係からここでは一部の既刊本しか掲載してありません。折り込みの出版案内もご参考にご覧ください。

※上記は本体価格です。(消費税が別途加算されます)
※書名コード(ISBN)は、書店へのご注文にご利用ください。書店にない場合、電話または Fax(書名・冊数・氏名・住所・電話番号を明記)でもご注文いただけます(代金引替宅急便)。商品到着時に定価+手数料をお支払いください。
〔直販係 電話03-3203-5121 Fax03-3207-0982〕
※青春出版社のホームページでも、オンラインで書籍をお買い求めいただけます。ぜひご利用ください。〔http://www.seishun.co.jp/〕